塞王の楯　下

今村翔吾

集英社文庫

目次

上巻目次

主な登場人物

飛田《とびた》匡介《きょうすけ》……穴太衆飛田屋の副頭
飛田《とびた》源斎《げんさい》……穴太衆飛田屋の頭。「塞王」と呼ばれている
段蔵《だんぞう》……飛田屋・山方小組頭
玲次《れいじ》……飛田屋・荷方小組頭。源斎の親類
花代《かよ》……匡介の妹

国友《くにとも》彦九郎《げんくろう》……国友衆の職人。三落の後継者
国友《くにとも》三落《さんらく》……国友衆の頭。「砲仙」と呼ばれている
行右衛門《ぎょうえもん》……国友衆の職人。彦九郎の補佐役

京極《きょうごく》高次《たかつぐ》……近江国の大名。大津城主
初《はつ》……高次の妻
夏帆《かほ》……初の侍女
多賀《たが》孫左衛門《まござえもん》……高次の家臣。作事奉行を担う
横山《よこやま》久内《くない》……蒲生郡日野横山村の武将

河上《かわかみ》小左衛門《こざえもん》……大津の武将
赤尾《あかお》伊豆守《いずのかみ》……大津の武将
三田村《みたむら》出雲《いずも》……大津の武将
三田村《みたむら》吉助《きちすけ》……大津の武将。出雲の息子
徳三郎《とくさぶろう》……大津の百姓

立花《たちばな》宗茂《むねしげ》……筑後国の大名
十時《とときつれ》連貞《つれさだ》……立花宗茂の家臣
由布《ゆふ》惟信《これのぶ》……立花宗茂の家臣
小野《おの》鎮幸《しげゆき》……立花宗茂の家臣
毛利《もうり》輝元《てるもと》……安芸国の大名。西軍の総大将を務める
毛利《もうり》元康《もとやす》……毛利輝元の叔父。大津城攻めの大将を務める
小早川《こばやかわ》秀包《ひでかね》……筑後国の大名
筑紫《つくし》広門《ひろかど》……筑後国の大名
石田《いしだ》三成《みつなり》……豊臣秀吉の家臣。治部少輔
鵜飼《うかい》藤助《とうすけ》……甲賀衆の頭

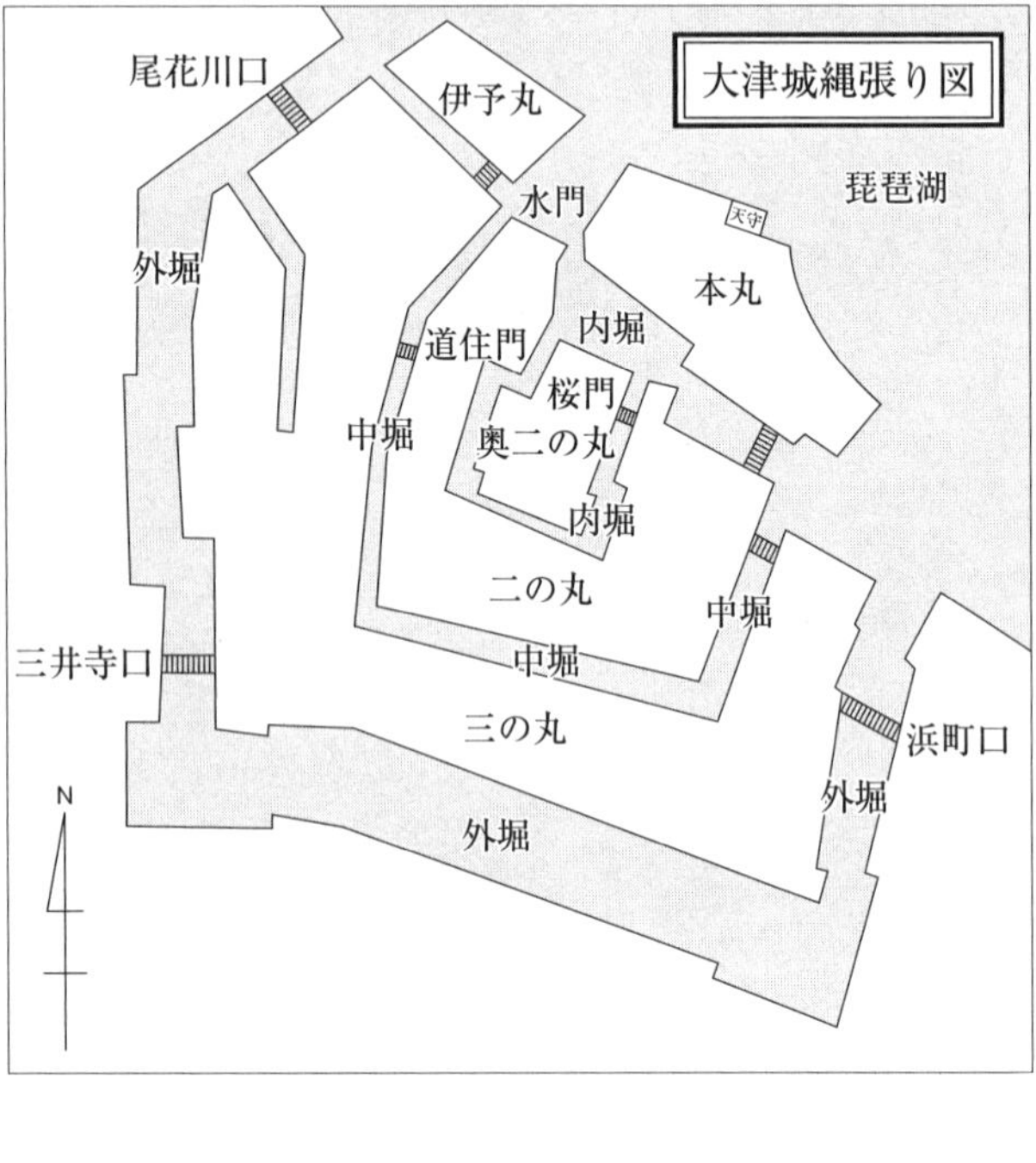
大津城縄張り図
尾花川口
伊予丸
琵琶湖
水門
天守
本丸
外堀
内堀
道住門
桜門
中堀
奥二の丸
内堀
二の丸
中堀
三井寺口
中堀
三の丸
浜町口
外堀
外堀
N

塞王の楯　下

第六章　礎《いしずえ》

源斎《げんさい》が発《た》ってからというもの、匡介《きょうすけ》は配下の職人を出して伏見《ふしみ》の情勢を探り続けた。未曽有の大乱が起こることはもはや誰の目にも明らかである。行商人などはいち早く畿《き》内《ない》から逃げ出そうとし、その者たちからも伏見の様子が漏れ伝わって来る。

慶長《けいちょう》五年（一六〇〇年）七月十五日、徳川《とくがわ》家家臣の鳥居元忠《とりいもとただ》は旗幟《きし》を鮮明にして伏見城に籠城《ろうじょう》した。

それに対して七月十七日、大坂城の前田玄以《まえだげんい》、増田長盛《ましたながもり》、長束正家《なつかまさいえ》の三奉行は、家康《いえやす》が大坂城西の丸に残していた留守居役を追放すると、十三箇条に及ぶ家康への弾劾状《だんがいじょう》を世間に向けて発布した。逃げ出した西の丸の五百人は伏見城へと走った。元々籠《こも》っていた千八百と合わせても二千三百と幾分心許《こころもと》ないのは確かである。

日に日に新たな話が飛び込んでくる。その中には西軍の数に関するものもある。

「四万だと……」

寄せ手は夥《おびただ》しいほどの大軍であるという。大将は五大老の一人である宇喜多秀家《うきたひでいえ》。

副将は小早川秀秋《こばやかわひであき》。さらに毛利秀元《もうりひでもと》、吉川広家《きつかわひろいえ》、小西行長《こにしゆきなが》、島津義弘《しまづよしひろ》、長束正家などが加わっている。

「匡介」

同じ場で話を聞いていた玲次《れいじ》が不安げに顔を覗《のぞ》き込んできた。かなりの大軍を相手にせねばならないとは覚悟していたが、これは考えていたより上をいくものであった。しかも西軍は時を追うごとにさらに数を増やし、実質的な大将である石田三成《いしだみつなり》らも間もなく合流する運びらしい。

「心配ない。爺《じじい》を信じよう」

匡介は力強く頷《うなず》いて見せた。

西軍としても伏見城をそう容易《たやす》くは攻め落とせると思っていないようだ。宇喜多らが即刻攻め掛かろうと発言するのに対し、五奉行の一人である増田長盛が止めた。

その訳として、まず一つは城を任された鳥居元忠は絵に描いたような三河《みかわ》武士であり、その配下も名立たる武辺者《ぶへんしゃ》ばかり。相当頑強な抵抗が前もって知れること。

さらにもう一つ。伏見城は亡き秀吉が金に糸目を付けずに堅固に造るように命じた城であること。

――あの塞王《さいおう》が石を積み、しかも今また城内に入ったとの由《よし》。

と、増田は無闇な力攻めを諫《いさ》めたという。すでに源斎が伏見城に入ったことは、西軍諸将にも知れ渡っているということだ。

これに対して宇喜多秀家は意見を翻して同調し、増田家家臣山川半平《やまかわはんぺい》を使者として遣わし伏見城へ降伏を促したという。

「無駄さ」

その話を耳にした瞬間、匡介は短く吐き捨てた。

幾ら鉄壁を誇る伏見城とて、それほどの大軍を相手にいつまでも耐えられるとは誰も思っていない。これは家康が引き返して来るまで、如何《いか》に西軍の時を削るかという戦いである。一戦にも及ばず降《くだ》るということは有り得なかった。

伝わってくる話の中で、匡介が最も注目したものは別にある。世間の大半の者からすれば、西軍の数云々《うんぬん》に比べれば、些細《ささい》なことである。だが匡介にとってはこちらのほうが気に掛かった。

「国友彦九郎《くにともげんくろう》が出たか」

国友衆が西軍に大量の鉄砲を供給していることは伝わっていた。その中には未《ま》だ誰も見たことがない最新式のものが含まれているらしく、容易く扱うには困難と見た石田三成が、砲術の目付的な役割で職人を派して欲しいと依頼したらしい。

その求めを受け、国友彦九郎をはじめ三十人の職人が西軍の陣に入ったという。恐らく今頃は、その最新式の銃や大筒《おおづつ》の扱いを指南している。

この新たな兵器が如何なるものかを知れるか否かは、源斎の活躍如何《いかん》に掛かっているといっても過言ではない。

――頼むぞ。

匡介は伏見にいる源斎に向けて心中で呼び掛けた。

この数日で街道筋の人々は激減している。伏見には兵馬が満ち溢《あふ》れているといったことしか判《わか》らなくなっている。戦が始まってしまえば猶更《なおさら》近づくのも難しく、克明な話を聞き出すのは難しいと予《あらかじ》め考えていた。故に配下の若手の職人たちを出し、出来るだけ近づいて状況を読み取るように命じている。

「始まりました!」

職人の一人が血相を変えて穴太《あのう》に戻って来た。弾劾状が出されてから僅か二日後の七月十九日のことである。

「いよいよか」

匡介は主だった職人に集合を命じると、広間に広げた絵図を覗き込んだ。

穴太衆は縄張り図面を残さない。城は機密の宝庫である。それを守るというのが大きな理由である。故に依頼する側も漏れることを恐れず穴太衆に頼めるという訳だ。これは穴太衆の掟《おきて》の基本であり、たとえ拷問を受けても吐いてはならない。

だが今回は、少ない情報で相手の兵器を研究しなくてはならない。それを配下と共有するために伏見城の縄張りを描いておいた。無論、戦が終われば焼き払う当座の図面である。

源斎が描き残した訳ではない。匡介は何度か伏見城を訪れただけで頭に叩《たた》き込んでおり、それを思い出して描いたのだ。

「凄《すさ》まじい轟音《ごうおん》です。かなりの鉄砲があるようです……」

職人は笠取峠《かさとりとうげ》を越え、木幡《こはた》で様子を窺《うかが》っていた。伏見から木幡までは直線にすれば約一里（約四キロメートル）。銃声はまるで一つの幕のように天を覆い、それが伸びて迫って来るような思いになったらしい。あまりの禍々《まがまが》しさに職人は息を呑《の》んでしまったという。

「どこの大名も鉄砲が有り余ってやがるからな」

玲次が腕を組んで吐き捨てた。

この十年間で国内の鉄砲量はさらに倍増したと見ている。泰平の世でも大名は、豊臣《とよとみ》家に命じられて諸事の普請などに金を遣いはする。それでも槍《やり》は折れ、弓弦《ゆづる》は切れ、馬は死に、鉄砲は奪われ、兵糧矢弾を湯水の如《ごと》く使う乱世よりはましである。この間に大名は疲弊した軍を整え、大量の鉄砲を抱え込むこととなった。

「連合軍というのが厄介かもしれませぬな」

段蔵《だんぞう》がふと思い至ったように口にした。

「そういうことか」

「はい。各大名とも、鉄砲戦で済ませたいのがやまやまなのでしょう」

軍と一口にいっても様々な兵種がある。槍、弓、騎馬、そして鉄砲などである。別に誰かが言った訳ではないが、そこは戦国を駆け抜けた武将たちである。戦をするにおいて最も強い割合というものを肌で知っている。

だが今回は段蔵の言うように連合軍であり、何も己《おのれ》の軍勢で勝負を決する必要はない。むしろ自軍の消耗を減らしたいと考える者が大半だろう。

損害を減らすためには白兵戦を避けるに限る。つまり距離を取って鉄砲で戦おうとする訳である。それぞれの大名が同じことを考えているため、蔵の中から引っ張り出し、あるいは大急ぎで買い集め、ありったけの鉄砲を戦場に持って来ているのだろう。故に常の戦よりも鉄砲足軽の割合が多くなっているという訳だ。

「ああ……だがそれほどの鉄砲があれば、寄られるまではあっという間だろうな」

伏見城の南側には宇治川《うじがわ》が流れており、東側には山を背負っている。攻めるとなれば北、西からの二方向に限られた。城下には数多くの武家屋敷が立ち並んでおり、それをぐるりと取り囲むように外堀がある。また伏見城の南、宇治川左岸には向島《むかいじま》という村があり、そこには向島城があった。これは城というよりは砦《とりで》に毛が生えた程度のものであり、伏見城の後詰《ごづ》め城の役割を果たしていた。

だが四万の大軍に加え、それほど大量の鉄砲が投入されているとなると、武家屋敷などの防御壁があるとはいえ平地での戦いは苦しい。さらに向島城の如き小城ではとても支えきれぬ。城方《しろかた》もそれは承知であり、ただでさえ少ない戦力を失わぬよう、伏見城に兵力を集中するのではないかと匡介は見当をつけた。

次の戦況が伝わったのは、二日後の二十一日のことである。

「伏見から逃れてきた坊主に聞きました」

戻った職人はそう前置きして続けた。

「西軍は難なく外堀を越え、一気に城下に雪崩《なだ》れ込んだとのこと。城方は一頻《ひとしき》り防戦したようですが、城下に火を放って城の中へと逃げ込み、西軍は追って内堀にまで迫った模様です」

「向島城は？」

横から玲次が問いを投げた。

「城方は端《はな》から兵を入れていないようです。西軍が接収しました」

「だとよ」

お前の見込みが全て当たっているなと言いたいのだろう。玲次は眉を開いてこちらを見た。

「何か新たな鉄砲が使われたとは聞き及んでいないか」

匡介は職人に向けて訊《き》いた。

「他にも城下から逃れて来た者が数人おり、漏れなく尋ねたのですが……素人にはそもそも判断も付かぬようです」

「まあ、そうだろうな」

「ただ少し気掛かりなことが」

「何だ」

「その坊主の寺のご本尊は相当大きなもので、持ち出すのにかなり手間取ったようです。人手、荷車をようやく手配し終えた時、寄せ手から盛大な鬨《とき》の声が上がったとのことです」

「総攻撃が始まる直前に間に合ったということだな」

「はい。坊主は何とか間に合ったと、大急ぎで逃げたのですが、雇った人夫の一人が流れ弾に当たったようで……」

職人は自らの頭を指でとんと叩いた。

「何……」

「まだ西軍は外堀を渡っていなかったのにです」

「その坊主の寺は何処《どこ》だ。何処で流れ弾に当たった」

匡介は立て続けに訊いて、図面に向けて顎をしゃくった。

「この京橋《きょうばし》の近くで、そこから両替町《りょうがえまち》通りに向かって動いているこの辺りとのこと」

「若《わか》……いや、御頭《おかしら》」

段蔵は言い直して顔を覗き込んだ。

通常の鉄砲で人を狙って倒せるのは三十間（約五十五メートル）がせいぜいである。だがとはいえ弾の飛距離はもっと伸び、一町（約百九メートル）から二町先まで届く。だが人夫が流れ弾に当たった場所は、外堀からそれより遥《はる》か遠くの地点なのだ。

「少なくとも三町はあるぞ。その人夫が当たったのは、間違いなく頭なのだな」

「はい。顔でも、首でも、腹でもなく」

匡介の問いの意味を職人も理解しているらしく顔を引《ひ》き攣《つ》らせた。鉄砲から放たれた弾はある地点で、天に吸われるように大きく上に逸《そ》れる。そしてまた下降して地に落ちるのだ。

頭に弾を受けたということは、弾が下降の途中であったということ。さらに言えばまだ地に落ちるまで五尺（約百五十センチメートル）近くはあったことになり、つまりは今少しは飛距離が出るということだ。

「中筒《なかづつ》の一種かもしれません」

戦場では二匁《もんめ》（約七・五グラム）から三匁ほどの鉛玉の口径の鉄砲が最もよく使われており、それを分類して時に小筒と呼ぶ。それに対して中筒の口径は四匁から十匁であり、威力、飛距離とも飛躍的に伸びるのである。

「いや、小筒だろう」

中筒は小筒より扱いが遥《はる》かに難しい。故に余程鉄砲に練達した者にあてがわれる。そのような者がたかだか二十間ほどの堀の向こうの城方を外すのは有り得ない。流れ弾になったということは即《すなわ》ち外れたことを意味する。下手な者が放った一弾だと判る。その他大勢の下手な者には、大量に作られる小筒が配られるのだ。

「おいおい……もしそうなら、何て鉄砲だ」

玲次は唇を歯で弾《はじ》いた。無理もない。小筒で三町以上先まで飛び、なおも人を殺傷するなど、これまでの鉄砲の性能を大きく超えているのだ。

「この程度は序の口だろう。まだまだ出てくる」

皆の顔に不安の色が浮かぶが、匡介は図面に目を落としたまま続けた。

「と……俺が考えているということは、爺《じじい》も当然考えている」

「左様ですな」

段蔵がふっと息混じりに応じた。安堵《あんど》させるために言った訳ではない。匡介には確信に近いものがあった。穴太にいながらにして、伏見の光景が思い浮かび、新たな話が伝わる度にそれは鮮明なものになっていっている。

二十三日、またしても戦況の一端が伝わった。もはや逃れて来る者は皆無で、その職人は伏見城の北東、僅か五町の小栗栖《おぐるす》まで近付いたという。

「昼夜問わずに銃声が響き続けております。夜のみならず、昼も凄まじいほどの石鳴きが」

「昼もか？」

報告に対し玲次が訊いた。

銃弾が石に当たって発する音を、穴太衆では「石鳴き」と呼ぶ。石垣の上部には板塀か、塗塀が据えられている。その塀に矢狭間《やざま》、鉄砲狭間と呼ばれる穴が設けられ、城内の兵はそこから弓、鉄砲で応戦するのだ。

昼は視界もはっきりしているため、敵が百の弾を放ったとするならば、そのうち少なくとも六十、熟練の足軽鉄砲隊ならば八十は塀に着弾する。ただ夜になれば狙いは付きにくく三十ほどが塀に当たり、残る七十のうち石垣に当たったものが音を発するのだ。

だが報じた職人によれば、夜は勿論《もちろん》のこと、昼もその程度ではない。百放たれたとすれば七十、いや八十は石に当たっているのではないかというほどの激しい石鳴きが聞こえるというのだ。

「どういうことだ……」

玲次は眉根に皺《しわ》を寄せて首を捻《ひね》った。

「伏見城は塗塀だけじゃなく、板塀も用いられている。恐らくこれが貫かれている」

これは推論ではあるが、流れ弾に当たった人夫の場所から考えると、通常よりも飛距離のある鉄砲が使われている。それは即ち威力も増していることを意味する。内堀にまで押し寄せられているため、今、それを至近距離で放たれ、板塀に穴が穿《うが》たれているのだと匡介は読んだ。

「それに爺が手を打ったんだ」

「どうやってだ……」

「板塀の下の石垣を組み替えた。より高くな」

塀の内側に石垣をさらに構築し、それから後に塀を取り除く。すると元来、塀があった場所も石になる訳だ。あるいは塀より高く石垣を組み上げたことも考えられる。幾ら威力のある鉄砲とはいえ、石の壁ともいうべき石垣に穴を開けることは出来ない。

「それじゃあ、狭間はどうするのです？」

ここで段蔵が疑問を呈した。石垣を高く組めれば確かに内側は守れるが、こちら側からも攻撃出来なくなる。そうしようと思えば石垣に上がる必要があり、結局、狙い撃ちにされてしまうのだ。

「造ったんだろうよ。石垣に狭間をな」

「え……」

一同の吃驚《きつきよう》が重なった。

「そんなこと出来るか？」

「出来る」

玲次の問いに対し、匡介は即答した。

もし己ならばそうすると考え、頭の中で石垣を組んでみた。実際にやってみないことには確かではないが、今の己ならば能《あた》うと思う。

「平らな石を積み重ね、さらに……」

匡介は皆に向けて簡単な説明をした。段蔵、玲次、熟練の職人はなるほどと手を打って理解するが、まだ若い職人たちは聞いても半信半疑といった様子である。

「これは今後も使えますな」

段蔵が感心の唸《うな》りを上げた。

「ああ、早速だ。心配ないだろう？　どうせ嬉々《きき》として差配してるぜ」

これまでは攻城戦といっても、城下町での攻防である。ここからが本格的な城攻めで、穴太衆の本領はこちらにある。それが始まった早々に迎え手を編み出して打った源斎は流石《さすが》といえる。

次の報《しら》せが入ったのは翌々日の二十五日のことであった。前回と同じく小栗栖で張っていた者が戻って来た。その者の話によると、

「明らかに銃声が減っています。石鳴きはほぼありません」

と言うのだ。かといって攻撃の手が休んだ訳ではない。喊声《かんせい》はむしろこれまでより大きいという。

ならば不思議なことではある。銃弾が貫通しない「石の壁」を構築したとして、さらに仮にそれに鉄砲狭間が造られていたとして、攻め手が銃撃を控える理由にはならない。攻め手が石垣をよじ登り、あるいは城内に突入するためにも、仮に当たらずとも鉄砲を撃ちかけて援護し続けねばならないのだ。

「何かまた動きがあったな」

直感に近い。敢《あ》えて理由を挙げるとするならば、次代の「砲仙《ほうせん》」を嘱望されている国友彦九郎がおり、戦乱を駆け抜けた歴代の中でも随一の「塞王」源斎がいる。戦の中でも技術が育つ。いや、戦の中だからこそより早く育つということを知っている。

その手掛かりは同日に戻ったもう一人の職人からもたらされた。伏見城の南、宇治へ探らせに行かせていた者である。

「西軍の負傷した兵が後方に下がっています。銃弾を受けた者が多いようです」

「城方も撃ち返すのは当然だろう」

「……そうですよね」

段蔵に言われ、若い職人は言葉を呑み込んだように思えた。

「何か気になることがあるか」

「いえ……」

匡介が尋ねても、若い職人は首を横に振る。

「些細なことでもいいし、的外れでもいい。思ったことを話してくれ」

努めて柔らかく問うと、若い職人は何度か自らに確かめるように頷いた後、ようやく口を開いた。

「伏見城に籠っている兵は二千三百とか」

「ああ、内府《ないふ》が伏見に残したのが千八百。大坂城から追われて来たのが五百と聞いている」

「となると、鉄砲の数は六百九十。多くとも九百二十程かと」

「よく学んでいるな」

石積みの修業は栗石《ぐりいし》を置けるようになるまで十五年。たとえ作業がない日でも石を触り続けなければならない。だが飛田《とびた》屋では十年ほど前から、それ以外に座学も行うようになっている。目まぐるしく鉄砲が進化していく中、それに対抗する理論も学ばねばならないと源斎は考えたのだ。最後は職人の勘が左右することが多いが、それを裏打ちする知識が必要ということである。その中で、軍勢の中の兵種の割合の変化も学ばせている。

例えば織田《おだ》家が武田《たけだ》家と長篠《ながしの》で激突した時は、全体の約一割が鉄砲足軽であった。大量の鉄砲が投じられたなどと言われているが、この頃はまだその程度である。

その後、信長《のぶなが》が本能寺《ほんのうじ》で斃《たお》れた頃になると二割、秀吉《ひでよし》の唐入《からい》りでは三割、近頃では全体の四割まで鉄砲足軽で揃《そろ》える部隊も出てきているのだ。若い職人はそれら学んだことを、此度《こたび》の攻城戦に当てはめて城方の鉄砲数を割り出したということだ。

「間を取って伏見城の鉄砲は八百ほどか。それがどう気になる」

「すでに攻め手は千に近い死人、怪我人《けがにん》が出ているようなのですが、どうも鉄砲傷を負っている者が多いように思えるのです……」

この若い職人は撤退する行列とわざわざすれ違って歩いたらしい。もし何か咎《とが》められても、身分を偽ることなく、かつて宇治でやった仕事が長雨で崩れていないかを確かめに来ていると言い逃れるつもりだったという。

「思い切ったな。だが気のせいじゃないのか？」

玲次はくいと口角を上げて訊いた。

「当然、全てを数えた訳ではありません。あくまでそう感じただけなのですが……」

「いや、教えてくれ。感じたままでいい」

「十人に四人。いや五人と感じ取りました」

「それは多いな」

鉄砲全盛期の今である。鉄砲で傷を受ける者が最も多いと思われがちだが違う。未《いま》だに一番は弓矢によるもので、これは全体の約四割を占める。二番目に鉄砲で二割、槍と刀を合わせて二割、礫《つぶて》で傷を負って落命する者も依然として一割程いる。その割合に照らし合わせれば、鉄砲傷を受けた者が四割でも多過ぎるのだ。

「仮に雑賀衆《さいかしゅう》や、根来衆《ねごろしゅう》のような飛びぬけて扱いが上手《うま》い連中でも、八百の鉄砲でそれだけの損害を与えるのは無理だな」

「やはり私の間違いということ……」

「いや、何か絡繰《からく》りがある。爺が何か仕掛けてるんだ」

これも勘でしかない。だがどう考えても伏見城には千を超える鉄砲があるとは思えない。仮に全員分の二千三百の鉄砲があったとしても無理だ。扱いに長《た》けているとか、将の采配が上手いとかそういう類の話ではない。根底から常識を変えたような何かが起こっている。

「敵はここから攻めるよな……」

匡介は図面を指でなぞりながら独《ひと》り言《ご》ちた。

己は武将のように軍略を修めている訳ではない。ただ石積み職人として、敵がどこを攻めやすいかと考えるかは、常に頭に置いて石垣を組んでいる。時にはかつての日野《ひの》城のように、敢えて攻めやすいように見せて敵を誘導することもあるのだ。

「北東側の弾正丸《だんじょうまる》に比べ、北西側の徳善丸《とくぜんまる》のほうが明らかに広い。大軍の利を活《い》かすならば、やはりこちらを攻める」

呟《つぶや》きながら、匡介はさらに己《おの》が指を滑らせる。

「治部少丸《じぶのしょうまる》の隅櫓《すみやぐら》からも攻撃が通るこの虎口《こぐち》で、敵は相当に苦戦するだろうな。うん……確かこの石垣は……」

虎口から治部少丸を望む石垣。確か野面積《のづらづ》みではなく、珍しく打込接《うちこみはぎ》を行っていたことを思い出したのだ。それを見た時に匡介は、

――何も打ち込む必要はねえだろう。

と、思ってしまった。別に何の変哲もない石垣なのだ。むしろ野面積のほうが強度の面では勝る。通常の鉄砲ではびくともしないが、大砲を持ち出されれば崩される恐れすらあるのだ。

打込接のほうが見栄えに勝るため、奉行が、あるいは秀吉本人がそうするように命じたのだろう。その程度に考えていたのだが果たしてそうなのか。源斎が何か意図して、敢えて打込接にしたのではないか。

――よく思い出せ。

匡介は瞑目《めいもく》して、治部少丸の石垣を脳裏に思い描く。大小様々な石の嚙《か》み合いが鮮明に蘇《よみがえ》ってくる。素人はそのようなことが出来るのかと疑うが、碁打ちが何十年も前の棋譜を記憶し、その通りに並べるのと同じようなもの。石と語らい、石と戦い、石と共

に歩んで来た職人ならば己でなくとも出来ることだ。

「なるほど……そういうことか。何が起こっているのか読めてきたぞ」

匡介が止めていた指を図面に打ち付けた。

「この上は板壁だった。取り払って石垣を上に延ばしたのはここだ。鉄砲狭間付きの石壁だ」

前に匡介が読んだ「石壁」ともいうべきものは、この地点に造られたのだと確信した。

「確かに虎口を突破するため、攻め手も治部少丸を黙らせるために撃ちかけるでしょう。ここが最も激しい銃撃戦になるのは間違いないかと」

段蔵は頷きつつ応じた。だからこそここの石垣を急遽《きゆうきよ》積み上げて守りを厚くした。段蔵をはじめ、皆がそう思っている。だが匡介の考えは違った。

「それなのに板壁っていうのがそもそもおかしい。爺はここの石垣を延ばすつもりだった……いや、状況によっては延ばす必要があると考えていた」

流石の源斎でも全てを見通している訳ではないだろう。だがここが最も激戦となることは明らかで、加えて国友衆の作る鉄砲の威力が飛躍的に増していたとしたら、押し負けることがあると考えていたのではないか。故に石垣を変えることが出来る「余白」を敢えて残していたと思える。

「戦の中で変わる……生ける石垣か」

玲次が喉を鳴らした。

常に完全なものなどない。時代が進めばどんなに優れた石垣でも用を成さないこともある。それをしかと見据えて、終わりなく石垣を進化させる。たとえそれが戦の直前でも、戦の最中であっても。それが飛田屋の、源斎の持論で「生ける石垣」と呼んでいた。

「ここが何故《なぜ》、打込接なのか。どのように石を並べていたのか。はっきりと思い出した。『扇の勾配』をやるつもりだったんだ」

匡介が言うと、一同、えっと声を上げた。

横から見ると反り返り、まるで扇を開いたかのような曲線を描く石垣のことをそのように言う。別名は武者返し、あるいは忍返しなどと言う積み方である。

この積み方をするとき、下から三分の二は緩い勾配で直線に積む。下を直線にするのは、そうしないと上で反りを付けた時にひっくり返ってしまうからである。

そして残る上三分の一から一石ずつ丁寧に嚙み合わせ、前へ、前へと押し出して勾配をきつくしていくのだ。すると弧を描いたような反りが出来上がり、源斎の手にかかれば最上部になると、垂直を超えてこちらに突出するに至る。これは流石に野面積みでは出来ず、打込接を用いねば出来ない。

「つまり完成したと思っていた石垣は……」

玲次の頰が微《かす》かに引き攣っている。

「下の三分の二。爺は残る三分の一を積んだ」

「戦の最中で『扇の勾配』かよ。化物か」

玲次は唖然《あぜん》とし、さらに段蔵は信じられぬといったように溜息《ためいき》を漏らす。

「しかも鉄砲狭間付き……そのようなことが本当に出来るのでしょうか」

「爺ならやるさ。そんな石垣と銃で撃ちあえばどうなると思う？」

匡介は若い職人たちを見渡す。

「それは……あっ！」

手を鞭《むち》のようにしならせ、残るもう一つの掌《てのひら》に打ち付けた。乾いた音が部屋に響き渡る中、匡介は片笑んだ。

「弾は跳ね返り、雨の如く攻め方の頭上に降り注ぐ」

石垣に傾斜がついているから弾が当たっても上へ跳ねるのだ。何より石垣の上の敵を目掛けて撃つことはあっても、石垣そのものを狙って発砲することはない。僅かな鉄砲狭間を狙って撃ち、逸れた弾は全て石垣が跳ね返す。かといって全く抵抗しなければ、一方的に狙い撃たれる。

これもやはり見た訳ではない。だが、

――俺が気付くということは、爺も絶対に考える。

という確信を持っている。

「故にやたら滅多に撃ちかけるのを止《や》め、銃声が落ち着いているという訳ですか」

感嘆の声を上げる段蔵に向け、匡介は力強く頷いた。

「そうとしか考えられねえ」

「なるほど。これはひょっとすると……」

「ああ、内府が戻るまで持《も》ち堪《こた》えるかもしれないぞ」

源斎は己がすでに上回っているなどと言っていたが、やはり匡介にはそうは思えない。考えつくところまでは同じでも、激戦の渦中でそれをしてのける胆力、配下の職人に一切無駄なく指示する経験では遥かに及ばないだろう。

果たして匡介の想像通りの報告が続いた。二十六、二十七、二十八日と、城方は四万の大軍を相手取って一歩も後れを取らないどころか、攻め方には甚大な被害が出ているらしい。

その頃には予想を裏付ける証言も得られた。西軍はこれほど長引くとは思っておらず、急遽追加で兵糧を運び込んだ。その荷駄押しに駆り出された人夫に金を渡して戦況が聞けたのだ。人夫は、

——石垣に穴が開いていて、そこから城方が狙ってきているんだよ。

と、身振り手振りを交え、些《いささ》か狼狽《ろうばい》したように話したらしい。そしてさらに、

——こちらが撃ちかけても跳ね返って来るらしい。

と、流石にその光景は見たことがないものの、そう付け加えたというのだ。

「どうやら、本当にお前の言った通りらしいな」

玲次は口元を綻ばせながら言った。

「そうだな……」

「どうした？」

「いや、少しな」

匡介は視線をゆっくりと上げ天井を見つめた。人夫が言ったことは他にもある。

――石田治部少輔《じぶのしょう》様が城攻めに加わるらしい。

ということである。これだけならば当初から思惑の内であった。気に掛かったのは、

「むしろ遅過ぎやしないか」

匡介は呟いた。三成にとって伏見城攻略は序の口も序の口、一刻も早く落とさなければならない城である。もっと早くに加わって、諸将を督戦《とくせん》すると思っていた。だが加わるのは二十九日と、戦が始まってすでに十日も経《た》つ時なのだ。

「治部少輔は戦下手というぜ。甘く見てたんだろう」

「だといいんだが……」

再び小栗栖で様子を窺っていた職人が、息も絶え絶えで駆け込んで来たのは、七月三十日の陽《ひ》も傾きかけた頃であった。

「城内に火を放ち、敵を招き入れた者がいるようです!!」

「そう来たか……」

「徳川家家臣は一枚岩じゃねえのか。どこのどいつだ!?」

玲次が荒々しく吼《ほ》えた。

「甲賀衆《こうかしゅう》のようです」

戦の前、伏見城に六十人の甲賀衆が入城したという話は耳にしていた。徳川家に奉公したいとたっての願いであったという。他の大名は入れなかった鳥居元忠であるが、甲賀衆は許しを得ていると家康のお墨付きまで持参していたという。故に受け入れられた。

「最初から治部少輔の計略だったんだ」

匡介が感じていた言い知れぬ不安は的中した。三成としては緒戦を華々しく飾りたかったのだろう。だが万が一に備え甲賀衆を送り込んでいた。結果、事は上手く運ばなかったので、その手札を切ったという訳である。

「甲賀衆め……」

かつて日野城の戦いの折、飛田屋は甲賀衆を散々に蹴散らすのに大きく一役買った。そのことは近江《おうみ》では今なお語り継がれており、甲賀衆が恨みを持っているということも漏れ聞く。今回のことも、

――飛田屋に一泡吹かせてやる。

といった思いもあったのかもしれない。

——因果が巡って来る。

あの日、あの時、日野城での源斎の言葉が蘇る。己が「攻める」という決断をしたことが、今になってこのような形で巡ってきたと感じずにいられない。

「もうここまでだ……」

匡介は溜息をついて言った。

幾ら城を堅くしようとも、それに籠る人が崩れれば戦にならない。すでに二の丸には敵が殺到しており、本丸まで迫っているのが遠くからでもはきと見えるという。

だが不幸中の幸い。本丸の南東、名護屋丸《なごやまる》から山里丸《やまざとまる》には西軍の兵は殆《ほとん》どいない。最後の最後まで抵抗されれば味方にも損害が出るため、城の一方を空けて落ちさせるのは攻城戦の常套《じょうとう》であった。

「爺も引き揚げるぞ。受け入れる支度をしろ」

源斎はここから脱出する。そう信じて疑わなかった匡介が驚愕《きょうがく》するのは、それから僅か一刻《いっとき》（約二時間）後のことであった。源斎と共に城に籠っていた職人が戻って来たのだ。

「一人か！」

「はい。馬で先に。職人のほとんどはまもなく戻って来ます」

この男は地侍の五男から職人になったという変わり種で、職人にしては珍しく馬に乗れた。城内で都合して貰《もら》った馬で一足先に戻ったらしい。

本日は朝から雨がぱらついている。近江はまだ小雨であるが、伏見のほうではなかなかの勢いらしく、濡《ぬ》れ鼠《ねずみ》の如くなっていた。

「ほとんど……？」

「はい。源斎様と数人はまだ城に」

「何だって!?」

二の丸には踏み込まれ、本丸でなおも攻防が続いているらしい。そこで源斎はもう残された時は少ないと感じたようで、配下の職人たちに落ちるように命じた。

源斎は眼下に迫る敵、次に雨粒を吐き出す天を見上げた後、

――俺は今少し残る。

と、言い放ったのだという。

「何故だ……早くしねえと……」

死んでしまう。その言葉を口にするのが恐ろしく呑み込んだ。

「銃声が鳴《な》り止《や》まないのです」

「どういうことだ……」

「雨が降っているにも拘《かか》わらず、敵勢の中に鉄砲を放ち続ける一団が」

決して弱くない雨のせいで、放たれた火の勢いはそれほどではないという。城が業火に包まれていては、手引きされたとしても西軍は踏み込めない。火を放った当人である甲賀衆まで巻き込まれることにもなりうる。雨が降り出す今日を狙っていたのだろう。

雨が降っていると火縄が濡れて鉄砲は使い物にならない。それなのに押し寄せる敵から、間断なく銃声が響き、目の前を弾が掠《かす》めているというのだ。

「油紙で火縄を守っているんじゃないのか」

雨だから即ち使えないという訳ではない。そのようにして無理やり放つということも出来ないではないのだ。

「いえ、そのような様子ではないのです……手で覆うことなく、普通に構えて放っているのもこの目で見ました。飛んで来た弾に笹五郎《ささごろう》殿が……」

段蔵とほぼ歳《とし》が同じ、最古参の職人の一人である。雨の中でも放たれる鉄砲には何か仕組みがあるはず。そう考えて石垣から身を乗り出して凝視していたところ、飛んで来た弾を額に受けて後ろに飛ばされるようにして絶命した。

「威力も全く衰えぬのです。雨で湿っているはずなのに……」

「何だ、その鉄砲は」

「源斎様も同じように」

天敵ともいうべき雨。それを克服した鉄砲が生まれたなら、今後の戦い方は大きく変わる。何としてもその正体を見極めねばならない。そう言って僅かな職人と共に踏《ふ》み止《とど》まると決めたという。

「馬鹿な……もういい！」

匡介は下唇を嚙み締めた。段蔵、玲次も顔を青くしている。ここからはあっという間である。あと半日、いや数刻も経たずして伏見城は陥落してしまう。

一刻後、職人の大半が戻って来た。中には腕に鉛弾を受けた者もおり、巻いた晒《さらし》が赤く染まり、雨で滲《にじ》んでいた。

さらに半刻後。また職人が二人戻って来た。城に止まった者たちである。だがやはり源斎の姿はなかった。

「城に残るは源斎様を含めあと三人です。今の段階で見極めたことを頭に伝えよと」

本丸は猛攻に晒《さら》されているが、鳥居元忠以下、城兵は城を枕に死ぬ覚悟で逃げ出すことはない。西軍ももはや意味がないと、逃がすために空けておいた南東の囲みを徐々に閉じ始めているという。

「これまでとやや形が異なる鉄砲です。後ろの部分にかけて膨らんでいる。銃の横の取っ手のようなものを旋回させ弾を放っているとのこと」

「今は鉄砲のことはどうでもいい……爺はどうなんだ」

喉が震えて声が上擦った。源斎は本丸から身を乗り出し、雨の中でも轟音を放つ鉄砲

の行方を追い続けた。そしてそこまで見抜いたところで、

——まずこれを匡介に伝えてくれ。

と、二人を送り出したとのことだ。

「馬鹿野郎……早く逃げねえと」

城内の様子を聞くに、降ろうとする者は誰一人いない。ならば攻め手も修羅《しゅら》になる。

俺は職人だから助けてくれと言っても、勢いのままに殺されるのがおちである。つまり、
もう逃げ出すしか生き延びる術《すべ》はないのだ。

それから四半刻《しはんとき》（約三十分）も経たずしてさらに二人戻って来た。内一人は、肩に矢
が刺さっており、自らそれを折って走って来ている。

「腿《もも》に銃弾を受け、歩くのも難しく……」

源斎は銃弾を受け、どっと尻餅をついた。だがそのまま胡坐《あぐら》を掻《か》き、石垣の上からな
おも敵勢を眺め続けた。そして小さく、

——なるほど。見えた。

と呟いた後、残ったこの二人の職人に仔細《しさい》を話して何とか逃げよと命じたという。

「国友の最新銃は……火打ち石と回転の摩擦を利用して放たれております。故に雨の影
響を——」

「親父《おやじ》は！」

「源斎様は……」

腿に当たった弾は貫通せず、骨を砕いたらしいとのこと。とてもではないが走るなど出来ず、立つことすら儘《まま》ならぬという。職人たちも担いでゆくと申し出たらしい。だが飛び交う弾に晒されながら、その場に胡坐を掻き続ける源斎は、鷹揚《おうよう》に首を横に振り、

――頼む。

そう一言のみ放った。

「今すぐ助けに行きましょう！」

若い職人が吼えたのを皮切りに、数人の血気盛んな者が声を上げる。段蔵が押しとどめようとした瞬間、

「駄目だ。出ることは許さねえ」

匡介が鋭く言ったので、皆がぴたりと動きを止める。本当は己がすぐにでも駆けつけたい。だがもう、間に合わない。源斎は穴太に伝えてくれではなく、匡介に伝えてくれと言った。その意味は痛いほど解《わか》る。己のため命を賭し、国友衆の手の内を引き出した。「礎《いしずえ》」になろうとしたのだ。穴太衆として、師としてはそれが正しいのかもしれない。だがたとえ誤りであろうとも、匡介は源斎に生きていてほしかった。

――馬鹿野郎。

血が滲むほど拳を握りしめ瞑目する匡介の瞼《まぶた》に、石垣の上に座る源斎の姿が浮かんだ。

歳を取ってもしゃんと伸びた背中である。敵の銃の仕組みを見破ったことで、もう眼下を見つめてはいないだろう。東の空を、近江穴太へと続く空を見つめている気がしてならなかった。

伏見城が陥落したのは八月一日のことであった。七月十九日の開戦から、最大四万にも至る大軍を相手に、実に十三日もの間耐え抜いたことになる。

伏見城陥落から時を置かず、まともな休息も取らず、西軍は各地に軍勢を広げ始めた。この半分の日数、いや五日もあれば落とせると思っていたようで、時を取り戻そうと必死になっているのだろう。大幅な戦略の見直しも迫られているに違いない。

徳川家康から伏見城を任されていた城将の鳥居元忠は、落城の際まで指揮を執り続けたが、最後には天守で腹を切った。搔《か》っ捌《さば》いた腹から腸《はらわた》を取り出し、投げつけるという壮絶な様《さま》だったとのことで、西軍諸将の肝を寒からしめていると早くも伝わってきている。

一方、東軍贔屓《びいき》の庶民の間ではその精忠振りを称《たた》える声も聞こえる。いずれは東軍に伝わり士気を高揚させるに違いない。

元忠をはじめ、武士たちの最期は伝わってくるものの、源斎のその後は杳《よう》として知れなかった。逃れて来た職人が語った、石垣の上に胡坐を搔いて東の空を眺めていたというのが最後である。

決して多い事例ではないものの、飛田屋のように戦に加わる職人が皆無という訳ではない。だがやはり戦の後、その話はあまり伝わらず、残ることもない。今回もまたそうであった。戦の主役はあくまでも武士で、彼らの扱う矛《ほこ》や楯《たて》を作りし者は脇役ということが改めてよく解る。

「甲賀衆の件は、ちと込み入っているようです」

善戦していた伏見城が崩れた最大のきっかけは、城内に籠っていた甲賀衆の寝返りによるものである。東軍に付きたいと考え、共に伏見城に籠ろうと言ってきた大名家も幾つかあった。だが鳥居元忠はこれを一蹴している。それなのに甲賀衆を城に受け入れたのを不思議に思っていた。その真相がいかなるものか、戦の後、段蔵が甲賀の地侍から話を聞いて来た。

まず甲賀衆などと一口に呼ぶが、規模が様々な地侍の集まりである。同じく穴太衆と呼ばれながら、飛田屋、後藤《ごとう》屋などと分かれているのと同じようなものだ。違いがあるとすれば前者は技能も売りにする地侍であり、後者は完全な技能集団であるということだろう。

甲賀衆の内、代官も務めていた岩間兵庫《いわまひょうご》、深尾清十郎《ふかおせいじゅうろう》は家康とは浅からぬ仲であり、籠城に加わることを願い出た。事前に家康からも、

――甲賀衆の技は頼りになる。この二人が申し出た時は城へ入れてよい。

と話があったらしく、元忠は受け入れたという訳だ。

だが彼らはすでに代官となっていたこともあり、諜報《ちょうほう》の技能を持った配下を手放していた。そのような時に深尾清十郎のもとに、

――御恩に報いさせて頂きたい。

と、申し出た者がいる。

鵜飼藤助《うかいとうすけ》なる甲賀の地侍である。領地は猫の額ほどと小さく、配下も六十人に満たない。だが率いる集団は甲賀の中ではつとに知られた卓越した技を持っており、鵜飼自身も十年に一人とも言われる逸材であった。この鵜飼の父が戦の最中で討ち死にした時、深尾の手勢が亡骸《なきがら》から髪を切り取って持ち帰った。そのことを恩義に感じており、是非合力したいと申し出たというのだ。

「寝返ったのはその鵜飼です」

段蔵はそう言った。そもそも石田三成は奉行の仲間にして、同じく西軍に加わっている近江は甲賀水口《みなくち》の領主である長束正家に、

――伏見城に埋伏出来る甲賀衆はいないか。

と諮っていたという。そこで長束は面識のあった鵜飼に白羽の矢を立てた。鵜飼は深尾が東軍に加わろうとしていることを知っており、自らを売り込んだという訳だ。そし

てまんまと深尾だけでなく、伏見城の城兵全てを騙《だま》して寝返りを打った。

「鵜飼は深尾に恩義があったのではないのか……？」

話の流れは解ったが、その点だけが腑《ふ》に落ちなかった。

「せめて髪を持ち帰ったのは自らの後ろめたさを消すため。深尾は石に埋まる父を見捨てたのだ。恨みこそあれ恩義など片腹痛いと、鵜飼は心を許す者には申していたとのことです」

「石に埋まる……まさか」

「はい。鵜飼の父が死んだのは、日野城の攻防です。先代にも恨みを持っていたとのこと」

「だがあれは俺が仕掛けた」

「それも鵜飼は知っているようで、戦乱が終わる前に必ずや頭の鼻を明かすと」

匡介は鵜飼と面識はないが、一方的に恨みを買っていたということになる。やはり源斎の言葉は正しかった。確かに因果は巡ってきたのである。

「俺たちが動けば……その男も相手せねばならないようだな」

その男も、と言ったのは、国友彦九郎のことが頭を過《よぎ》ったからである。

激突がどこの地、どこの城になるか。事態は混沌《こんとん》としており、はきとは見えない。九州であろうが、奥州であろうが依頼さえあれば受けると放言しているものの、すでに各地で小競り合いが始まっているらしく、今から依頼はないだろうし、たとえあったとしても流石に間に合わない。そのような情勢から、あるとすれば畿内、あるいはその周辺であろうかと思う。

「どうだ」

「富田《とみた》家からの問い合わせだけです」

匡介の問いに対し、段蔵は首を横に振った。

伏見城陥落から十日後の八月十一日、伊勢国安濃津《いせのくにあのつ》五万石の領主、富田信高《のぶたか》の家老から、

――共に籠って頂けぬか。

との働きかけがあった。応じる旨を返したところ、主人に報じるために家老は取って返したが、そのまま戻ることはなかった。

八月二十二日、毛利秀元ら西軍三万の大軍に安濃津城が包囲を受け、翌日には戦いが始まった。

さらにその翌々日の八月二十五日。西軍の総攻撃に安濃津城が落ちたという報が伝わって来ている。恐らくあの家老はもう穴太衆に頼る時は残されていないと見て、そのまま戦いに加わったのだろう。もしあの時に主《あるじ》の指示を仰がずに即断していれば、飛田屋は間に合ったということ。あまりに情勢が早く動き過ぎているのを、富田家は見誤った

ことになる。

「それにしても……たった三日か」

やはりこれほど兵力に差があればこの程度しか持たない。伏見城がいかに奮戦したか、このことからも判るというもの。このように西軍は軍勢を分け、各地の城を破竹の勢いで落としていた。

「もう出番がないことも有り得ますな……」

「いや……必ずある」

匡介は逸《はや》る心を鎮めるように細く息を吐いた。それを確信していたからこそ、源斎は自らの命を擲《なげう》ったのだ。

「ところで……京極《きょうごく》家は巻き込まれずに済みそうですな」

「そうだな」

段蔵がふと話題を転じ、匡介は頷いた。己が京極家へ特別な想《おも》いを持っていることを、段蔵は見抜いているのかもしれない。

会津《あいづ》の上杉景勝《うえすぎかげかつ》を討つべく大坂を発った家康は、六月十八日に大津《おおつ》城へと立ち寄っている。高次《たかつぐ》は家康から、

――畿内が不穏ゆえ、そちは大津城に残ってくれ。

と直々に頼まれ、討伐軍に加わることはなかった。

高次とは別に信濃飯田《しなのいいだ》十万石を食《は》む弟の京極高知《たかとも》は同行することが決まっていた。高次は家臣の山田大炊《やまだおおい》に二百の兵を預け、弟の軍勢に合流させている。

その後、三成が家康を討つべく軍を起こした。伏見城などの僅かな例外を除き、畿内、近江などのその隣国は、瞬く間に西軍の旗色に染まった。

たかだか大津六万石、兵力も三千そこらの京極家が単独で抗《あらが》うことなど出来ない。このような事態は家康も重々承知しているはずである。

「ふざけるな」

高次に大津城に残れと家康が命じたと聞いた時、匡介は憤って吐き捨てた。京極家を捨て石にして、少しでも時を稼ごうとしているのは明白である。従軍して味方になれというならば解るが、西軍だらけの畿内で戦えなど死ねと言っているに等しい。弟の高知を従軍させているのは、

——こちらを取り立ててやるから安心しろ。

ということであろう。伏見城を任された鳥居元忠は家康の家臣だが、京極家はそうではない。独立した大名で豊臣家の家臣である。それを捨て石に出来る立場になど家康はないのだ。

もっとも家康としても、京極家が思惑通りに西軍に抗うとは思っていないだろう。それでも大津城は要衝であり、万が一にでも味方に付いて玉砕してくれれば儲《もう》けものとい

った程度に考えているに違いない。

高次もそれは解っているらしい。西軍の氏家行広《うじいえゆきひろ》が使者に立って、

――内府こそ天下を騒がす謀叛人《むほんにん》である。お味方して頂きたい。

と説かれた時には、家康への体面もあってやんわりと断ったらしいが、同じ近江の領主である朽木元綱《くつきもとつな》が、

――畿内周辺は西軍一色で、その兵は十万を超える。耐えられる訳がない。

と実状を親身に説いたところで、西軍に付くことを表明した。これには石田三成も大いに喜んだようで、大津城を訪れて感謝の意を述べ、今後の西軍の見通しを伝えたという。

――宰相様はそれでいいのだ。

匡介は高次のこの決断に胸を撫《な》で下ろした。

己が見てきた武士の中で、誰よりも心優しい人である。家臣を死なさぬために、大名としての地位も領地もかなぐり捨てた過去を持つほど。此度も家臣の血が流れることを避けたのだ。

それにこれで京極家は安泰ともいえる。東西いずれが勝つのかは誰にも判らないが、西軍が勝てば、高次は己の手柄を捨てて弟高知の恩赦を願い出る。東軍が勝てばその反対である。

「折角の改修も無駄になりましたが」

段蔵の顔は穏やかなものである。使わぬに越したことはないと段蔵もまた解っているのだ。

「いや、少しは役に立てたかもしれない。大津城が堅いと思ったからこそ、東西ともに下手《したて》の交渉に出たともいえる」

「なるほど」

匡介が説明すると、段蔵は納得して頷いた。

「あとは東西の決着までうまくやり過ごすことだ」

「今日の早朝、大津城を発たれたとのこと」

「そうだったな。だがご無理はなさらないだろう」

九月一日、高次は軍勢を率い、他の西軍諸将と共に大津城を発った。北陸方面を攻略する軍勢に組み込まれたということらしい。明日には匡介の故郷である越前国《えちぜんのくに》へと入る予定で、東軍に味方している加賀の前田家を牽制《けんせい》するためのものだという。

前田家はすでに寡勢の丹羽《にわ》家と戦って敗れたとの報も入っており、今後は大きな動きを見せないだろう。そのような方面だからそもそも戦はもうないかもしれないし、高次も決して無理な合戦をすることはないと解っているはず。高次が願っている通り、京極家は無傷でこの大乱を終えることが出来そうである。

だがその二日後、思いもかけぬことが起こった。大津城の改修の折、名目の奉行として匡介と共に仕事をした多賀孫左衛門《たがまござえもん》が穴太の屋敷に駆けこんで来たのだ。

「多賀様、如何《いかが》された」

匡介は屋敷の入り口まで走って出迎えた。孫左衛門の顔は青く、肩で激しく息をしている。

「飛田殿……」

「水を」

配下の職人に命じ水を持たせる。孫左衛門は貪るように飲み干して息を整えた。この慌てぶりはただ事ではない。匡介の予想が外れ北陸方面で戦が起こり、高次の身に何かが起こったのか。いや、それならば己の元に駆けてくる必要はない。

「大津で何かあったのですか」

他に考えられるのは、大津で留守居をする者たちに何かがあったということである。しかし孫左衛門は首をぶんぶんと横に振った。

「拙者は大津からではなく、東野《ひがしの》から戻って参った」

「東野……軍勢の中におられたのか」

東野とは越前の地名である。てっきり孫左衛門は大津城の留守居かと思ったが、そうではないらしい。そこから馬を走らせて来たとなると、この疲弊振りも納得出来るというものである。

「左様。殿の命で一足先に近江に戻り、飛田殿の元へ行けと」

「一足先に……？」

意味を解しかねて、匡介は眉を顰《ひそ》めた。

「京極家は軍勢を引き返し、大津城で籠城することにあい決め申した」

「何ですと!?」

声を上げたのは匡介だけではない。段蔵や玲次など、主だった職人たちも騒ぎを聞きつけてすでに集まっており、皆が互いに顔を見合わせてどよめいた。

「まず湖賊《こぞく》の残党が、東軍に呼応する動きがあると申し入れた」

湖賊とは、読んで字の如く湖で船を襲う賊のこと。古くから琵琶の湖には湖賊がいたのだ。

「だが今は湖賊など……」

織田信長《のぶなが》が安土《あづち》城を造った頃、湖運の妨げになると討伐を行った。ほとんどがその時に滅ぼされ残る者は僅か。東軍に呼応する力など残ってはいない。

「その通り。大嘘《おおうそ》よ」

随分と息の整った孫左衛門は平然と言い切り、さらに言葉を継いだ。

「しかしそれで塩津《しおつ》を押さえ、後顧の憂いを取り除くべきと進言したのだ」

塩津とは琵琶の湖の北岸の地である。湖運の重要な拠点の一つで湊《みなと》がある。確かにそこを敵に奪われれば、越前に進んだ軍は大きく動きを牽制されることになる。だが孫左衛門の言う通りそれは虚言で、真の狙いは西軍の軍勢から離脱することであったという。

「京極家は湊を押さえるという名目で塩津へ向かい、そのまま船に乗り込んで大津城を目指している」

実は事前に船を用意させていたらしい。つまり京極家は出立する前から、大津城に戻って戦うつもりだったということになる。

「訳が解らない……何故なのです。京極家は上手く東西に分かれている。それに内府もこの状況ならば宰相様を咎めはしないはずでしょう」

もっともその目算通りに必ず進むという訳ではない。だが少なくとも、すでに西軍一色の中、大津城単独で戦うよりは西軍に付くほうが生き残る可能性が高いはずだ。

「大津城に治部少輔が立ち寄ったことは知っているか」

「聞きました」

「あの時、西軍の戦略を聞かされた」

匡介は怪訝《けげん》に思った。京極家は名家であり、高次も参議と三成よりは官職が上である。だが実態としては石高六万石と三成の三分の一にも満たない小大名。格、実力ともに上で、名目では大将の毛利や、副将格の宇喜多などとは違うのだ。加えて弟が東軍に属しており漏れる危険があるのに、わざわざ戦略を話すというのが腑に落ちない。

「その戦略に大津が大きく関わる。実は……」

孫左衛門は三成が高次に語ったという戦略を滔々《とうとう》と述べ始めた。

三成の思い描いた戦略とはこうである。まず三成は東軍が上杉に気を取られている内に、畿内周辺を完全に制圧し、美濃《みの》、尾張《おわり》、三河へと東征を試みようとしていた。だがこれはあくまで上手くいった場合で、十中八九、家康は上杉に押さえの兵を残して引き返して来ると見ている。

「その場合は尾張、美濃あたりでぶつかるんじゃあないか？」

横で聞いていた玲次が口を挟んだ。

この間、飛田屋としても情報を集めているが、それは玲次が率いる荷方《にかた》の功績が大きい。下手な武将よりも情勢に精通している。

「儂《わし》らもそう思っていた。だが……三成は近江、それも大津での決戦を望んでいると知ったのだ」

「何ですと……」

匡介は驚きから絶句した。

「際の際まで引き付けるつもりらしい」

孫左衛門は三つの理由があると言った。

まず一つは、副将格の宇喜多は士気が高いが、大将を務める毛利家は後ろむきな姿勢で大坂城から本隊を動かすのを渋っているという。逆に進んで動こうとしないからこそ、大将に据えて後に退《ひ》けぬ状況を作ったともいえる。近江大津まで東軍が来れば、流石に毛利家としても本腰を入れて兵を出すと目論《もくろ》んでいるという。

二つ目は兵站《へいたん》のこと。東軍は大軍勢を維持して長途せねばならず、兵糧が厳しくなってくる。一方、畿内を完全に制圧していれば、西軍は兵糧の供給は容易い。長年、奉行として兵站に携わってきた三成らしい考えである。

「三つ目は、大津城が湖に面していることだ」

まず大津城に高次の兵を入れて東軍を引き付け、さらに近辺に西軍の兵を展開させる。攻城戦と野戦が同時に行われるのは珍しくはない。かつて武田家と上杉家が川中島《かわなかじま》の地で四度目にぶつかった時も同じような図である。

「両軍が睨《にら》み合う中、北陸方面軍を船で湖を移動させ、東軍を挟み撃ちにするというのだ」

「中入りになる……」

匡介が声を漏らすと、孫左衛門は頷いた。

敵の領地の奥深くの城を落とす作戦である。上手くいけば敵の背後を取って大いに有利に働くが、失敗する見込みも高く賭けの要素が強い。実際、家康と小牧《こまき》・長久手《ながくて》で戦った時に秀吉はこの策を取り、しくじって多くの将兵を失っている。

故に家康も当然、中入りが危険だということを知っている。だが三成が思い描いた通りに進めば、家康は気付かないまま中入りに陥ることになる。近江で生まれて、近江を領地に持ち、湖運の重要性を熟知している三成らしい策といえる。

「しかし、佐和山《さわやま》はどうするのです」

三成の領地は北近江の佐和山である。大津まで東軍を引き付けるということは、即ちその時には、佐和山が敵の手に落ちていることを意味するのだ。

「治部少輔はそれも覚悟の上だ。端から佐和山にはほとんど兵を残すつもりはない」

全く兵を入れないと却《かえ》って怪しまれるので、各地の城に決死の家臣を少しずつ残し、東軍に落とさせて罠《わな》に誘い込むつもりらしい。

北陸方面軍は先ほども話に出た塩津から船に乗り、東軍の背後まで移動することになる。故に塩津を奪われる訳にはいかないし、湊を潰されるのも絶対に避けたい。だからこそ高次もそこを突いて、塩津の湊の確保を申し出たということが判った。

「唯一、大津城の守りを危惧していたらしいが……」

「俺が堅くしてしまったということですか」

三成はまだ秀吉が存命の頃から、豊臣家の天下を揺るがす敵は、

——東から来る。

と、考えてこの構想を持っていたという。かつて明智光秀《あけちみつひで》の城であった坂本《さかもと》城が破却された後、南近江、琵琶湖畔の城の中では大津城が群を抜いて堅いものの、外堀が不完全なことに不安も抱いていた。それが改修されたとあって三成は自信を強めたらしい。

「どいつもこいつも……」

匡介は口内の肉を噛んだ。家康は伏見城を捨て石にし、大津城もそのように使おうとした。

三成もまた同じような考えで策を描いている。如何に落ちない城を造るかということを求めてきた己にとって、敢えて城を落とさせるという考えはどうやっても出てこない。何のための城なのか。その存在の意味さえ疑わしくなってくる。

「殿はこれを聞いて決心された。三成の策通りに進めば……」

「大津一帯は酷《ひど》い有様《ありさま》になる」

山と湖に挟まれ、それほど広くない土地に数十万の大軍が犇《ひし》めき、攻城戦、野戦、状況次第では湖上でも戦いが繰り広げられる。巻き込まれた領民からは夥しいほどの死人や怪我人が出る。よしんば生き残ったとしても、町は焼かれ、田畑は踏み荒らされ、漁場も潰され、明日の暮らしのめども立たない。この規模で戦を行えば、それは一年や二年ではなく、五年、十年先まで尾を引くかもしれない。高次はその事態だけは何としても避けたいと考え、一度は転んだ西軍から再度離反し、大津城に籠って戦う覚悟を決めたということだ。これならば戦は大津城周辺だけになり被害も限られたものになる。

「殿は領民の内、逃げる場のない者は全て城へ入れると仰せだ。儂とは別に先に大津に戻り、兵糧をありったけ運び込んでいる者もいる」

「諸籠《もろごも》りですか」

将兵だけでなく、領民も城に籠ることである。高次の民を守るという確固たる意志が窺えた。

「次第は解りました」

匡介が言うと、暫《しば》しの間《ま》が生まれた。

すでに孫左衛門が何故ここに来たのか察しがついている。それは集まって来た他の職人たちも同じである。若い職人は顔を引き攣らせ、中には早くも身震いしている者もいる。

「儂がここに来たのは……」

孫左衛門の口は重かった。これが如何に困難で、いや無謀であるかを解っているのだ。だからこそこの段になっても躊躇《ためら》いがあるのだろう。

匡介は段蔵、玲次と順に視線を移した。二人が目が合うとすぐに小さく頷くのを確かめると、匡介は静かに言った。

「多賀様、仰《おつしや》って下さい」

孫左衛門は俯《うつむ》いたが、やがて意を決したように顔を上げて言った。

「殿は……穴太衆飛田屋に力を貸して欲しいと」

「承った」

間髪を容《い》れず、匡介は凛然《りんぜん》と答えた。孫左衛門が感極まったように口を窄《すぼ》める中、匡介は皆に向けて高らかに言い放った。

「飛田屋は大津城で仕事をする。懸《かかり》だ！」

「時がねえ。すぐに支度だ！　荷車、修羅、全て用意しろ！」

玲次がすぐに続き、職人たちが一斉に動き始めた。

「頭」

「ああ、切り出しておいてよかった。あれを使うぞ」

段蔵は頷くと、こちらは玲次と異なり厳かなほど静かな声で配下に指示を飛ばす。屋敷が祭りのような喧噪《けんそう》に包まれる中、匡介は力強く拳を握りしめて立ち上がった。

配下に細やかな支度の指示を出した後、匡介はすぐに一人で大津城へと向かった。

穴太と大津は目と鼻の先。これまでも近くを通って遠目に見ることはあったが、足を踏み入れたのは改修以来だった。城には夥しいほどの篝火《かがりび》が焚《た》かれており、天守を茫《ぼう》と照らし上げていた。

先刻、高次は軍勢と共に大津城へと戻った。少しでも多くの兵糧、弾薬を運び込むため、夜半にもかかわらず多くの者が慌ただしく動いている。すでに領民の受け入れも始まっており、近くに住む民が誘われているのも散見出来た。

匡介は初めて高次と目通りした大広間へと案内された。その時とは違い、幾つもの蠟《ろう》燭《そく》に照らされた部屋の中、すでに高次が待ち構えており、匡介の姿を見るなり勢いよく立ち上がった。

「匡介……」

高次は丸顔の中心に目鼻を集めたような、今にも泣き出しそうな顔になる。

「宰相様、お久しぶりでございます」

すでに戦時とあって、儀礼は無用と聞いている。匡介は立ったまま答えた。

「すまない」

高次は会うなり、下唇を噛み締めて俯いた。

「何を」

「此度はこれしか道がなかった……」

以前のように城や領地を捨てて逃げることは出来ない。そうしたとしても結局、大津城は西軍に接収されて戦場となるだけである。

「解っています」

「こうなれば内府が戻るまで持ち堪えるしかない」

すでに高次は籠城して西軍を抑える旨、家康の家臣、井伊直政《いいなおまさ》に向けて使者を発たせたという。

「どれほど掛かると」

「すでに東軍の先鋒《せんぽう》は美濃に入り、八月二十三日に岐阜《ぎふ》城を落とした」

美濃にまで押し寄せていることは匡介も耳にしていたが、岐阜城が陥落したのは初耳である。岐阜城は峻嶮《しゅんけん》な山城であるため、西軍諸将の中には容易く落ちたことに吃驚する者も多いという。

だが匡介は驚かなかった。鉄砲がこれほど広く行き渡った今、山城はそれ以前より遥かに落としやすくなっている。

「内府もすでにこちらに向け進軍しているとのことだ。どこでぶつかるかは判らん……」

高次は唇を結んで口惜しそうに首を横に振った。

大津城での戦略の組み立てが崩れた今、西軍は新たな戦場を求めねばならない。似たような戦術を取ろうとすると、守りの堅い城が必要となってくる。

「大垣《おおがき》城の近くではないでしょうか」

大垣城は鉄砲への備えも十分に取られている。さらにその石垣は源斎が組んだもので、あの近辺ではもっとも堅い城だと匡介は見ている。西軍はこれを拠点にするのではないか。

「となると……九月の半ば頃か」

高次は指を折りながら言った。

「十五日として、あと十一日。西軍の動きは？」

「すでに大坂には知れたらしい……しかも運の悪いことに、近くに毛利兵部大輔《ひょうぶたいふ》の軍がいる」

毛利兵部大輔とは、西軍総大将毛利輝元《てるもと》の叔父、毛利元康《もとやす》のことである。一万五千の軍勢を率い、大津からすぐそこの逢坂《おうさか》の関に陣取っている。今のところ指示は届いていないようだが、それも遠からぬことである。命が出れば、即座に大津に雪崩れ込んで来ることは明白である。

「今から穴太に戻り、明朝から石を運び込みます」

早ければ明日、遅くとも明後日《あさって》には大津城は囲まれることになる。それまでに少しでも多くの石を運び込みたかった。

「解った。頼む」

匡介は頭を下げて部屋を後にした。緊迫に包まれている城内を足早に行く。城内にはすでに民が逃げ込んでいる。武士は戦の備えに勤《いそ》しんでおり、民を導いているのは女たちである。

「匡介！」

「御方様《おかたさま》……」

名を呼ばれて匡介は足を止めた。何とお初《はつ》の方自ら襷《たすき》を掛け、女中たちを差配していた。民の寝床の支度、炊き出しなどを行っているらしい。

「この度は京極家のため、ありがとうございます」

お初が深々と頭を下げようとしたので、匡介は慌てて押しとどめた。

「お止め下さい。仕事です」

「しかし、命を落とすやもしれぬことを仕事などと……」

「我らは常に命を懸けております」

「……よろしく頼みます」

「全力を尽くします」

匡介が行こうとした時、お初に付いている女中の一人に目が留まった。夏帆《かほ》である。

「飛田様……」

「お久しぶりです」

「この度は京極家の危機にお力添え頂き……」

「もう止めましょう」

夏帆が慇懃《いんぎん》に礼をしようとするのを止め、匡介は無理やり笑みを作った。

確かに京極家には思い入れがある。だが他家であっても受けた限りは命を懸けて守る。それが代々受け継いだ飛田屋の掟なのだ。

——震えている。

夏帆の手が小刻みに震えていることに気付いた。顔も紙の如く白い。かつて落城に遭った記憶が蘇っているのだろう。同じ目に遭った己だから痛いほど解った。

「必ずや守ってみせます」

夏帆の表情が若干柔らかくなった気がした。普段ならば絶対にしないのに、匡介は思わず夏帆の手を握ってしまっていた。微かな間の後、このような時なのに気恥ずかしさが込み上げてきて、匡介はさっと手を離した。

「では」

「はい。お待ちしております」

匡介は会釈をして再び歩み出した。

夏帆だけではない。見渡せば皆が顔を引き攣らせている。民だけではなく、それを導く女中たちも、兵糧を運ぶ武士たちも同様である。何処かから子どもの泣き声がし、それが呼び水となって他の子も泣き始めた。城の中に立ち込める不安を切り裂くように、匡介はさらに足を速めた。

匡介が穴太に戻ったのは払暁のこと。丁度、第一陣の荷造りが終わったところであった。

「少し眠られたほうがよろしいのでは」

段蔵はそう言ったが、匡介は鋭く首を横に振った。

「時がない。今日にでも大津城は取り囲まれる」

大坂から、あるいは佐和山から、軍勢を差し向けたとしても大軍ともなれば二日は掛かる。だが間の悪いことに逢坂の関に西軍の兵がいることを言うと、職人たちの顔にさっと緊張が走った。

「今すぐ大津へ向かうぞ！」

高々と匡介が号令を発し、皆が気合いと共に動き出す。後藤屋から移って来た者もいるため、総勢は百五十余人に増えている。その道中、玲次が近くに来て話し掛けてきた。

「間に合わねえかもしれねえ」

「ああ」

万全を期すためには、この倍に近い石を運び込むつもりだった。つまり穴太から二往復するつもりだったのだ。だが敵がもし今日攻めて来たならば、二度目の運搬は難しいかもしれない。玲次はそれを解っているからこそ、いつにも増して配下の荷方を急《せ》き立てていた。

　しかも今朝、通り雨があって道はぬかるんでいる。轍《わだち》に嵌《は》まって荷車が動かなくなれば、匡介も引き上げるのを手伝った。だがそれでも見込みよりも半刻ほど時を要し、飛田屋が大津城に辿《たど》り着いたのは、陽が少し西に傾き始めた時分であった。

「穴太衆だ！」

　武士の一人が叫び、城内に歓声が沸き起こる。他国の者ならば、たかが職人風情が加わったところでと鼻で嗤《わら》うかもしれない。だが近江に住まう者ならば、それが百人力になると知っている。

「何処に置けばいい!?」

「こ、こちらへ！」

　玲次が激しい剣幕で訊き、京極家の武士たちが慌てて案内する。

「急げ！　一刻の猶予《ゆうよ》もねえ！」

　玲次の声が微かに嗄《か》れている。道中ずっと声を張り上げて鼓舞していたのだ。このような時こそ事故は起こりかねない。それを飛田屋の職人は皆知っており、迅速かつ丁寧に荷を解いていく。

　荷を八割方下ろし終えた時、辺りがにわかに騒がしくなった。武士たちが鉄砲や弓を手に、血相を変えて駆け巡る。耳を澄ませば遠くから地鳴りのような音が聞こえる。

「頭……」

段蔵が顔を顰《しか》めて呼んだ。匡介は舌を打って近場の石垣によじ登った。

「来た！」

匡介が下に向けて言うと、玲次が見上げながら叫んだ。

「どうする!?」

「第二陣は諦める！」

「くそっ……」

玲次は拳を振って悔しがったが仕方がない。戦とは思い通りにいかなくて当然なのだ。今、運び込んだ石だけで対応するしかない。ただ出端《ではな》を挫《くじ》かれたことで、胸に一抹の不安が過った。

——心配ねえ。やれる。

匡介が心中で己に言い聞かせた時、下から呼ぶ声が聞こえた。甲冑《かっちゅう》に身を固めた孫左衛門である。

「飛田殿！　物見櫓《ものみやぐら》からの見立てでは、敵は二万を超えている！」

「一万五千だったのでは!?」

「新たに加わった軍勢がいるようだ！」

どうやら西軍は背後を取られる恐れがあるため、大津城が寝返ったことを重く見ている。美濃での決戦を先送りにし、まずこちらを始末するつもりらしい。これまでに放っ

た物見の話によれば、各地に散らばった西軍を大津城に結集させている。それが全て集まった時、その数は何と、

「四万……」

匡介はその途方もない数を聞いて絶句した。一方、大津城に籠った兵は三千足らず。攻城戦では攻める側は三倍で同等と言われる。だが敵の数は実に十倍を超えることになる。

「今一つ」

孫左衛門は左右を見渡しながら、匡介のすぐ下にまで歩んで来た。周囲に聞かせたくないことだと察し、匡介は膝を折って耳を傾けた。

「早くも加わった五千の軍勢。かなり厄介な敵だ」

考えてみればそうである。一万五千の軍勢に動くように命じたのは今日であるはず。別の場所にいた軍勢に合流するように命じたのも恐らく今日。それなのにすでに合流を果たしているのだから、その動きはまさに電光石火で、率いているのは只者《ただもの》でないことが窺える。

「いずれの」

匡介が尋ねると、孫左衛門は声低く言った。

「杏葉紋《ぎょうようもん》の旗印」

匡介は武家の家紋に詳しくなく、眉間に皺を寄せた。孫左衛門は喉を動かして続けた。

「立花侍従《たちばなじじゅう》だ」

「西国無双……」

立花宗茂《むねしげ》。官位は侍従。若い頃から立てた武勲は数知れず、唐入りでも大いに手柄を挙げた男である。自身も名将である小早川隆景《たかかげ》から、

――立花家の三千は他家の一万に匹敵する。

と言われたと聞く。さらに天下人《てんかびと》である秀吉からは、

――日《ひ》ノ本《もと》無双の勇将たるべし。

との最大級の賛辞を受けた。孫左衛門が周囲に聞かせないようにしたのも納得出来る。いずれは味方にも知れるとはいえ、名を聞くだけで恐慌をきたしてもおかしくないほどの男である。

「上手くいかねえな」

匡介は零《こぼ》れた前髪を掻き上げた。いつか己の手掛けた城を、この名将に使って欲しいと夢見たこともある。その夢は叶《かな》わず、それどころか敵として対峙《たいじ》することになるとは考えもしなかった。

地は湿っているにもかかわらず、濛々《もうもう》と砂塵《さじん》が舞い上がっている。いかに敵の数が多いのか判るというもの。まさしく雲霞《うんか》の如き大軍である。

「来い」

湖上を撫でて来る風に細く息を溶かすと、匡介は敵を睨み据えて小声で呟いた。

第七章　蛍と無双《むそう》

大津城は瞬く間に包囲を受けた。だがすぐさま、戦端が開かれた訳ではない。西軍から降伏を促す使者が来たのである。要衝の大津を労せず取り戻せるならば、それに越したことはないという西軍の思惑が透けて見える。

寄せ手の大将は、西軍総大将毛利輝元の叔父、毛利元康である。叔父とはいえ元康は、毛利元就《もとなり》の八男と遅くに生まれた子であるため、輝元より七つも若く、当年で四十一歳。朝鮮出兵では主君輝元の名代《みようだい》として出陣しており、碧蹄館《へきていかん》の戦いでは千余の敵を討ち取って勝利の発端を作るなど、武将としての力量も高いとの評である。使者はその元康の腹心であった。

元来ならば使者を迎える場において、匡介のような職人が陪席するのは許されない。だが高次は共に戦うのだから、全てをあけすけに見て欲しいと訴え、

――飛田　某《なにがし》。

と謂《い》う武士として、末席に侍することを許された。

「毛利家家臣、葉山正二郎《はやましようじろう》と申します」

使者はまず名乗って頭を下げた。怜悧《れいり》な目からは才気が感じられる。それと同時に鼻持ちならぬものも感じた。

世間での高次の評は、閨閥《けいばつ》により出世した「蛍大名」といったもの。それ故に侮りの心を隠せぬのだろう。

「宰相殿が謀叛とは何かの間違いであろうと殿は仰せです」

張りつめた雰囲気が漂う中、葉山はそのように切り出した。

そもそも敵対したのではないだろうということにし、京極家に逃げ道を作っている恰《かっ》好《こう》である。これは主君である毛利の指示か、あるいは寄せ手諸将の総意か。ともかく軍勢で脅し、少し甘い顔を見せてやればすぐに転んで来ると踏んでいるようだ。

「ふむ」

何と答えるべきか思案しているのか、高次は曖昧に返事をする。

匡介より遥かに上座に座る、京極家家臣の多賀孫左衛門が高次に目配せした。

――先方がそう言うのならば儲けもの。間違いであったと答え、時を稼ぐがよろしいかと。

と、訴えたいのである。

戦うことはもはや決している。だがたとえ半日、いや一刻でも時を稼げるならば稼いでおいたほうがよい。他の家臣たちも同様の考えらしく、期待の目で主君を見つめる。

高次も孫左衛門の目配せには気付いたようで、眉間に皺を寄せて見つめる。孫左衛門
孫左衛門が何を言いたいのかまでは理解していない様子である。

「恐れながら使者殿」

孫左衛門の向かいに座る家臣が呼び掛けた。

「何でしょう」

葉山がそちらを向いた時、孫左衛門はしめたという顔になる。目配せし続けても埒《らち》が明かぬと考えていたのだろう。何とかして高次に伝えたいと思っていたところ、それを察した他の家臣が使者の気を引き付けた。孫左衛門は声を出さぬように、

（時を稼ぐのです）

と、唇を大きく動かした。

「何でしょうか？」

気付かぬ葉山は、呼び掛けた家臣に向けて再び尋ねた。

「いや……殿は何事にも熟考される。暫しお待ちを」

「なるほど。承った」

葉山はその程度のことかと、鼻で微かに嗤うのが判った。皆がそちらのやり取りに気を奪われていたが、今度は一斉に孫左衛門のほうに視線を動かす。すると孫左衛門は額

に手を添えて苦悶《くもん》の表情を浮かべているので、何が起こったのかと皆が訝《いぶか》しむ。

匡介は起こったことを理解していた。皆と異なりずっと孫左衛門と高次の様子を見ていたのである。

——宰相様まで。

このような状況にありながら、匡介は可笑《おか》しさを抑えるのに必死だった。

他の家臣が葉山に声を掛けて引き付けた時、高次もまたそちらの方を向いていたのだ。孫左衛門は懸命に唇を動かして伝えようとするが、高次は一切見ていなかったのである。

「如何かな」

「ふむ。熟考している」

使者の問いに高次は答えた。家臣の言うままの答えのため、葉山が呆《あき》れたように息を漏らした。

「ん？」

高次はようやく孫左衛門に気付いて目を細める。

葉山に怪しまれるのも覚悟の上といったところか。孫左衛門は意を決したように再び口を動かす。

（時を稼ぐのです）

しかし高次はやはり要領を得ない。身を乗り出して孫左衛門の顔を覗き込んでしまっている。

もはや葉山も孫左衛門が何か伝えようとしているのには気付き、苦笑している。ただまだ内容までは解っていない様子である。

(何だ?)

今度は高次が口を動かした。

(時を)

孫左衛門ははっきり、ゆっくりと唇を動かし、両手で小さく何かを伸ばす仕草をする。

それは流石に使者にも意図が露見するだろうと思うが、孫左衛門も些か動顚《どうてん》していると見える。

「何かちぎるのか?」

「違いまする」

高次が声に出してしまったから、孫左衛門もつられ、あっと口を手で覆う。

「ああ、引き延ばせと」

「殿!」

孫左衛門は悲痛な声を上げた。この滑稽ともいえるやり取りに、ある者は溜息を零し、またある者は噴き出してしまっている。匡介もまた唇を結んで必死に笑いを堪《こら》えていた。

葉山もこれには毒気を抜かれたらしい。怒るというより苦々しく言った。

「引き延ばしは御免蒙《こうむ》ります」

「いや……それはな……」

高次は困ったように顔を歪《ゆが》めた。

「如何」

「儂もそう思っている。貴殿らの想いを無にするつもりはない」

高次は鷹揚に頷いて答えた。

「流石、宰相様でございます。では過ちであったと認め、即刻城を開けて――」

「いや、過ちではない」

「ではご自身の意志で、内府の味方をしておられると？」

葉山の様子が明らかに変わる。低い声で迫るので、家臣たち一同の顔も引き締まる。

「左様。だが別に内府の味方という訳でもない」

一方、高次の語調は依然として緩やかである。嬲《なぶ》られたと思ったようで、葉山の顔にみるみる怒気が満ち始めた。

「戯言《ざれごと》を申されるか」

「いいや、本心よ」

高次はじっと使者を見据えて、言葉を継いだ。

「治部少輔は大津で待ち構え、東軍を打ち破ると言った」

「左様」

「あれほどの切れ者。確かにそれが最も勝算が高いのだろう。だが大津はどうなる」

「それはご安心を。大津の町は真っ先に豊臣家によって復興されます。殿が軍議で治部少輔様から聞いたこと故、間違いないこと」

一座は暫しの静寂に包まれた。高次は瞑目して細く息を吐いた。そして刮目《かつもく》すると、匡介がこれまで聞いたことのない強い語調で言った。

「ふざけるな」

「何ですと……」

葉山は驚き、目を見開く。

「治部少輔には治部少輔の存念があろう。同じくして内府には内府の存念もある。ならば我らも言わせて貰う。京極にも京極の想いがあると」

語るにつれて高次の声にどんどん熱が籠っていく。

「京極の想い？」

「そうだ。京極家は内府の味方ではない。大津の民の味方よ。決してこの地を戦場にはせぬ」

「先ほど、貴殿らの想いは無にせぬと……そう仰せだったのは？」

「御心配りはありがたい。故に騙して時を稼ごうなどとはせず、正々堂々と迎え撃つ」

「民を守ると仰せだが、その民を城の中に入れて、戦に巻き込んでいるではないですか」

葉山の口元に憫笑《びんしょう》が浮かぶ。東西両軍に大津を戦場にされても死ぬ民が出る。大津城で戦っても同じである。どこへなりとでも逃がせばよいと考える者もいるだろうが、事はそのように簡単ではない。足腰の立たぬ年老いた者もいる。生まれたばかりの赤ん坊もいる。かつて一乗谷《いちじょうだに》の匡介がそうであったように、民に行く当てなどないのだ。己はたまたま運よく源斎に巡り合えただけだ。

「ああ、だが守ってみせる」

高次の視線が己に注がれる。匡介は力強く頷いて見せた。

「いつまで持ちますかな」

葉山はもはや無駄と察したのだろう。あからさまに鼻を鳴らした。

「蛍も二十日は舞うものよ」

高次が微笑《ほほえ》みつつ返すと、葉山は何も言わず、衆を睨みつつ広間を後にした。思いのほか高次が勇壮に振る舞ったので、家臣たちは驚きの眼《め》を向けている。

「ふう。言ってしまった……」

緊張に身を強張《こわば》らせていたのだろう、高次は息を吐くと、情けない表情で皆を見渡した。感動に身を震わせていた家臣もいたが、常の高次に戻ったことで苦笑する。

「無用に煽《あお》ることになったかもしれぬ。まずかったかのう……」

自信なげに小声で言う高次に対し、孫左衛門が応じた。

「確かに敵はこれで昂《たかぶ》りましょう」

「そうよな……」

しゅんと肩を落とす高次に対し、孫左衛門は強く首を横に振った。

「しかしそれ以上に、我らのほうが昂っております。民を守り抜きます」

孫左衛門が言い放つと、家臣一同の凜然とした頷きが重なった。高次もまた下唇をきゅっと上げ、一人ずつに応えるように何度も頷いて見せた。

それから間もなく大坂城から使者が来た。秀頼《ひでより》の生母である淀殿《よどどの》は、高次の妻であるお初の実姉である。この戦に高次の勝ち目がないと見て、和議を周旋しようとしたのである。これにはすでに包囲していた西軍諸将も道を空けざるを得ない。

だがこれをお初は一顧だにせず断った。せめてお初と、高次の妹で秀吉の側室となっていた松丸《まつのまる》殿だけでも城を出たほうがよいとの勧めに対しても、丁重に断ったという。お初もまた、高次と共に最後まで戦い抜く覚悟なのだ。こうして大津の民と、京極家の存亡をかけた合戦の火蓋が切られることとなった。


事前に京極家として何か出来ることがあれば、融通を付けると言われていた。匡介はそれを受け、軍議の場で一つ頼み事をした。

「職人を守る隊をお願いしたいのです」

矢弾が飛び交っている中でも、飛田屋は恐れずに仕事を行う。かといって何の手も打たぬのでは、敵の狙いの的になってまともに働けない。木楯《こだて》などでそれらを防ぎ、万が一、敵に踏み込まれた時には守りつつ、共に城の奥に撤退してくれる部隊が欲しい。

「百でよいか」

「結構です」

孫左衛門は唸りつつ弾き出した。欲を言えば二百と言いたいところであるが、三千の兵しかいない京極家では百が限界だろう。

「さて誰が適任か……」

孫左衛門が思案している最中、居並ぶ家臣の中ほどから声が上がった。

「多賀殿。拙者にお任せ下さらぬか」

巌《いわお》の如き体軀《たいく》をした男である。口周りには虎髭《とらひげ》を蓄えており厳《いか》めしい相貌をしている。

匡介は眉間に皺を寄せた。男の顔に何処かで見覚えがあったのである。

「お主ならば申し分ないが……珍しい。常ならば手柄を挙げられるように前へ出せというのに」

「この戦の趨勢《すうせい》は飛田屋の活躍に掛かっています。それを守り抜くのが第一の手柄と思いましてな」

虎髭は豪快に笑った。飛田屋を評価していることに驚いたのは匡介だけではなく、孫左衛門も同じらしい。

「飛田屋を知っているのか。横山《よこやま》」

——横山？

やはりどこかで覚えがある。男が身を乗り出し、下座の己を見たところで記憶が蘇った。

「久しぶりだな。匡介」

「横山久内《くない》様ですか」

「何だ。お主ら知り合いか」

孫左衛門は驚いて二人を交互に見た。

「多賀殿、拙者が京極家の前、どこの家に仕えていたかお忘れか」

「蒲生《がもう》家……なるほど。日野城でか」

「左様」

横山は大袈裟《おおげさ》に膝を叩いて答える。

横山久内。今から十八年前、匡介にとって初めての「懸《かかり》」であった日野城攻防戦において、形勢を逆転するための方策の実行を助けてくれた侍大将である。

「お久しぶりです。髭を蓄えておられるので咄嗟《とっさ》に気付きませんでした」

「なるほど。十年ほど前から伸ばし始めたのだ」

匡介が言うと、横山はごしごしと髭を擦《こす》った。

「今は京極家に」

「おうよ。蒲生家は禄《ろく》を減らされ、多くの家臣が去らざるを得なかった。俺もその時にな」

蒲生氏郷《うじさと》は今から五年前の文禄《ぶんろく》四年（一五九五年）に四十歳で世を去った。跡を継いだ子の秀行《ひでゆき》はまだ十三歳と幼く、しかも英邁《えいまい》の呼び声が高かった父に比べれば器量も劣っていたという。そのため重臣たちの対立を招き、お家騒動を引き起こしてしまった。それを秀吉に咎められ、二年前の慶長三年（一五九八年）正月、会津九十二万石から宇都宮《うつのみや》十八万石に移封された。領地を五分の一ほどに減らされたのだから、家臣を放逐せねば到底やっていけない。

横山は氏郷を慕っていたからこそ蒲生家にいたということもあり、故郷である近江に戻って仕官先を探していた。横山の武勇に目を付け、声を掛けたのが京極家だったという訳である。

「お主らのことはこの目で見た。そこいらの武士よりも勇敢で命知らずよ」

「仕事を全うしただけで」

匡介は照れ臭くなって苦笑した。

「それが出来ぬ者が多いからな」

横山も歴戦の武者である。此度の戦がかなり厳しいものになるのは解っているようで、本心から飛田屋の活躍如何《いかん》に掛かっていると思っているらしい。

「俺でよいか？」

横山は口角をくいと上げて見せた。

「勿論です。よろしくお願いいたします」

こうして横山久内率いる百の兵が飛田屋を守ることとなった。その間も飛田屋の面々は、一時を惜しんで石垣の点検をし、不安なところが見つかればすぐさま補修を行っていた。

「真《まこと》によいのか」

高次が声を掛けてきたのは、軍議の最終盤のことである。

「はい。そうでなければ守り切れません」

飛田屋は最前線に出るつもりである。経験の乏しい足軽ならば悲鳴を上げて逃げ出すような、修羅の様相を呈する場所である。

「それに……京極家だけでなく、我らもまた負けられぬのです」

静かに言った匡介の脳裏に浮かぶのは、国友彦九郎の睨み顔。そして澄んだ笑みを浮かべる源斎の顔である。

「ふざけおって」

彦九郎は怒りに拳を握りしめ、大地を踏みつけるようにして歩いた。

「頭。落ち着いて下され」

宥《なだ》めたのは行右衛門《ぎようえもん》。義父が子どもの頃からいる古参の職人で、武家ならば家老の地位に当たるだろう。

「落ち着いていられるか。呼びつけておきながら、我らを使わぬとは」

先刻、諸将の軍議の場に呼び出された。そこで大将の毛利元康に言われたのは、

——此度は後方で見ていて欲しい。

ということであったのだ。

伏見城の攻防戦では、国友衆は前線に繰り出して兵たちに指南し、時に手本とばかりに自らも鉄砲を扱って見せた。この戦のために作った新式鉄砲は、扱いが極めて難しいためである。

また大筒《おおづつ》ともなれば国友衆の力がより必要となる。まず弾の装填の仕方すら知らぬ者ばかりであるし、仮にそれが出来ても狙いを定めることも難しい。砲身の角度が小指一本分でもずれれば、弾はあらぬ方向へと飛んでいく。

また飛距離を合わせるために、一つまみどころか、茶杓《ちゃしゃく》一杯ほどの繊細な火薬の量の調節も必要となってくる。さらに加えてその日の風向き、風の強さ、あるいは湿気によっても誤差は生じる。まともに習練もしていない者が扱える代物では到底ない。つまり国友衆を後方に下げるということは、新式銃、大筒は使わないと宣言したに等しいのである。

「何も解っておらぬ」

彦九郎はなおも憤懣《ふんまん》を露《あら》わにした。

伏見城の攻防戦において、石田三成の求めを受け、千ほどの先遣隊と共に国友衆は大いに活躍した。射程の伸びた鉄砲で、遠くに離れた敵をばたばたと倒したのである。反対に向こうの弾は届かないか、当たっても大した威力が残っていない。一方的に銃撃を加える恰好であった。

石田家家臣は国友衆の新たな鉄砲の性能の良さに大いに驚き、後に戦場に現れた三成本人も、

――これで戦が大きく変わる。

と言って、舌を巻いて感嘆していたほどである。

また、大筒の効果も示した。これまでは飛距離があまり出なかったことで、最前線にまで大筒を繰り出さざるを得なかった。しかし、敵が打って出て来た時に、大筒は取り

回しが難しいため、容易く奪われたり、壊されたりしてしまうのが難点であった。

彦九郎はこれを克服するために心血を注いだ。十年前とは比較にならぬほど飛距離、威力ともに向上しており、陣中の中ほどからでも城にまで届くようになっている。これで敵が出撃してきても十分に守り、仮に劣勢に陥っても引き下がる余裕が出来る。伏見城の戦いでも、石田家の陣より何度も砲撃を加えて損害を与えた。

当初は国友衆が、圧倒的な「火力」が、伏見城の戦いに決着をつけると誰もが思った。だがそれほど事は上手く進まなかった。

「源斎め。死してなお邪魔をするとは……」

行右衛門は苦々しく口を歪めた。

戦が始まって数日、ここで潮目が変わった。

——敵が石の壁から反撃してくる！

との報告が入ったのだ。石造りの壁が出来、しかもそこに鉄砲狭間まであるというのだ。

幾ら離れたところから狙い撃とうが、城を落とすためには最後には踏み入らねばならない。こちらの弾丸を防ぎ、敵は寄せる兵に銃撃を加えてくる。

銃の性能では圧倒しているにもかかわらず、その優勢が打ち消されたのである。このようなことが出来るのは、源斎率いる飛田屋しか有り得ない。事態はこれだけでは収まらなかった。

――弾が跳ね返って来てとても使えぬ！

という現場からの報せが続々と届いたのである。戦の最中、石垣が新たに積まれた。それがこちらに向けて斜めに突出している。穴太衆《あのうしゅう》が「扇の勾配」などと呼ぶものである。

石壁の隙間から狙って来る敵兵を牽制しようと、こちらが銃撃を加える。逸れた弾がその扇の勾配に当たると、雨あられと降り注いできた。下からの銃撃の角度を計算しつくした勾配である。

いかな源斎といえども、何の下準備もなしには出来ない。伏見城の縄張りを引いた時から、予め考えていたものと思われる。ならば初めから「扇の勾配」を造っておけばよいではないか。敵味方問わずに皆がそう思うだろうが、それは大きな間違いである。攻め手は戦が始まるまで兵器を隠しておけるが、守り手は全貌を知られてしまう。この欠点を補うため、源斎は敢えて石垣造りを途中で止め、奥の手を隠していたのである。

「甲賀衆《こうかしゅう》は美味《うま》いところを攫《さら》っていきましたな」

行右衛門は舌打ちをした。源斎が対処した後、彦九郎はさらに新たな鉄砲を投入するか迷った。伏見城で戦は終わりという訳ではない。飛田屋にはまだ匡介が残っており、何処かでぶつかるのは考えられることだった。ここで全て手の内を晒してしまえば、それにも対応されかねない。

その間、三成に応じて戦に加わっていた、国友衆や、穴太衆と同じく近江に住まう、もう一つの技能集団が動いた。甲賀衆である。

甲賀衆は鳥居元忠、さらにはその主君である徳川家康さえも欺き、伏見城に籠っていた。それが一斉に寝返り、城内に火を放った上、西軍の軍勢を招き入れたのだ。

それまでの膠着《こうちゃく》は一気に破れた。伏見城の城門が開け放たれ、我先にと西軍諸将が雪崩れ込む。ただそれでも伏見城の抵抗はなおも頑強で、雨のように矢を降らせて来た。

あいにく雨が降りだし、甲賀衆が折角放った炎の広がりも悪い。しかも火縄が湿って鉄砲が使えない。弓矢での攻防だと、高所に陣取る城方《しろかた》がまだ圧倒的に有利で、西軍の勢いは大いに鈍った。

――これをお使い下さい。我らも行きます。

そこで彦九郎は三成に進言した。未だ使っていなかった新式銃。今こそ使い時だと考えたのである。源斎もそろそろ落ち延びるはずで、目にされることはないと思ったのだ。

新式銃は雨をものともせず放てるという特性を持っている。これを用いることで、何とか持ち堪えていた伏見城も陥落せしむることになった。

だが結果、第一の功績は国友衆ではなく、落城のきっかけを作った甲賀衆ということになった。そして甲賀衆は此度の陣にも加わっており、

――国友衆ではなく、先陣には我らを御供下《おとも》さい。

と、訴えて認められた。さらに先の戦で国友衆も活躍したものの、それ以上に弾が跳ね返されたことが皆の記憶に留《とど》まった。並の鉄砲よりなまじ威力が強いだけに、弾の跳ね返る勢いも強く、多くの被害を生んだ。

人というものは相手を害した記憶はすぐに薄れるものの、己が害された記憶は強く留まるものである。弾丸が雨あられと跳ね返った惨状に、

――国友衆の鉄砲は如何なものか。

などと讒言《ざんげん》まがいのことを口にした者も多いという。故にこのような事態を招いている。

「あの男は本気だ。我らの筒を使わねば悲惨なことになる」

彦九郎は唸るように言った。大津城には、あの飛田匡介ら飛田屋の面々が籠ったと聞いている。

さらに源斎は最後の最後まで残っていたという。その顔を知っている者が、石垣の上から見下ろす源斎の姿を見ていたらしい。もしかすると雨の中で用いた新式銃の情報を、すでに匡介に報せているかもしれない。

伏見城では国友筒を使ったことで確かに反撃にもあった。だが使わねばその倍、いや数倍の被害が出たと彦九郎は確信している。故に彦九郎は先刻も、呼ばれた軍議の場で、

──国友筒でしか、穴太衆には対抗出来ませぬ。

と強く言い募ったが、誰も聞く耳を持たなかったのだ。

「如何なさる」

行右衛門が窺うように尋ねた。

「我らは職人であって武士ではない。抜け駆けという訳にもいかぬ……一刻も早く目を覚まされるのを待つことしか出来ぬ」

彦九郎もその分は弁《わきま》えている。歯痒《はがゆ》いがこればかりはどうにも出来ない。

「国友殿！」

背後から大声で呼ばれ、彦九郎は振り返った。

「あれは……」

同じく身を翻した行右衛門は絶句している。

大きく手を振りながら、こちらに向けて近づいてくる男がいる。逞《たくま》しく引き締まった躰《からだ》に加え、身の丈六尺（約百八十センチメートル）を超える偉丈夫である。凜とした眉、涼やかな目、高い鼻梁《びりょう》と、美男でありながら精悍《せいかん》さも持ち合わせた相貌である。先程の軍議の場で、彦九郎は初めて会った。

「侍従《じじゅう》様」

西国無双との呼び声も高い勇将、立花侍従宗茂である。

「国友殿、ちと待ってくれ」

一介の職人が相手にもかかわらず、待たせては悪いといったように宗茂は足早に近づいて来る。彦九郎と行右衛門が頭を垂れた。

「そのような真似《まね》は無用だ」

宗茂は近くまで来ると快活に言った。

「如何なされたのでしょうか」

軍議の場から己が外された後、後方に下げるだけではなく、陣中から去るようにでも決まったのではないか。それを宗茂は通達しに来たのではないかと疑った。

「当家の陣へ来てくれぬか」

「え……」

「伏見での活躍は聞いた」

「ご存じなのですか」

「ああ」

宗茂は伏見城の戦いには参加していない。その場にいた者に、詳しく状況を聞いたのだという。

「ありがとうございます」

見る者が見れば解るということ。さらにこうしてわざわざ追いかけてまで、褒めてくれたのはせめてもの慰めである。礼を述べる彦九郎に、宗茂は意外なことを言った。

「毛利殿に申し入れた。国友衆を使う気がないのであれば、俺に預けて欲しいとな」

「真ですか。毛利様は何と」

「初めは渋ったがな。押し切ってやった」

宗茂はからりと笑った。

「しかし、何故」

「この城、そう易々《やすやす》とは落ちぬ。お主らの力が必要と見た」

彦九郎は背筋に雷《いかずち》が走ったように身を震わせた。

「違うか？」

宗茂は真剣な面持ちで尋ねる。

「その通りにございます」

彦九郎がはきと言い切ると、宗茂は大きく頷いた。

「湖より高い位置にある外堀にまで水を引き入れておる。穴太衆がやったらしいな」

「はい。そして今も城に籠っております。奴《やつ》らは戦の最中でさえ、石垣を組み替えます」

「らしいな。厄介なことだ。職人の頭は知っているか？」

「飛田匡介という者」

「どのような男だ」

ここまで矢継ぎ早に言葉を交わしてきたが、彦九郎はここで息を深く吸い込んで言った。

「手強《てごわ》い男かと」

「そうか。俺の陣に来てくれ」

宗茂は改めて頼んできた。彦九郎としても、己たちを認めてくれた宗茂にすでに好意を抱いている。毛利家も許しているならば断る理由はない。こうして彦九郎ら国友衆は、立花家の陣に入ることとなった。

立花家の陣は諸勢の後方である。元康が宗茂に対し、

――後詰めをお願い致します。

と、強く言ってきたのだという。元康は大津城を落とすのをそう難しくないと考えている。総大将を出している毛利家として手柄を挙げたいのだろう。

宗茂は下手に逆らわずに了承したらしい。一つには、毛利家の面目を一度は立ててやるため。そしてもう一つの理由として、

「容易くはいくまい。必ず出番が来る」

そう確信しているからである。

明けて八日、毛利家の陣から法螺貝《ほらがい》が吹き鳴らされ、遂《つい》に総攻撃が始まった。大津城東に位置する浜町《はまちょう》口からは筑紫広門《つくしひろかど》ら、西の三井寺《みいでら》口からは小早川秀包《ひでかね》ら、北西の尾花川《おばながわ》口は大将毛利元康、加えて甲賀衆らが攻め掛かった。端から全力である。東西の決戦はいつ行われるかも判らず、大津城など一日、一刻も早く落とさねばならない。

立花軍五千は後詰めである。陣取った園城寺《おんじようじ》は、小高い丘になっており、戦況を一望することが出来た。

「彦九郎、始まったぞ」

宗茂は床几《しょうぎ》から立ち上がった。職人の中には他にも国友姓を名乗る者がいるため、宗茂は名で呼ぶようになっている。また己の帷幕《いばく》に侍《はべ》り、共に戦況を把握するようにと言ってくれた。

「あの外堀に水があるのと、ないのとでは大違いだ。上手くやったものだ」

宗茂は顎に手を添えて感心した。大津城の城門は三か所。北は琵琶湖であり、南側には外堀があるのみで城門はない。そのうち三井寺口、尾花川口の二か所は西側に位置しているため、戦場を大きく捉えれば東西から攻める恰好となる。

南側の外堀に水がなければ、堀に入り、城壁に取り付くことも出来る。尤《もっと》も敵もそう簡単には突破させないが、すくなくとも牽制になり、城方の兵力を分散させることになる。だが水堀に仕立てられたことで、その牽制すら出来ない有様なのだ。

「そもそもどうやって水を入れているのだ」

唇を突き出して宗茂は首を捻った。

「それは……」

彦九郎は事前に大津城を下見して調べている。地中に筒を入れ、水の圧を用いて逆流させていることを伝えた。

「面白いことを考える。ならば水を止めるためには筒を壊さねばならぬか」

「左様にて。しかしそれは地中、しかも城のすぐ近くです」

「敵の恰好の的だな」

采配を肩に打ち付け、宗茂は苦笑した。そうこうしている内に、小早川勢が城門に肉薄する。しかし城から凄まじい量の矢弾を受けて四苦八苦しているのが判った。

「矢弾の量が多いな」

「はい。それは……」

彦九郎が言いかけるのを、宗茂は手で制した。

「向こうで階段状になっているのだな」

「お見事でございます」

彦九郎は頷いた。塀に覆われているためこちらからは見通せないが、大津城の石垣は上部で三つの段がついている。一段目、二段目は鉄砲。塀には上下に鉄砲狭間がついており、鉄砲を放つことが出来る。三段目は立てば塀から胸より上が出るように計算されており、悠々と矢を放つことが出来る構造となっているのだ。

「筑紫殿は駄目だな」

宗茂は東方に視線を移し、こめかみを手で激しく掻《か》き毟《むし》った。

筑紫軍はなんとか銃撃から身を守っているが、腰が引けており城にすら近付けていない。宗茂いわく軍勢から恐れの色がありありと浮かび、少し突けば崩れてもおかしくないように見えるらしい。

「城方も気付く。まずいな……」

そう宗茂が零した直後である。城門が勢いよく開かれ、城から敵が打って出て来た。その数は約五百。騎馬を先頭に筑紫軍に果敢に突撃を掛けた。

「あの旗印は赤尾伊豆守《あかおいずのかみ》です」

平時には京極家の者と親しいという家臣が横から進言した。

「名立たる剛の者だな」

今度は采配を掌に打ち付け、宗茂は戦場を見渡した。寄せ手は東西に分かれているため、毛利軍、小早川軍ともに救援には向かえない。いや、まだ筑紫軍が崩れていることに気付いてすらいない。

「十時《とどき》、五百を率いて筑紫殿を助けろ」

「はっ」

宗茂が命じたのは十時連貞《つれさだ》。立花四天王にも数えられる武将である。筑紫軍が半町（約五十四・五メートル）、一町と押《お》し捲《まく》られている中、十時の軍勢が土煙を上げて向かっていく。城方も援軍が現れたことに気付いたらしい。深追いはせず、大きな弧を描くようにして撤退を始める。

「手際が良い。蛍大名のくせにやりますな」

苦笑しながら言うのは、同じく立花四天王の筆頭に数えられる由布惟信《ゆふこれのぶ》である。

「解っておるくせに。京極家は手強い」

宗茂が言うと、由布も大きく頷いた。確かにお世辞にも高次の将としての才は高いとはいえないという。ただその家臣には名だたる侍大将が多く名を連ねている。京極という名家に仕えたいからだと見ている者が多いが、宗茂はそうではないと考えている。

「あの御仁は愛されているのであろうよ」

宗茂は微かに口元を緩めた。高次は己が無力であることを恥ずかしいとは思っていない。皆の力があってこそ己は支えられていると憚《はばか》らず公言しているのを聞いたことがあるという。加えて家臣の才を妬むこともなく、何事も思い切って任せ、それでいて全責任は自らが負う覚悟も決めている。そのような高次のもとならば、遺憾なく才を発揮出来ると優秀な者がこぞって集まって来ているのだろう。しかも家臣たちは皆、

——殿には己がいなければ。

と思っている節がある、風変わりな家風なのだという。

「生半可な大名が治める家より、余程手強いと思え」

改めて宗茂が言うと、家臣一同が一斉に頷いた。

「侍従様！　あちらからも！」

彦九郎が指差す。毛利家が攻める尾花川口の城門も開き、城方から軍勢が打って出たのだ。

「見誤ったか。あれでは押し込まれるぞ」

筑紫軍とは違い、毛利軍は怯《ひる》む様子はない。そんなところに突撃しても、反対に城内に踏み込まれる契機を作るだけである。

案の定、城方は一当てするも、喊声を上げた毛利軍に押されてすぐに撤退する。さらに城門を閉めるのも間に合わない。毛利軍は吸い込まれるようにして城に雪崩れ込んだ。

「このまま一気に決着がつくのでは……」

彦九郎の胸に複雑な想いが込み上げた。味方の勝ちは喜ばねばなるまい。だがこれで決まれば己の出番はもうない。何より己が強敵と認めた匡介が、このようにあっさりと敗れるのは口惜しいという想いもある。

「いや、城内に入っても側面の伊予丸《いよまる》から攻撃がある。そう易々とは進めまい」

「なるほど……」

間断なく銃声が聞こえる。伊予丸は硝煙に包まれ、城方が足止めしているのが判った。

「訝しい」

宗茂の目がぎらりと光ったような気がした。その時である。城内から轟音が鳴り響いた。しかも一つではない。二つ、三つと続く。さらに悲鳴が聞こえて、毛利軍の兵が飛び出て来た。

「何か仕掛けたな」

宗茂が呟いた時、さらにもう一つ爆音が響き渡った。せっかく攻め込んだのに、毛利軍の退却は止まらない。味方に肩を貸して逃げる者も散見出来た。

「穴太衆かと」

ここからは城内の様子がつぶさには見えない。だが彦九郎にはその確信があった。

「やはり手強いらしい」

宗茂は宙に溶かすように細く息を吐くと、こちらを見て短く言った。その顔は口惜しそうでもあり、どこか愉快そうにも見えるのは気のせいか。彦九郎はそのようなことを考えながら深く頷いた。

嵐の前の静けさといったように、大津城内は静寂に包まれている。そのような中、敵陣から鈍く何処か妖しい音が響き渡った。法螺貝である。

「来たぞ！」

穴太衆を守る横山久内が叫んだ。各部隊に小姓《こしよう》が一人付いており、戦が始まると同時に高次から受け取った言葉を伝える段取りだと聞かされている。

敵陣から猛々《たけだけ》しい鬨の声が上がり、歳も若く戦の経験もない小姓は恐怖に顔を引き攣らせている。

「お言葉を」

匡介は小姓の気を鎮めるように優しく呼び掛けた。小姓はぎゅっと口を結んで頷くと、飛田屋、横山隊に向けて高次の言葉を高らかに読み上げた。

「我のために戦わずともよい。京極家のために戦わずともよい。降っても民が殺されぬ保証は何もないのだ……」

戦の前の言葉として大丈夫かと眉を顰めるのも束《つか》の間《ま》、小姓は一気に残りを謳《うた》い上げた。

「大津の民のために戦ってくれ。大津の存亡はこの一戦にあり。各々、奮闘せよ！」

横山隊が気勢を上げる。他の部隊にも寸分違《たが》わぬ言葉が伝えられたのだろう。各所で次々に喊声が上がり、それはやがて渦の如く城内を包み込んだ。

「どこが戦下手だ」

高揚の声に包まれる中、匡介は呟いて口元を綻ばせた。いや、やはり高次は戦が得意でないのかもしれない。ただ、たとえ兵を率いる将としては二流、三流だとしても、将を率いる器を持っていると確信している。

「匡介」

横山は今にも駆けだしそうな勢いで呼び掛けてきた。

「折角ですが今日はすでに仕込み済み。近くで様子を窺います。形勢が悪くなればいつでも出られる支度を」

「判った」

悔しそうに拳を握るも、横山の頬は緩んでいる。戦場は生きている。敵はどのように動いてくるか判らない。明日からはそれに即座に応じていくが、初日の今日だけは時を掛けて備え終えている。

匡介らが向かったのは二の丸の北西の端。三の丸と二の丸を繋ぐ道往門《どうおうもん》を越えた先である。そこから三の丸尾花川口を監視する。大津城には三か所の城門があるが、そのうち尾花川口と三井寺口は近く、突破されればここに敵が密集するためである。

「外堀の効きめは覿面《てきめん》のようだな」

移動の途中、横山は感嘆の声を上げた。前回の改修で外堀に水を引き入れてある。これでそう易々と敵は城壁を破れない。しかも塀の手前に石で階段を造っており、より多くの鉄砲足軽が同時に外を狙えるようになっている。

「尾花川口も堅牢《けんろう》のようだ」

持ち場に就くと、横山は手庇《てびさし》をしながら言った。敵方は破砕槌も用意して城門を破ろうとしているが、矢弾の数が多くて思うように肉薄出来ないでいる。他の口でも同じだろう。

「しかし毛利軍は怯んでいないようです」

西軍総大将の一族として、己が手柄を挙げねばならぬと思っているのだろう。毛利軍の士気は頗《すこぶ》る高い。

「おっ、東は打って出たか！」

横山が首を勢いよく振った。東側より太鼓の音が鳴ったのだ。寄せ手が崩れた場合、こちらから勢いよく打って出ようと打ち合わせてある。浜町口を攻める筑紫軍が崩れたのであろう。

「筑紫軍が最も脆《もろ》いと仰っていたはず。横山様にはそのような弱敵は似合いますまい」

匡介は羨ましそうにしている横山を宥めた。

「そうよな。俺が役目は穴太衆を一人も死なさぬことよ」

改めて己に言い聞かせるようにして横山は頷いた。

「あれは……」

南側に砂塵が上がっているのが見え、匡介は目を細めた。

「立花軍だ。筑紫を助けるつもりらしい」

「早いことで」

「立花侍従は別格よ。どうした訳か後詰めをしているが……正面に出て来ぬに越したことはない」

横山の気風ならば、是非とも戦いたいと勇みそうなものである。それがそのように言うのだから、いかに立花宗茂と謂う男が強敵かということが解る。

「引《ひ》き鉦《がね》。これも段取り通り」

匡介は呟いた。東側から引き鉦が鳴っている。進んで打って出るとは決めたが、決して無理せず深追いはしない。これも示し合わせていること。立花家からの援軍が出たことで、浜町口の突出部隊は城内に引き揚げる。

「どうだ!?」

三の丸からこちらに向けて侍が呼び掛けてきた。尾花川口を守る三田村出雲《みたむらいずも》、吉助《きちすけ》親子の部隊の者である。何処かが打って出て、引き揚げた時、こちらから仕掛ける一つの好機だと、これも打ち合わせていたのだ。

この兵力差である。ただ栄螺《さざえ》が蓋を閉ざすが如く耐えていればいい。多くの者がそう思うことだろう。だが城を動かすのはあくまで人である。守り一辺倒の戦になれば、気が緩むのか、あるいは鬱屈するのか、ともかく必ずといっていいほど綻びが出る。それは幾ら大津城が堅城といえども変わらない。故に出撃策も必要であるし、敢えて誘い込むような一手も打たねばならない。

「やりましょう！」

匡介は口に手を添えると大声で返した。

「解った！」

侍は大きく頷いて去っていく。それから間もなく、尾花川口の城門も開かれ、三田村親子の部隊が出撃した。馬の嘶《いなな》き、刀槍《とうそう》が打ち合う音が重なる。

「耐えろ！　反対に押し込め！」

毛利軍の侍大将であろうか。戦場で鍛えたであろう野太い声がここまで届いた。三田村隊は退却を始めたが、城門を閉める余裕はない。二の丸に通じる道住門を目指して走る。

追ってくる敵勢の中、一等早く追撃を掛けている集団がいる。

「甲賀衆です」

これまで黙していた段蔵が口を開いた。段蔵は年老いても頗る目が良い。衆の中に見知った男の顔を見つけたという。

「となると、恐らくあれが鵜飼藤助」

馬上で一党を指揮している男がいる。忍びといえば騎乗しないものと思いがちだが、彼らは領主としての顔も持っている。異能を有した土豪といったところである。

「あいつらだけは絶対に許さねえ……」

玲次が歯ぎしりをする。

「いや……」

「どうした？」

恨みはまた次の恨みを生む。鵜飼はあの日の己が生んだ化物なのだ。

「何でもない。俺が受け止める」

匡介は源斎に答えるかのように言った。

「驚いてやがる」

玲次が鼻を鳴らした。城内には石を積み上げた塔のようなものが幾つもある。どこの城でもこのような光景はない。故に甲賀衆の連中も困惑しているのが判った。

「さあ、行け!!」

匡介の叫びが届いた訳ではなかろうが、同時にけたたましい銃声が巻き起こった。ここから見れば石の塔が火を噴いたかのように見える。敵兵が悲鳴を上げてばたばたと倒れる。

石の塔の中は空洞になっており、そこに四、五人の兵が籠っている。そして敢えて設けた隙間、狭間から敵を鉄砲で狙い撃ったのである。

「上手くいきましたな」

段蔵の声がやや弾んでいる。

「改めて……凄まじいことを考えるものだ」

「石積《いしづみ》櫓《やぐら》は我らの工夫ではありません」

匡介は戦の様子を見守りながら答えた。

豊前国《ぶぜんのくに》に長岩《ながいわ》城という城がある。土御門《つちみかど》の頃に築かれた城で、その石垣は実に七町（約七百六十三メートル）にも及ぶ。いつ造られたものかははきとはしないが、そこに石で造られた櫓が存在し、このように狭間まで拵《こしら》えられている。

——考えたのは俺たちの遥か先達だろう。

生前、源斎がそう語っていた。技術というものは日々進歩するものである。だがその中において、時代に合わないなどといって受け継がれず、忘れ去られていくものもある。

当時は鉄砲がなく、遠く隔てての攻撃といえば専ら弓矢である。狭い櫓の中での取り回しが難しかったからだろう。石積櫓もあまり広まらなかったようである。だが源斎はこの噂《うわさ》を聞くや、若い匡介を連れてわざわざ長岩城を見にいった。そしてこれは鉄砲が普及した今ならば、大いに役立つものだと復活させたのである。

「ただ石積櫓は石垣に付属してあるもの。城の中にあのように並べるのは初めてかと。

危のうございますが……」

　このように配置するのは匡介の考えである。幾十、幾百の戦場を経験しようとも誰も見たことがないだろう。

　危ないというのは、単独で石積櫓を構築すれば、中に籠った者に一切の逃げ場がないこと。決死の覚悟が必要となる。だが京極家から、どうしても出端を叩きたいとの求めがあり、匡介は想いに応えて築いた。

　射手は二人。残る三人は弾込めを担う。とめどなく銃撃が加えられる中、横山は膝を打った。

「まるで三国志演義《さんごくしえんぎ》の石兵八陣《せきへいはちじん》よ」

　匡介は目を丸くした。諸葛孔明《しよかつこうめい》が呉《ご》の大軍を惑わせ足止めしたという、石を積み並べた陣形のことである。もっとも眉唾だとは解っている。だがそのような軍記物にも何か、石積みの手がかりがあるかもしれないと匡介も目を通していた。

「横山様は存外博学ですな」

「馬鹿にしおって」

　そう言うものの横山の頰は緩んでいる。

　一斉に鉄砲を放つと敵の前面しか倒せぬものであるが、櫓が乱立するため敵は四方八方から弾を浴びて為《な》す術がない。

「そろそろです」

混乱している敵に追い討ちをかけるように爆発が起こった。石積櫓の中から、焙烙玉《ほうろくだま》に火を点《つ》けて転がしたのである。立て続けに轟音が鳴り響き、爆風を受けて吹き飛ばされる兵も散見出来た。

これも石積櫓だから出来ることである。焙烙玉は威力が強いことから、味方の巻き込みを避けるため、縄などで遠くに投擲《とうてき》せねばならない。だが此度は近くで爆発したところで、石積櫓に守られて無事という訳である。

さらにその間も銃撃は止まず、敵勢は総崩れになって這《ほ》う這《ほ》うの体《てい》で退却していく。緒戦はこちらの圧勝である。立ち上がって戦況を見つめる匡介を、段蔵が遠くを指さしながら呼び掛けた。

「御頭」

「ああ」

馬上の男、鵜飼藤助が未だ逃げず、こちらを凝視している。どうやら己たちが穴太衆であると気付いたらしい。

「飛田匡介!!」

鵜飼が大音声《だいおんじよう》で叫んだ。確かに声は大きいのだが、加えて特殊な発声の仕方でも習得しているのだろうか。爆音、銃声、悲鳴を切り裂いてここまで届いた。

「必ずうぬらを殺す!!」

鵜飼の全身から殺気が立ち上るのが判った。段蔵は顔を顰め、玲次は舌を鳴らす。匡介は下唇を強く嚙み締めた。誰かを守るということは、時に誰かを傷つけること。そういった意味では、己もまた怨嗟《えんさ》を紡ぐ一人とも言えよう。

「逃げやしないさ」

匡介は迷う己を奮い立たせるように声を絞り出した。

鵜飼が馬首を転じ、混乱で崩れつつあった甲賀衆を何とか取りまとめ城外へと逃げていった。この日、西軍は対策を講じるためか、もう攻めて来ることはなかった。こうして初日の攻防は京極家の優勢で終わったが、まだ戦は始まったばかりである。


九日の早朝よりまた交戦が始まった。互いに示し合わせたかのように銃声の数が増えていく。飛び交う矢もまた同様で、最も多い時は蒼天《そうてん》が黒く濁ったのではないかと見紛《みまが》うほどである。

払暁、毛利家から立花家の陣に使者が来て、

——立花殿には本日も後詰めをお願い致す。

と、言ってきた。ここまで念を入れるのは、寄せ手の中で宗茂の勇名が群を抜いて轟《とどろ》いていることが原因であろう。皆で城を落としたとしても、

——西国無双がいたからだ。

と、世間に言われるのが落ちである。それを毛利元康は解っているからこそ、ここは立花家に一切手出しをさせずに陥落せしめようとしているのだ。

「毛利殿も気苦労が絶えぬな」

厄介者扱いされているのに、宗茂は元康に同情の言葉を寄せた。

宗茂いわく、毛利家は複雑であるという。当主の毛利輝元は西軍の大将に担がれているが、一族家中は必ずしも一枚岩ではない。中には東軍に付いたほうが良かったと考え、積極的な戦は控えるべきだと考えている者もいる。そんな中、元康は強い西軍支持派である。毛利が武功を立てれば立てるほど、後戻りは出来ぬようになる。そのためにも大津城は毛利家が中心となって落としたいと考えているらしい。

「彦九郎、如何に見る」

宗茂は脇に控える己に尋ねた。昨日の様子は伝わっている。曲輪《くるわ》の中に幾つかの石造りの塔のようなものが立っており、隙間から絶え間なく銃撃を浴びせられた。さらに焙烙玉まで駆使したという。それがあの爆音の正体であったのだ。

「このまま攻防が続くならば当面は心配ないかと。ただ先ほども申したように、昨日のようなことがあれば……」

常に今日の戦で、匡介がいかに出るかということを思案していた。そして予め危惧するところを宗茂に話してある。

「解った。暫し静観しよう」

宗茂は床几に腰を据え、眼前の攻防をじっと見つめる。凜と背を伸ばすその姿は威風堂々たるもので、今の日ノ本で一、二を争う名将と言われるのも納得出来る。

「今日も筑紫殿は及び腰だ。崩れたらすぐに支えてやれるようにしておけ」

「すでにそのつもりです」

昨日、筑紫隊の敗走を防いだ十時が苦笑しつつ答えた。

「それ、申している間に出たぞ」

宗茂は采配で浜町口を指した。昨日の如く、大津城から一隊が飛び出て筑紫軍に突撃をかけ始めた。すでに十時は馬上の人となっており、すぐさま兵を率いて支援に向かった。

「あちらはよいのだな」

宗茂がこちらを見て尋ねた。

「はい。ただ尾花川口で昨日と同じように敵が出れば危険です」

「ふむ……」

宗茂は顎に手を添えて唸った。彦九郎の言うことに、初めは宗茂も首を捻った。だが
彦九郎が、

――寄せ手において、飛田匡介のことは私が最も知っています。

と断言すると、宗茂はじっと己の目を覗き込んで、信じると答えてくれたのだ。

筑紫軍が崩れそうになるのを十時隊が支え、敵の部隊は退却して城の中へと消えた。

その直後である。宗茂が低く、それでいて、はきと呼んだ。

「彦九郎」

「やはり来ました……」

全く昨日と符合するように、尾花川口の門も開き、京極軍が突出してきたのだ。この状況が出来《しゅったい》したならば危険だと、彦九郎は訴えていたのである。

「如何にする」

「聞き届けられぬでしょうが……それでも伝えねばなりません。陣を離れるお許しを」

「よし、解った」

宗茂はすっと床几から立ち上がって続けた。

「俺も行く。お主一人よりは、毛利殿も耳を貸すだろう」

「しかし、侍従様が陣を離れては……」

「俺などおらずとも、しくじる家臣ではない。むしろ前に出過ぎて、いつも叱られているのだ」

宗茂が戯《おど》けた顔を作ると、居並ぶ家臣たちが左様、左様と相槌《あいづち》を打つ。宗茂は高次のことを家臣に愛されていると評していたが、自身も負けず劣らず信頼を寄せられている。

「お主一人なら毛利殿は門前払いにするかもしれぬ。俺も行かせろ」

朝日に照らされる中、宗茂は純白の歯を覗かせた。

「急ぐぞ」

元は武士の子ということもあり、彦九郎は職人ではあるが馬術もいける。宗茂が馬を用意してくれ、毛利の陣を目掛けて疾駆した。

宗茂が突如現れたことで陣は騒然となる。毛利家家臣の中には縋《すが》って止めようとする者もいたが、

「大事なことよ」

と、宗茂が静かに言ってそっと手で押しのけると、その威厳に打たれたように後ろに下がった。

「各々方、おはようございます」

帷幕に入ると、元康を中心に重臣たちが居並んでいる。すでに宗茂が現れたことが伝わっていたのだろう。元康は苦虫を噛み潰したような顔で出迎えた。

「立花殿には後詰めをお願いしたはずだが」

「家臣が備えており、拙者の出る幕はござらん。故にこうして参ることも出来ました」

「それでも万が一の折には――」

「立花には万が一もござらん」

宗茂が鋭く遮った。元康は奥歯を擦るようにしていたが、やがて深く息を吸って落ち着きを取り戻した。

「おい」

「結構、すぐに終わります」

元康が家臣に床几を用意するように命じたが、宗茂は手で制して断る。元康もそれ以上は強く勧めず、本題を切り出した。

「大事なことがあると聞き及びましたが、何のことで？」

「石積櫓のことです」

「あれは石積櫓と言うのか……」

「ご存じないのも仕方ないこと。あれは我が故郷に近い長岩城に備えられたもの。日ノ本は疎《おろ》か、朝鮮でもとんと見ませんでしたしな」

宗茂は二度、三度頷きながら続けた。

「それに長岩城では石垣に付属しておりました。聞いた話によれば、曲輪内に乱立していたとか」

「……そうだ」

「先ほど尾花川口が開き、城外で激しい攻防が行われている……如何なさるおつもりで？」

「すでに策は講じている」

「止めたほうがよい」

宗茂が藪《やぶ》から棒に言ったので、衆は色めきたった。

「必ず上手くいく」

「そうではござらぬ。この国友彦九郎いわく、すでに石積櫓の中に敵は籠っておらぬと」

一座がざわめくが、元康がそれを鎮めて重々しく口を開いた。

「あれほどのものを築き、しかも成果を挙げているのだ。本日も使わぬなど有り得ぬだろう」

「彦九郎」

「はっ」

宗茂に呼ばれ、彦九郎はずいと一歩前に出て存念を話し始めた。

「造ったのは間違いなく穴太衆の飛田匡介。あの男は一兵たりとも死なせぬことを目指します」

「そのようなこと出来るはずがない」

元康は馬鹿馬鹿しいといったように鼻を鳴らした。

「左様。実際には難しいことでございます。しかし彼《か》の者はそのことを常に追い求めているのです……」

あの男の話をすると、戦で敢えなく散った父の背が何故か過る。それが余計に彦九郎を苛立《いらだ》たせるのだ。だが、今はそれをぐっと堪えて一気に言葉を継いだ。

「此度の石積櫓は中に籠る者には逃げ場はない。こちらが初見と見抜き、必ず成功すると確信してのものでしょう。しかしこちらも策を講じます。それを解りながら二度目の危うい橋を渡るとは思えませぬ」

「櫓の中に人がおらぬならばなお好都合。一気に二の丸まで攻め落としてやる」

「石積櫓の中に人がおらぬとすれば、門を固く閉ざしておればよい。それなのに何故打って出る危険を冒すのか。これは匡介の……穴太衆の罠でござる」

「では、やはり人がいないなど有り得ぬ。手ぐすねを引いて待っておるのだ」

そう言われることはある程度見当がついていた。彦九郎は匡介の考えからすれば、石積櫓を二日使うはずはないと信じている。故に門を開くのが罠に見えるのだ。

だが元康をはじめ殆どの者は、石積櫓を使う思惑があるからこそ門を開くと考える。あるいは誘い込むつもりはなくとも、石積櫓が後ろに控えているからこそ、安心して打って出ているように見えるのだろう。論の起点の部分から大きな齟齬《そご》が生まれ、なかなか受け入れられないとは思っていた。

「この者は泰平の間も、穴太衆、飛田屋のことを誰よりも学んで来た。毛利殿……信じて下され」

宗茂の言に、元康は下唇を嚙みしめて言った。

「そうして手柄を横取りしようという算段――」

「そのような気は毛頭ござらん。此度の戦の大将は毛利殿です」

宗茂は途中で遮る。声は低いにもかかわらず、遠雷の如き迫力がある。宗茂は一転、穏やかな口調で話し掛けた。

「何が危ういのかはきとは判りませんが、拙者も何か嫌な感じが致します。そして歴戦の毛利殿ならば、それに気付いておられるはずでしょう」

「確かに……訝しさはある」

別にわざわざ敵を招き入れ石積櫓で攻撃する必要はない。三の丸の前でしっかり敵を食い止め、突破された時に使用しても遅くはないのだ。昨日は士気を上げるため、緒戦で何としても戦果を挙げたかったからという理由で説明出来る。だが今日、わざわざ門を開けることに、元康も違和を覚えたのは確からしい。

「だが、鵜飼殿が、斬り込みは甲賀衆が務める、故にやらせてくれと申したのだ」

先ほど、元康があると言っていた策は、どうやら甲賀衆の鵜飼藤助が献策したものらしい。

石積櫓は厄介に違いないが、中から銃を放ち、焙烙玉を出してくる隙間があるのは確か。敵より遥かに多い鉄砲を前面に出し、一寸《ちよつと》も覗くことが出来ぬほど乱射する。

そして敵が怯んでいる間に一気に間を詰め、狭間に向けて外から鉄砲を突っ込み、中に籠る者を鏖《みなごろし》にするというものであった。

「我らは銃撃を、斬り込むのを甲賀衆が買って出た」

「鵜飼殿は」

「もう先ほど……」

顎をしゃくった元康の頬が歪んでいる。元康も決して凡将ではないのだ。宗茂と話して冷静になって、やや勇み足であったとすでに思い始めている。

その時、喊声がひと際大きくなった。元康が立ち上がり帷幕の外に出る。宗茂、そして彦九郎もその後に続いた。丁度、寄せ手が尾花川口から侵入したところである。大量の鉄砲足軽が前面に、次いで射撃の後に斬り込む甲賀衆も門に吸い込まれていく。

「遅かったか」

宗茂が口惜しそうに拳を握った時、銃声が一斉に鳴り響いた。第二陣、第三陣と間断なく続く。元康が話していた通り、味方の鉄砲足軽による乱射が始まったのである。

「憂慮だったのではないか……」

昨日は暫《しばら》くしたら逃げ始める者、担ぎ出される怪我人も散見出来た。だが今日はそのような者は見られない。元康も今は不安を抱いているのだろう。己に言い聞かせるように言った。

「毛利様、味方の鉄砲は全て国友の産のものですね」

「ああ、そうだが……」

「敵からの応射がないようです」

「何……」

「昨日、ずっと確かめていましたが、京極家は日野筒《ひのづつ》を使っています。日野筒の音がしません」

「そのようなことが判るのか」

「聞き分けられます」

彦九郎は断言した。同じ国友筒でも工房によって微妙に銃声は異なるのだ。

産地が違えばさらに顕著である。国友筒と堺筒《さかいづつ》は鉄芯の基本的な構造が似ていて聞き分けにくいが、作り方が大きく異なる日野筒ならば絶対に間違わない。

詳しく述べると国友、堺は鉄芯に細い鋼を螺旋《らせん》状に巻き付けて筒を作るのだが、日野筒は大きな一枚の鋼を巻き付ける旧来式を採用している。いや、厳密には新式は作り方が秘匿されており、日野はその手法を知らない。故に強度を高めるため、三枚の薄い鋼を筒状に重ねる独自の方法を採っている。故に銃声は低く、どこか籠った印象を受けるのだ。

「ならば――」

元康が血相を変えたその時である。城内から天を揺るがすほどの轟音が鳴り響いた。

「やはり敵はいるようだぞ」

心なしか元康の顔に安心の色が浮かぶ。敵の攻撃を受けて安堵するというのも奇妙な話だが、昨日と同様、敵が焙烙玉を投げたならば、やはり石積櫓の中に人はいたことになり、次なる奇策はないと考えたのだろう。

「いや、どうも様子がおかしいですぞ」

宗茂は形の良い眉を寄せた。

「はい！　爆音が昨日よりも遥かに大きい！」

彦九郎は息を呑んだ。

「何だ!?」

元康が言ったその時、天に赤いものが舞い上がった。紙のようである。それが燃えているのだ。まるで蒼天に朱をぶちまけたようなそれは、やがて散り散りになって三の丸に降り注いでゆく。

「ぐっ――」

また大気が震えるほどの轟音が鳴り響く。これまでよりもさらに大きく、皆が思わず耳朶《じだ》を手で塞ぐほどである。だが彦九郎は歯を食い縛って音に耐えた。いや、音を追い続けた。爆音に続いて地鳴りのような音、さらにその向こうに喚《わめ》き叫ぶ声を捉えた。

「何が……何が、起きている！」

白煙、砂塵が入り混じったように三の丸の上空が曇る中、元康は悲痛な声を上げて目を凝らす。

「日野筒！」

彦九郎は叫んだ。ここに来て大量の日野筒が使われているのは、城方が一挙に反撃に出た証左である。悲鳴、怒号、また悲鳴。三の丸で一体何が起きているのか想像もつかなかった。

「毛利殿！　すぐに救援を！」

誰もが茫然《ぼうぜん》となる中、いち早く叫んだのは宗茂である。もはや味方が押しているとは思っていない。間もなく崩れて脱出してくると踏んだのだろう。

「あ、ああ！」

元康は抗うことなく頷き、配下に至急援軍を命じる。果たして宗茂の思う通りになったのはその直後である。尾花川口の門から味方の兵が続々と逃げ出して来る。誰もが己のことで精一杯のようで門で詰まっており、我先にと味方を押しのける兵も見えた。

「どうも甲賀衆の姿が見えぬ」

宗茂の言う通り、逃げ出して来るのは毛利家の兵ばかり。勇んでいたという鵜飼藤助が率いる甲賀衆の兵が見えない。元康の命で送られた新手が、逃げる毛利兵の退却を支援する。

実際は五十を数えるより短い時間であったろうが、彦九郎には半刻にも相当するほど長く感じられた。遂に疎《まば》らに甲賀衆らしき者が数人、這《は》うようにして門から逃げて来るのが見えた。

「何……」

尾花川口の門がゆっくりと閉じ始める。明らかに攻め込んだ数より、逃げ出した数のほうが少ない。特に甲賀衆にいたっては、九割は出てきていないのではないか。

ここで物見の者が駆け込んで来て、悲痛な声で状況を報告する。

「甲賀衆はほぼ壊滅！　鵜飼藤助殿が討ち死に!!」

「なっ――」

元康はもはや声も出ないようで、拳をわなわなと震わせた。

「匡介……」

閉じゆく門を見ながら彦九郎は呟いた。まるで大津城そのものが一個の巨大な獣で、兵たちを貪り終えて口を閉じているかのように見え、得体の知れぬ震えが躰を駆け抜けた。

初日に勝利を挙げた後、夜半にもかかわらず軍議が開かれた。まだ戦は始まったばかり。浮かれてはおれず、気を引き締める意味合いもあろう。

だが、もっと大きな訳は、匡介が発したある意見が家中に波紋を広げたことが大きい。

――明日は石積櫓を使わない。

と、宣言したのである。

その理由を家臣一同に説明するための軍議であった。当初は訝しがる者もいたが、その訳を告げると、皆が得心してくれた。

翌朝、再び寄せ手は猛攻を開始した。匡介ら穴太衆、そして横山ら護衛の隊は昨日と同じ場所で、刻一刻と変じる戦の行方を見守っていた。

「なかなか西軍も必死だ」

横山の言う通り、一夜明けて西軍の攻撃はなお苛烈になっている。彼らとしては大津城など一揉《ひとも》みに潰し、一刻も早く西軍の主力部隊に合流を果たしたいであろう。

「敵は鉄砲を休ませるつもりはないらしい」

遠征ともなれば持っていける火薬の量に限りがある。だが畿内は西軍が掌握していることもあり、兵糧、弾薬の補給には心配がないらしい。となると、こちらとしても気を配らねばならぬこともある。

「玲次」

「ああ、来るかもしれねえな」

言わずとも玲次もよく解っている。ふんだんに火薬を用いて、石垣を崩す戦法を相手が採る見込みもあるのだ。

「まずは心配ないが……な」

己たちが積んだ石垣はそれほどやわではない。近くで爆発を起こされたとしてもびくともしない。

「一部ならあるかもしれねえ」

そもそも石垣は外から掛かる力には滅法強いが、内から掛かる力には存外弱い。下手な者が積むと、大雨が降るだけで中から崩落することもあるのだ。玲次が危惧しているのは石垣まで肉薄し、石垣の隙間に火薬を仕込まれることである。それでも大きく崩れはしないが、戦の中での修復を試みねばならない。

「石積櫓に結構使ったからな。あまり余裕はないぞ」

「そうだな」

あと一日、石を運び込むつもりでいたが、思いのほか早く城を囲まれてしまった。己の考えでは何とか持ちそうであるが、この差が後々響かねばよいがと危惧していた。

「出るぞ！」

横山はがなり声で叫んだ。味方の反攻に敵が一時退いた。その機を逃さずに、これも昨日と同様、門を開いて三田村親子が出撃する。怒号が飛び交う中、三田村隊は縦横無尽に暴れ回ったが多勢に無勢である。やがてじりじりと押し戻されるようになった。

「乗って来い」

敵が石積櫓への策を講じていないならば、深追いはしないだろう。おかしな話だが敵の優秀さを信じるような恰好である。

「来た！」

鉄砲足軽が多数、引き揚げる三田村隊に追いすがる。その後ろにぴったりと甲賀衆も続いている。こちらが考えていた動きそのものである。

「まずいぞ！　出雲殿が——」

横山が顔を歪めた。曲輪内に入った敵の鉄砲足軽の展開が早く、三田村隊はまだ城の奥深くに逃げきれていない。三田村の父である出雲は、殿《しんがり》に残って配下たちに急ぎ逃げるように叱咤《しった》している。けたたましい銃声が鳴り響いた。硝煙に視界が遮られる前、馬上の三田村出雲が宙に投げ出されるのが見えた。

「くそっ……」

匡介は下唇を嚙みしめた。全てが思い描いたようにいく訳ではない。すぐに切り替えるべきだと己に言い聞かせる。敵の猛射は止まらない。石積櫓から反撃がないことも、とても顔を出せぬものと疑っていないようである。

――止まれ。

匡介は心で念じた。害意は害意を呼ぶ。これこそが源斎の言った「因果」であろう。一度動き出せば力で断ち切るほかないと覚悟している。だが、甘いかもしれないが、止まってほしいとも願っていた。

「止まれないのだな……」

匡介が呟いたその時である。

轟音が天を衝《つ》き、乱立する石積櫓の中を縫うように疾駆していた甲賀衆の一部が削り取られるようになぎ倒された。一つの石積櫓が吹き飛んだのである。

石積櫓には人は一切籠めていない。代わりに中にはありったけの焙烙玉を積み上げてある。甲賀衆が狭間に火縄銃を差し込んで発砲したことで引火して爆発を引き起こしたのだ。内側からの爆風で積まれた石が四方八方に飛散し、敵から悲鳴が巻き起こる。さらに石積櫓の中には、数十枚の紙も入れてある。それらが燃えながら天に舞い上がった。

払暁から、石積櫓に手を加えた。頂の部分、櫓ならば屋根に当たる石を一度取り外し、油にたっぷり浸した後に元通りにしたのである。舞い散る紙が掠れば上部が燃え出し、近くに嵌め込んだ焙烙玉に引火して誘爆を引き起こすしくみである。鵜飼が攻撃を止めれば、攻撃を止めずとも逃げ場の無い石積櫓の中の者を虐殺しようとしなければ、こうはならなかった。万に一つの願いを込めたが、やはり鵜飼は止まれなかった。

「ぐっ――」

段蔵が腕を掲げて顔を背けた。直視していられないほどの凄まじい爆発である。残る七つの石積櫓が立て続けに弾け飛び、曲輪内にいる全ての者に石の弾丸が飛来する。敵は夥しいほどの被害を出して大混乱に陥り、毛利隊は何かに憑《つ》かれたように逃げ出している。ただ奥にまで侵入した甲賀衆はその大半を失い、残る僅かな者も負傷している者が多数である。

「諦めろ！」

届くはずがないと解りながら、なおも叫んだ。匡介の眼下の正面石垣に加え、伊予丸からも一斉に銃撃が開始され、ばたばたと敵は倒れていった。さらに段取り通り、三田村隊が門を閉ざすために引き返して来る。先頭を行くのは、出雲の子、吉助で間違いない。

焙烙玉の煙が濛々と渦巻く中、匡介は立ち尽くす鵜飼藤助を見た。飛散した石で折れたのだろう。右腕を抱えるような恰好である。

鵜飼は茫然自失といった様子で周囲を見渡していたが、やがて匡介とぴたりと目が合った。

「おのれ、飛田匡介ぇ!!」

鵜飼は天に向けて野獣の如き咆哮《ほうこう》を上げた。何故か思い出されたのは、両親を、妹を殺され、行き場のない怒りに苛《さいな》まれる己の姿だ。匡介は糸を吐くように息を整えると、戦塵の宙に溶かすように静かに震える声で呟いた。

「もう終わりにしよう」

このような戦を。己たちで。己が石垣で泰平を創ってみせる。様々に入り混じった想いを込め、匡介が言った時、先頭を行く三田村吉助と交錯する。その次の瞬間には三田村隊の波に吞み込まれ、鵜飼の姿は地に吸い込まれるように消えた。

門が閉められ、再び城外との攻防に移る。敵もこれ以上の損害を恐れてか、朝方と異なり果敢に攻めては来なかった。こうして二日目の攻防も京極家の圧倒的優勢のまま、比叡山《ひえいざん》の向こうに陽が落ちていった。

毛利家の鉄砲隊にも多くの死傷者が出たが、斬り込みを担っていた甲賀衆の被害は特に甚大であった。混乱の中、鵜飼藤助は討ち死に。甲賀衆は壊滅したといってもよい。

この敗報が伝われば、他の攻め口でも劣勢に追い込まれる。全軍を一度立て直すためにも、それからは遠巻きに銃を撃ち、矢を放つ程度で終始した。

日が暮れた後、立花宗茂の提案により急遽軍議の場が持たれることになり、彦九郎もまた末席に座ることとなった。

「敵は相当に手強い……」

毛利元康は忸怩《じくじ》たる思いを押し殺すように歯を食い縛った。宗茂はこのような時でも元康の面目を保つことを忘れず、恨み言の一つも吐かずに頷いた。元康は深い溜息を零して呼んだ。

「立花殿」

「はい」

「明日より前に兵を繰り出してくれまいか」

全軍の消耗が激しいことにも加え、大津城攻略は東西決戦が始まるまでという期限があるのだ。元康は何より背に腹は代えられないと考えているだろうし、我を通したことを後悔しているようにも見える。

「承った。で、如何に攻めるお考えか」

宗茂が訊くと、元康は迷いを吹っ切るかのように答えた。

「それも……立花殿の存念を聞かせて頂きたいと思っている」

事実上、采配を任せるということである。宗茂はその言葉を聞いて、ようやく己の考えを皆に話し始めた。

「蛍大名などと揶揄《やゆ》されていますが、京極家には戦巧者《いくさこうしゃ》が多数おり、結束も頗る固い……」

宗茂は一息おいて続ける。

「さらに穴太衆切っての実力を有する飛田屋も籠っています。一筋縄ではいきませぬ」

誰ももはや異論を挟むことはなかった。軍議は宗茂の独擅場《どくせんじょう》で進む。

「現在、東軍はすでに美濃まで来ております」

西軍本隊からは矢のように伝令が来ている。すでに東軍の本隊が結集しつつあること。家康の子秀忠が率いて中山道《なかせんどう》を進む別働隊が合流しようものならば、すぐさま決戦が行われる見込みであること。それは恐らく十五日から二十日の間になるのではないかというこ と。故に、

——大津城を一刻も早く陥落せしめ、此方《こちら》に合流を果たせ。

と言ってきているのだ。

「駆けに駆けるとしても、遅くとも十三日のうちには大津城を落とさねばなりません。そして明日は十日」

「あと四日か……」

元康は事態の重さを改めて得心したように唸った。今のままでは一月《ひとつき》掛かったとしても落とせそうにないのである。

「何も尾花川口に拘《こだわ》らねばよいのではないか？」

浜町口を担う筑紫広門が口を挟んだ。石積櫓は尾花川口を突破した先、三の丸の北端

に設けられている。飛田屋はここを中心に罠を張っており、様子を窺っていると見てほぼ間違いない。僅かに生き残った甲賀衆も、鵜飼藤助が二の丸から穴太衆がこちらを見ていると言っていたという。

「いや……浜町口にも、三井寺口にも策は講じていましょう。城の造りからして、その二つはそもそも守りが堅い。最も守りにくいのは尾花川口だからこそ、そこに奴らは特に気を配っていると見るべきです」

「最弱であった尾花川口が、穴太衆によって堅くなっているならば、猶更《なおさら》……」

他の二つの口に兵力を回せばよい。筑紫はそう言いたいのであろう。だが宗茂の考えは違うようで首を横に振った。

「一月、二月時《ふたつき》を掛けてもよいならばそれも一手。しかしあと四日となれば、敵の講じた策を悉《ことごと》く破り、戦意を根こそぎ削《そ》ぎ落とさねば城は落ちませぬ」

敵が最も頼りとしているものを打ち破る。今の京極家にとって、それは穴太衆飛田屋であると見ている。宗茂は正面から対峙する覚悟を決めているらしい。

「まず大津城の外堀が厄介です」

宗茂は立ち上がると、広げられた図面を指でなぞった。これが空堀《からぼり》であったとしても、渡って塀を乗り越えるのは容易ではない。だがその構えを見せて圧力を掛けることで、敵の兵力を分散することが出来る。しかしこれが水堀にされてしまったことで、城方は常に最低限の兵力で守れるようになっている。

「これを打ち破ります」

「そのようなことが出来るのか」

元康の声に不安の色が浮かんでいる。

「国友衆をこのまま預けて下さい」

宗茂はそう言うと、彦九郎のほうをちらりと見た。

「それは構わぬが……」

「まずは大津城を丸裸にしてみせましょう」

宗茂は自信に満ち溢れた凛然とした声で言い放った。


戦が始まって三日目。十日の朝が明けた。昨夜、篝火《かがりび》も焚かず、小舟が一艘大津城に入った。東西の戦況を探らせている京極家の手の者である。

――早ければ十三日。遅くとも十四日には決戦の見込み。

実際に東軍、家康の陣まで行って聞いてきた目算である。戦とは相手があるもので、完全にその見込み通りに進むとはいえないものの、少なくとも家康はそのように考えているらしい。

「あと三、四日か。そこまで必ず守り抜くぞ」

匡介は手庇をしつつ、囲む敵軍を見渡しながら言った。

どういった訳か立花軍が後方に回っている。またもっとも警戒していた国友衆も前線に出て来ていない。このまま時が過ぎれば、大津城を守り抜けるという確信があった。

――彦九郎。

敵陣の何処かにいるはずの宿敵に、匡介は胸中で呼び掛けた。確かにこのまま出てこなければありがたい。だが心の片隅で気にかかっているのも事実であった。

戦のない国という理想は同じ。だがそこにいきつくまでの道程は大きく異なる。どちらが正しいのか。彦九郎との戦いの果てに、その答えが落ちているような気がしていたのだ。

「匡介！」

頭ではなく、玲次は思わず名で呼んで敵軍を指さした。敵陣に動きが見られたのだ。まるで一匹の大蛇がうねるが如く、整然と動く集団が目に入った。

「出て来たぞ」

立花軍である。浜町口の筑紫軍と入れ替わるように陣を布《し》いていく。

「我らも向こうに移るか」

横山久内が尋ねてきた。

「そもそも浜町口はそう簡単に落ちない。立花軍は囮《おとり》で、尾花川口がやはり本命ということもある。大半はここに残す。段蔵」

「お任せ下さい」

段蔵は力強く頷いた。

「玲次、付いて来てくれ」

「ああ」

飛田屋の職人、警護の横山隊はそのまま尾花川口に残し、匡介は玲次とともに浜町口に入った。こちらを守る将は、河上小左衛門《かわかみこざえもん》と謂う。歳は二十五。好ましい若者という風情だが、軍議の場で何としても殿を守ると気を昂らせていたのをよく覚えている。

「河上殿！」

「飛田殿！　来ましたな！」

快活に答えた河上であったが、その手が微かに震えているのが判った。それを悟られたことに気付いたようで、河上は無理やり笑みを作り続けた。

「なに、武者震いです。西国無双ならば、相手にとって不足なしというもの」

「狙いが見えません。ここは――」

「解っています。逸らず慎重に守り抜きます」

「安心しました」

そのようなやり取りをしている間に、立花軍と筑紫軍が入れ替わっている。

「来ます」

匡介が呟いたその時、立花軍から鬨の声が上がった。幾多の声が一塊となり、鼓膜を震わせ、肌が一瞬で粟立《あわだ》った。

「何だ……これは……」

この気勢は想像の遥か上をいったようで、河上は愕然《がくぜん》としてしまっている。立花軍の喊声は全軍を鼓舞したようで、波を打つように鬨の声が広がっていく。

「寄らせるな！　矢弾を浴びせろ！」

河上は我に返って配下に指示を飛ばす。その時、立花軍の前衛がさっと左右に分かれると、青々とした色が帯状に広がっていく。

「た、竹束《たけたば》か!?」

河上が吃驚する。竹束とは読んで字のごとく、青竹を紐《ひも》で固く縛って束にしたものである。五尺から六尺ほどに切り揃えた竹を七、八本で纏《まと》める。さらに纏めたもの三つほどを紐で固く結んで弾除《たまよ》けの楯とするのだ。

武田家家臣であった米倉丹後守重継《よねくらたんごのかみしげつぐ》と謂う兵法に通じた者が考案したとされている。竹は軽いことに加え、分解して運びやすい。それでいて弾を撥《は》ね除《の》けるほど強靭である。だが近年になって、竹束も貫通するほどの鉄砲も出回っている。そこで粘土や小石を布で包んだものを作り、竹束の間に仕込んで強度を上げるのが主流となっていた。

そのせいで結局、竹束がかなりの重さとなり、数人で運ばなければならない。加えて様々な角度から射撃を行えば、持ち運んでいる者を狙えぬでもないのだ。

だが今、眼前に並んでいるそれは、通常の竹束とは様相が異なっている。

「車竹束……」

「あれが」

匡介が思わず零すと、河上は勢いよく振り返った。耳にしたことはあるが、若いこともあり、見るのは初めてだという。

車竹束はこれもまた字の如く、竹束を車輪付きの台に取り付けたものである。立花軍が使っているのは、竹束四つを正面に並べて台車に付けているもの。竹束の後ろの台座部分には五人は乗れるだろう。それがざっと見るだけで二十台。びっしりと隙間なく壁のように迫って来ている。

「昨夜のうちに作ったか」

匡介は唇を嚙みしめた。立花宗茂がいかに名将とはいえ、駆り出されるかどうかも判らない攻城戦のため、車竹束を用意してきたとは思えない。裏を返せば用意してきたというならば、やや台数が少ない。考えられるのは昨夜のうちに、竹を切り、台車を作り、出来るだけ多く完成させたということである。そして急拵えにしてはよい出来である。

——なるほど。

確たる証《あかし》はないが、そう考えれば腑に落ちることがあった。遥かに仕組みが精密な代物を難なく作る集団である。あの程度のものは朝飯前といってよかろう。

「そこにいるんだな」

彦九郎率いる国友衆は立花軍の中にいると感じた。

「幾ら長大とはいえ、向こうから攻撃する時には顔を出す。そこを狙うのだ！」

河上が下知《げじ》し、鉄砲隊が狙いを定めて待ち構える。しかし敵は一向に車竹束から顔を出さない。さらに近付くにつれ、門の正面から北へと振れていっている。つまりは琵琶の湖に近付いていているということになる。そこには門もなければ、城を守る櫓さえもない。皆が訝しむ中、匡介だけは息を呑んだ。皆の目には触れないが、その地点には重要なあるものがあった。

「河上殿、敵は顔を出しません！　矢を射掛けて下さい！」

「何故です!?」

「奴らの狙いは門ではありません！」

「どういうことで――」

「お願いします！」

河上は要領を得ないまま、こちらの剣幕に弓隊を前に出した。

「放て!!」

無数の矢が大空に翔《か》け上がり、山なりに車竹束の頭上に降り注ぐ。その刹那、台車を押す者たちが一斉に板を掲げた。小気味よい乾いた音が戦場に響く。無数の矢は板に突き刺さるのみである。

近くまで迫ったところで、車竹束から降りた者たちがいる。その手には鍬《くわ》や鋤《すき》が握られているのが見えた。

「やはり……黒鍬者《くろくわもの》だ」

戦場において土木を専門に行う者たちのことである。抱えている大名家は珍しくないが、立花家のそれは驚くほどに統制が取れている。黒鍬者は車竹束から一斉に飛び降りると、数人で一組となり鍬や鋤で地を掘り始めた。

「そういうことか！」

河上もようやく解ったようで、弓隊、鉄砲隊を交互に繰り出し、

「鍬鋤を持っているものを狙え！」

と、何度も下知を飛ばす。だが弾は車竹束に、矢は板に防がれて思うように効果を発揮しない。城門を破るために車竹束を繰り出したのならば、接近したのち必ず飛び出て来る時がある。そこを狙い撃つことも出来よう。

また城門に架かる橋まで車竹束を進めれば、油を掛け、枯れ木を撒《ま》いて、火矢で焼き払うことも出来るかもしれない。だが外堀の際まで進むのみで、工作する黒鍬者の守り

に徹せられれば、手も足も出ない。

事態に気付いた侍大将もいたらしい。浜町口の出撃隊を担い、この二日でも戦果を挙げている赤尾伊豆守が駆け込んで来た。

「河上！」

「赤尾様……」

「飛田殿もご一緒か。これは……」

「はい。立花は外堀の水を抜くつもりです」

匡介は喉を鳴らした。

「赤尾様の隊で蹴散らせませんか」

河上が訊くが、赤尾は顔を歪めた。

「あれを見よ。すでにこちらが突出してくることも考え、手ぐすねを引いて待っておる。流石、侍従よ」

敵陣の両脇に騎馬を中心とした隊がある。こちらが車竹束を追い散らそうとすれば、その二隊がすぐさま動き、挟み撃ちにして来る。そうなれば赤尾隊は壊滅の憂き目に遭う。宗茂はそこまで計算し尽くしていた。

「では……」

「とにかく矢弾を浴びせ邪魔するしかない。儂も加勢する」

赤尾隊も出撃を諦め、槍を弓矢に持ち替えて防戦に当たった。だが敵が掲げた板が針山の如くなるだけで、大した成果を挙げられない。粛々と黒鍬者は工作を続ける。

「頭、どうも立花は全て解っているようだ」

些か落ち着きを取り戻したようで、玲次は眼下を見ながら静かに言った。

「やはり余程の男だ」

立花勢が何故、浜町口に来たのか。こちらが念入りに待ち構えている尾花川口を避けたためでも、脆弱《ぜいじやく》な筑紫軍を助けるためでもない。浜町口付近の「あるもの」を狙っているのは明白であった。

「加えて俺は立花軍に国友衆がいると見ている」

匡介が続けると、玲次は忌々しそうに舌を打った。

「あの野郎なら、外堀に水を入れた仕組みも解るか……」

そのようなやり取りをしている時、防戦を督戦していた河上が再び駆け寄って来た。

「飛田殿、どうにも止められそうにない。あれは何を……」

「土を掘り返し、地中の木枠を壊すつもりです」

「なるほど。水が止まれば、徐々に干上がっていく……しかし四、五日の戦には何の障りもない」

喜色を浮かべかけた河上であったが、こちらの浮かぬ顔を見て訝しんでいる。

「いえ、正面の水嵩《みずかさ》は一気に半分に。東西の外堀はほぼ空になります」

外堀の南側正面は擂《す》り鉢《ばち》状に掘削《くっさく》し、東西の堀は湖に向けて緩やかな傾斜で下っている。木枠の中を通って正面に流れ込んでいたからこそ、水は溢れ出て湖に向けて流れていく。そして湖の波打つ点とぶつかって均衡を保ち、全ての堀に水が満ちているのである。木枠が壊されれば均衡が崩れ、正面こそ擂り鉢状の部分には水が残るものの、外堀の東西は全て湖に流れ出て空になってしまうのだ。

「そうなのか」

河上は愕然とした。京極家家臣といえども、外堀に水を引いた仕組みを熟知している訳ではない。もともと外堀正面は土地が高く、水を引き込むためには大土木が必要であった。それをぎりぎり抑えた作事《さくじ》、費用で行うために、地中に木枠を通して水の圧によって水を引き上げた。当然、水は高きところから、低きところに流れる。木枠を破壊すれば琵琶の湖に向けて一気に逆流し、外堀の大半の水が失われることになるのだ。

「出撃して蹴散らすしかないが、それも手立てを講じられた今……残念ながら手はありません」

残る手は少しでも圧を掛け、作事を遅らせることだけである。河上、赤尾両隊は絶え間なく銃撃を加え、矢を射掛け、礫《つぶて》を投げて懸命に妨害したが、車竹束や木楯に守られた黒鍬者は少しずつ作事を進めていく。

三年前、ここに水を引き入れようと奔走した日々、成功した時の皆の笑顔が脳裏に蘇った。まるで思い出が削られていくかのようで胸が締め付けられる。

陽が中天を過ぎた頃、遂にその時がきた。地中の木枠が露わとなり壊されたのだ。濁流が起きる訳ではない。静かに、静かに、水が湖へと還《かえ》っていく。立花軍はこちらが修復することを懸念しているのか、その間も車竹束を退けることはない。籠城しているにも拘わらず、今日に限ってはこちらが寄せ手であるような錯覚さえ受ける。

そして陽が稜線《りようせん》に隠れる頃、遂に外堀正面の水嵩は半分以下となり、東西の水が抜けきった。湖から波打つ水音が虚しく響く。外堀に水が張られたことで消えていた湖の声が戻ったのである。

空堀としての防御力は残るため、敵も軽はずみに乗り越えて来るという訳ではない。だがそれ以上に、あれほどの月日と努力が、たった一日で無に帰したということは、籠城する皆の心を激しく揺さぶっているのは確かである。

「こうなれば明日以降、敵はさらに苛烈に攻めて来るだろう。三の丸に入られることは考えておかねばならないな……」

匡介は苦々しく玲次に話しかけた。

「有り得るな。石積櫓はもう駄目だ。次は何でいく？」

「埋めるか、曲げるか。一方を行えば、残る一方は出来ないな」

「明日は乗り越えられても、明後日はどうする」

「その時は二の丸で時を稼ぐしかない」

「決戦が三日後ならばともかく、五日となれば持ち堪えられないぞ」

ここからは一日、一時の細かい計算が必要になってくることを玲次もよく解っている。

「石が足りないのだから仕方ない」

匡介は腕を組んで零した。三の丸を敵に占拠される間際、石垣を自ら崩して石材を集める手を考えていた。それを二の丸、本丸で用いるのである。だがかなり危険かつ、難しいことである。

「石があればもたせられるな？」

細く息を吐くと、玲次はふわりと尋ねた。

「そんなものどうやって――」

「どうなんだ」

「お前まさか……」

「俺が運ぶ」

玲次は射貫《いぬ》くようにこちらを見て、凛然と言い放った。

「馬鹿な。敵に囲まれてるんだぞ」

「三方はな」

「何……」

「湖から石を入れる」

本拠である穴太にはすでに切り出した石がある。今日の夜半のうちに湖から脱出し、一両日中に戻ると玲次は言うのである。

「駄目だ。封じ込められて戻れなくなる」

西軍も城攻めに船を用意していない訳ではなく、戦の初日には用いようとする動きも見せた。だが大津城は湖上からの攻撃にはさらに強く、近くに攻め寄せることも出来ない。兵糧攻めにするならば封鎖せねばならないが、西軍の戦法は力攻めである。湖上に余計な兵力を割くことを避け、陸上のみに絞っているのが現状であった。だが石を運び入れようとすれば、西軍も船を出してそれを阻もうとするだろう。軍船でない石船は城に辿り着く前に沈められてしまう。

「沈めさせやしねえさ」

玲次の考えを聞き、匡介も唸った。確かにそれならば船が沈められることはないかもしれない。だがそれと城に運び込めるかどうかは別の話である。加えて船を操る者は命を落とす危険も伴う。

「やはり駄目だ。危険過ぎる。今ある分でどうにかする」

匡介が拒むと、玲次は暫し黙り込んだ。風がびゅうと駆け抜け、湖面に縞《しま》のような紋様が浮かんでいる。

「匡介……お前が来た日のことを今もはっきりと覚えている」

何を話すのかと眉間に皺を寄せる匡介に対し、玲次は湖上に目を移して頰を緩めた。

「陰気な野郎だなってさ」

「うるさい」

「でも石積みの才は憎らしいほどあった。初めは負けねえと意気込んだが、いつの日か違いを思い知らされた……腹立たしい反面、俺はお前の全力が見たいと思ってしまったんだよ」

玲次は零れた髪をかき上げて言葉を継ぐ。

「それで荷方《にかた》の仕事を全うしてきた。いつか来るこんな日のために。そのいつかは今だ」

「玲次……」

「てめえ一人の勝負じゃねえ。荷方を舐《な》めるな」

玲次はけっと喉を鳴らして不敵に片笑んだ。

「解った」

「絶対に届ける。だから負けたら承知しねえ」

「当たり前だ」

匡介は下唇を嚙みしめると、腹に力を込めて絞るように言った。

「玲次、頼む」

「任せとけ」

京極家の船を借り受け、玲次は配下の荷方四十三人と共に城を抜け出した。幸いにも夕刻から曇天が広がっていた。月明かりが遮られ夜陰に紛れることが出来たのである。西軍も気付いたようであるが、その時にはすでに玲次の乗った船はかなり遠くまで進んでいた。

脱走した者が出たと考えたのか、それとも後の祭りであったからか、西軍の軍船は後を追うことはなかった。だが何かの策であることも考えたのか、大津城から約十町の湖面に留まり続けた。思った通り湖上も鎖《とざ》されたのである。

——明日はさらに苛烈に来る。

玲次の乗った船が見えなくなり、匡介は振り返った。西からまだまだ暗い雲が流れてきている。明日は雨となるかもしれない。そうなれば敵も火縄銃を思うままに使えない。崩れてくれと祈りながら、匡介は濃淡の違う墨をぶちまけたような夜天を見つめた。

十一日の夜明けから雨が降り始めた。豪雨へと変わることもないが、弱まることもない。ほぼ一定を保っており、今日一日はこの調子が続くものと思われる。

無数の細かい波紋が浮かんでいるのだろう。遠目に見ると湖面に霞《かすみ》が掛かったように見える。大津と国友村、南北の違いはあるとはいえ、近江に長く暮らしている彦九郎にとっては見慣れた光景であった。彦九郎は目を手前へと移し、尾花川口の城門を遠目に見つめた。昨日の交戦が終わった後、

——尾花川口へ陣を移す。

と、宗茂が命じたのである。

浜町口に陣取ったのは、敵の外堀の水を抜くことが目的であった。そしてそれを成すため、車竹束を徹夜で作らせたのである。城門を破ろうとすれば幾ら竹束があろうと被害が出るが、地中を掘り起こして木枠を壊すだけならばこれほど適当なものはない。国友衆も参加して出来るだけ多くの車竹束を作り、そして見事に外堀の力を大きく削ぐことに成功したのだ。これで四方八方から圧力を掛けられる。敵の備えも薄くなるはずだ。

「いよいよだ。二、三日の内に決める」

宗茂は昂る訳でもなく平素と変わらぬ調子で言い放った。

この城を十三日までに陥落せしめ、他の大津攻城軍が間に合わずとも、立花軍だけは美濃へと向かい十四日に西軍本隊と合流を果たす。そして近く行われるだろう決戦にも加わるつもりでいるのだ。

尾花川口を攻めると考えたのは、そこを最も用心している穴太衆を打ち破り、城兵の

気勢を挫くためであるが、もう一つ理由がある。

「甲賀の死も無駄ではない」

思うように手出しが出来ない中でも、そう言える宗茂の器はやはり大きい。

先般の甲賀衆の策で行われた戦は寄せ手の負けであったが、一定の戦果もあった。撤退が間に合わない城兵を攻め立て、殿を務めていた三田村出雲を討ち取ったことである。宗茂はこれに着目し、ある策を練った。

「十時、いけるな」

「選び抜いております」

宗茂が訊くと、立花家宿将の十時が応じる。特に馬術に優れた百余騎を選抜し、尾花川口の城門をこじ開けるや三の丸に乱入する。城兵は二の丸に向けて撤退を始めるだろうが、それへ猟犬が獲物を追うが如く肉薄し、三の丸と二の丸を繋ぐ道住門まで付いて行くのだ。

城方はそこで迷うことになるだろう。味方を収容するために門を開けば、十時隊も勢いのまま二の丸に雪崩れ込む。かといって門を開かねば、味方を見殺しにすることになるのだ。

「宰相殿は見捨てぬ」

そう断言した。京極高次は慈愛に溢れている男。それが京極家の結束を生んでいるともいえる。が、戦国武将としては甘いともいえる。強みと弱みは表裏一体だと宗茂は言う。

「それだけではない。百程度なら中に入れてすぐに殲滅《せんめつ》出来ると考えるだろう」

宗茂は顎の辺りを指でなぞりながら続けた。

二の丸には城兵が満ち溢れ、高所から鉄砲、弓矢で十時隊を狙う。立花軍の本隊が駆け付けるまでに殲滅し、再び城門を閉められると考えるに違いない。

それを防ぐためには、十時隊が耐え忍んでいる間に、立花本隊が駆け付けて援護する必要がある。それは十時隊を狙う鉄砲兵、弓兵を、こちらの鉄砲で狙撃するということである。

「残された時が少ないのは確か……しかし、わざわざ今日を選ぶことはないのでは？」

十時は掌を天に向けて訝しんだ。今も篠《しの》突《つ》く雨が頬を濡らしていた。

雨でも火種を油紙で守ることで発砲は出来る。だが取り扱いが難しく、不発もかなり増えるのが実際のところである。だが火縄銃が仮に使えずとも、城方は雨のように矢を降らせてくるだろう。

十時隊が踏ん張っている間に、後続の鉄砲、弓隊を二の丸に入れ、城方の射手を倒さねばならぬ。だが一所に留まって守る城方に対し、動き回るこちらのほうが縄の火種が消えやすい。弓と弓の戦いでも、高所に陣取る城方が有利。それを十時は危惧しており、口辺をなぞりながら首を捻った。

「明日には雨も上がるでしょう」

宗茂が目配せをし、彦九郎は櫃《ひつ》から一丁の銃を取り出した。

「十時様の隊にこれを」

「短筒か」

短筒とは筒の短い鉄砲のこと。命中精度はやや下がるものの、持ち運び、取り回すのが容易である。発砲音を馬に慣れさせさえすれば、馬上からも撃つことが出来る。

「確かに当家の馬は鉄砲の音に慣らしてある。それにしても、えらく太いな……」

十時は受け取ると地板の辺りを見ながら言った。

「我らの新式銃は雨でも撃てる代物です」

「何と」

これまで宗茂以外には秘匿していたため、十時は驚きで目を剝《む》いた。

「俺も初めて聞いた時は眉唾だと思ったもの。だが物を見て納得した」

宗茂が言うと、十時は改めて銃をまじまじと見つめた。これまでの鉄砲に比べ地板の辺りが太くなっているのは、中に絡繰りが仕込まれているからである。

「本当はもう少し小さく、軽くしたいのですが、今はこれが限界です」

「で、火縄はどこに挟むのだ？」

十時は銃を逆様《さかさま》にしたり、銃身に目を添わせたりしながら尋ねた。

「火縄は使いません」

えっと吃驚の声を上げる十時に、彦九郎は銃の地金を指さして続けた。

「発条《ばね》の回転をもって火を熾《おこ》すのです」

この新式銃は、これまでの火縄銃と大きく仕組みが異なる。地金の内部に発条が仕込んである。

「まずこれを巻き上げねばなりません」

彦九郎は銃を受け取ると、十時が見向きもしなかった別の部品を手に取った。木製の取っ手で、先が細く六角形になっている。同じ形の穴が鉄砲の地金にある。そこに差し込んで回転させることで、梃子《てこ》の力を使って発条を巻き上げるのである。

「これでよし」

回転に抵抗を感じるようになったところで止める。これ以上は発条が巻き上がらないという意味である。

「あとは火縄銃と同じく弾を込め、引き金を引けば飛び出します」

彦九郎は宙で指を曲げながら続けた。

引き金を引けば発条が戻る力で鋼輪《こうりん》が回転する。それと火打ち石が擦られて火花を発し、火薬に点火されるという仕組みである。火種の心配はいらず、雨の中でも存分に使える。伏見城の戦いにおいて、城兵は最後まで頑強に抵抗していたが、通り雨で敵は鉄砲が使えぬと油断していた。そこにこの新式銃を投入し、城を陥落させるに至る大打撃を与えた。

「このようなものをお主らが生み出したのか……」

「いえ、これは南蛮の職人がすでに生み出していました」

舌を巻く十時に対し、彦九郎は首を横に振った。

「では何故、広まっておらん。雨でも撃てる鉄砲など垂涎《すいぜん》の的であろう」

「まず一つに作るのが至極難しいのです。我らでも自前で作るのに五年を要しました」

南蛮の商人によればこの鉄砲は九十年ほど前に生み出されたという。だが、これまでの鉄砲に比べ複雑な仕組みであるため、模倣出来る者がかなり限られている。日ノ本にも未だ辿り着いておらず、彦九郎は伝聞だけで作ったので、かなりの苦労と時を要した。

「五年もか……」

「はい。さらに二つ目は手間が掛かり過ぎること。大量に作るには向かず、そのため値もうんと張るようになります」

そのせいで作られてから百年近い時が経っているのに、南蛮でもほとんど浸透していない。身分の高い貴族など、一部の者の愛玩銃になっているようなのだ。

「得心した」

十時はまだ珍しそうに銃を見つめながら頷く。

「短筒は五十あります」

「なるほど。飛び込んで……こうだな？」

十時は銃を構えて、筒先を上に弾く真似をして見せた。

「左様」

「いけるな。十時」

やり取りを見守っていた宗茂が口を開いた。

「鬼に金棒です」

「この新式銃、彦九郎は長筒も百ほど用意している。すぐに追いかけ助ける」

合わせて百五十。この戦に間に合った全てである。立花家の鉄砲足軽五十、国友衆が自ら五十、合わせて百の新式長筒が雨の中を駆け抜け、二の丸に入った十時隊を助けて城兵を狙撃するという段取りであった。

「使い方をお教えします」

彦九郎が言うと、十時は頷いた。新式銃は使い方もこれまでとは異なる部分があり、やや戸惑うこともあるだろう。だが立花家の鉄砲足軽は勇敢なだけでなく、相当な訓練を積み、何より銃を丁寧に扱っているのを見ている。その土台があればすぐに扱うことも可能だろう。

「して、この銃の名は？」

「我らは鋼輪式と呼んでいます」

十時の問いに、彦九郎は深く息を吸い込んで鋭く言い切った。

長年の研究、試行錯誤によって苦心の末に模倣した新式銃である。あの男が如何なる手を打ってこようとも、彦九郎はこれで二の丸まで落とせると信じて疑ってはいない。

――見てろ。

彦九郎は尾花川口の向こうにいるはずのあの男に腹で呼び掛け、一向に雨を止ませそうにない曇天を見上げた。


明日は雨が降る。別に天候を読むに長けている者でなくとも、皆が判るほど夜天は曇っていた。時折覗く月の輪郭も茫と滲んでいる。

「恐らく明日、敵は勝負に出る」

匡介は配下の職人たちを集めて言った。

「伏見城のあれですな」

段蔵は眉間に皺を寄せる。匡介は無言のまま大きく頷いた。

伏見城陥落の間際、源斎は逃げようと思えば逃げられた。だが雨の中にも拘わらず、異様に敵の銃声が多いことに気が付き、ほとんどの配下を先に逃がして自身は残った。

そしてその目で銃を確かめようとしたのである。

源斎はその銃を見た。だがその間に鉛弾を受け、逃げることは叶わなくなった。そして残していた最後の職人に、

――匡介に伝えてくれ。

と、銃の造形、己の意見も添えて送り出したのである。

彦九郎は源斎が落城まで残っていたことは知っているかもしれない。だがそれは城と最期を共にしようとして残ったと思っているはずで、こちらに銃のことを伝えたとまでは思っていないだろう。明日が雨となれば、彦九郎は新式銃を用いて欲しいと願い出るはずだ。

「先代は……歯輪《しりん》式の銃だと」

匡介は皆を見渡して改めて言った。

源斎は雨の中で発砲出来るという事実だけでなく、銃の仕組みが如何なるものかも予測を立てた。弾が発射される瞬間、地金の辺りから激しい火花が散るのを見たらしい。

「雨となれば鉄砲はかなり使いにくい。こちらがそう思っていることを逆手に取って来るでしょう」

匡介は横山のほうを見た。雨でも使える鉄砲を用いてくるとは解っても、それをどう有効に戦術に組み込むか。これは己たち職人より、横山のほうが見通せるだろう。

「そうさな。短筒もあると思ってよいか？」

「点火の方法が違うだけ。有り得るかと」

「ならば騎馬兵に持たせるだろう」

三の丸の攻防では敢えて手の内は見せない。尾花川口を突破した時、騎馬隊を先行させて逃れる味方の兵に追い縋る。そして撤退する味方と共に二の丸に飛び込み、立花本隊が駆け付けるまで道住門を閉じるのを防ぐ。己ならばそうすると横山は語った。

「しかし馬上で鉄砲など放てば、馬は驚いて棹《さお》立《だ》ちになってしまうのでは……」

段蔵の疑問を、横山は手で制した。

「二の丸に入れば馬を捨て徒歩《かち》になるだろう。それに立花家の騎馬武者ならば馬上でも撃てるかもしれぬ」

唐入りの時、明《みん》軍の大砲が轟音を鳴らす中、立花隊は錐《きり》を揉むように突撃したという話がある。余程、馬の調教を念入りにしている証だという。

「雨の中でも鉄砲を撃てるなら、二の丸で先行する隊は耐えて戦う。そこに本隊が来れば……」

横山は拳を掌に強く打ち付けた。

「つまり二の丸に敵を入れれば負けるということですか」

匡介は顎に手を添えて唸った。

「再び石積櫓……という訳にはいかぬのだな？」

「ええ」

匡介は思案しながらであったため生返事となった。取り残された者が必ず死んでしまう石積櫓は、もう二度とやらぬと横山も解っている。

「騎馬を足止め出来ればよいのだが……柵でも作るか」

「それでは味方の足も止めます」

匡介は首を小刻みに振った。徒歩の者にはさして邪魔ではなく、騎馬だけを足止めする方法。一つ思いつくのは、日野城でやったように、石垣を交互に並べる方法である。これならば騎馬は旋回に手間取るかもしれない。

だが横山が言うには、立花家の兵は訓練がいき届いており、騎馬を先行させるとなればその中でも選《え》りすぐりの練達者ばかりになるという。馬首を巡らすなど朝飯前かもしれない。とはいえそれ以外に思いつく手段はない。

だがそもそも一晩であれほど高い石垣を築けるのか。何か時を短縮する方法は。そのようなことを自問自答している匡介の脳裏に、いつかの源斎の言葉が蘇った。

――低いから易しいってもんじゃねえ。

あれは確か、匡介が栗石《ぐりいし》を来る日も来る日も並べるという下積みを終え、初めて石垣を積む現場に出た時のこと。城の石垣を積めるものと意気込んでいたが、源斎が与えた仕事は田畑を仕切るというもの。それは、膝の高さほどの、石垣とも呼べぬ代物であった。棚田というほど段差はないが、若干の高低差が入り組んだ土地であり、畔で切るのが難しかったのだ。不満を言う匡介に、源斎が放った一言こそそれだった。

実際、低い石垣というものは、噛み合う箇所が少ないために脆く、石を高く積むのとは別の技が必要だった。それを入り組んだ土地に積んでいくのに、未熟な己は苦労したのをよく覚えている。

「そうか」

匡介ははっとして立ち上がると、職人たちに向けて閃《ひらめ》いた手法を説明した。全てを聞き終えた段蔵は嬉々として手を打つ。

「確かに徒歩の邪魔にならず、騎馬を完全に足止め出来ましょう」

「やるぞ」

一斉に飛田屋の面々が動き出す。これならば一晩で間に合うという確信もあった。横山隊の者が篝火で手元を照らして助ける。

「これは立花家の精鋭といえどもどうにもなるまい」

横山は次々に築かれる「石垣」を見て、快活な笑みを見せていた。匡介の目算通り、寅《とら》の刻（午前四時頃）には全てを積み終えることが出来た。

——間に合ったな。

皆が仮眠を取る中、匡介だけは石垣を今一度念入りに見て回った。

十一日、西軍はこれまでより動くのは遅く、陣太鼓、法螺貝が吹き鳴らされたのは巳《み》の刻（午前十時頃）のこと。敵も若干なりとも疲れている証左だろう。昨日までと同様、西軍は三つの口に猛攻を加える。水がなくなった外堀を乗り越えてこようとする者もおり、そちらにも応じねばならない。ただでさえ寡兵なのだから、自《おの》ずと門の守りも弱くなり肉薄されるようになった。

中でも陣を移して尾花川口を攻める立花軍の猛攻は凄まじい。破砕槌を何度も打ち付けられ、城門は悲鳴を上げる。

「もう持ち堪えられんぞ！」

横山が唾を飛ばした。尾花川口の城門の閂《かんぬき》がささくれ立ち、内側から味方が押さえているが半ば開き掛けている。案の定、次の衝撃で城門が打ち破られた。

「来た！」

立て続けに横山が叫ぶ。破砕槌がすぐに下げられ、入れ替わるように騎馬隊が雪崩れ込んで来たのだ。支えきれぬと逃げる兵にすぐに追いつくが、騎馬武者たちはその背を突こうとはしない。むしろ逃げるに出遅れた者は抜き去り、泥を撥ね上げて、ぐんぐんと曲輪の中を疾駆する。こちらが思っていた通りの動きである。

雨の影響で、側面を守る伊予丸からの鉄砲が疎らである。そもそも射程に入って来ないし、同時に昨日から出て来た敵の水軍も圧力を掛けて邪魔をしている。

「道住門は!?」

「開けています！」

三の丸に入られたら、迷いなく道住門を開け放って味方を収容する。追い縋る騎馬隊は、己の成した仕事で必ず止める。

「逃げろ！」

聞こえることはないだろうが、眼下を逃げる味方に向け匡介は叫んだ。嘶きがあちらこちらから巻き起こり、棹立ちになっている馬もいる。

「よし」

匡介は拳を握りしめた。昨夜のうちに己が造ったもの。それは、

――障子堀《しょうじぼり》。

であった。障子堀とは堀底に土手状の畝《うね》と障壁を掘り残すもののことを言う。単列で梯子状《はしごじょう》になっているものは田畑の畝に見えることから「畝堀」と、複数列で障子の桟のように見えるものを「障子堀」などと分けて呼ぶこともある。この堀は小田原北条氏《おだわらほうじょう》がよく使ったもので、中でも山中城《やまなか》の障子堀は見事なものであった。

だが一晩で土を掘ることなど出来るはずもない。匡介は掘るのではなく、反対に腰ほどの低い石垣を積むことで、それを畝の代わりに障子堀を築いたのである。もし名づけ

るならば「障子積み」というところだろう。

腰ほどの高さで、徒歩ならばすぐに乗り越えられる。馬でもそれは同様なのだが、飛び越えたら次の石垣には助走が足りずに嵌まる。それを見積もって石垣を積んだのだ。

「味方が抜けたぞ！」

横山は匡介の肩を叩いて歓喜を露わにした。撤退する兵は石垣をよじ登り、次々に道住門を潜《くぐ》っていく。一方、敵の騎馬隊は足止めを食らっており、後続も止まれずに混乱をきたし始めていた。

「落ち着けぇ！　追うのは諦める!!」

騎馬隊の中に、大音声で一喝する将がいた。

「十時連貞。立花四天王の一人だ」

横山は唐入りの時に知己を得たらしく知っていた。十時は自らの隊を鎮める。障子積みに遮られ、もはや初めの策は霧散したと悟ったのだろう。後続の立花軍を待っているようである。その間に味方の退却が済み、道住門が閉められたとの報が入った。

やがて匡介の視界に、鉄砲を手にした多数の兵の姿が飛び込んで来た。立花家の兵だけではない。胴丸などの簡素な具足に身を固めた者も交じっている。国友衆と見て間違いない。

「彦九郎……」

その中に彦九郎の姿をしかと見た。簡素な鎧《よろい》は身に着けているものの、兜《かぶと》も、陣笠《じんがさ》も被《かぶ》らず、ただ鉄砲を手にしているだけである。彦九郎が十時に近づいて何かを報じる。すると十時は馬上から配下に命じた。

「石を奪え！　運び出すのだ！」

足軽たちが障子積みの石を崩し、一つ、また一つと持ち出していく。それを十時率いる騎馬隊が守るように立ち塞がり、さらに鉄砲隊も周囲を警戒している。

「頭！」

「まずいぞ……」

一転、振り返った段蔵の表情が強張っている。己も頭から血が引くのを覚えた。顔も蒼白になっているに違いない。

敵が障子積みのもっと奥に踏み込んだところで、弓を一斉に放ち、味方の反攻により、今日も三の丸を保ち続けるつもりであった。故に障子積みに用いた石も回収するつもりでいたのだ。だが敵はいち早く危険を察知して被害を最小に留め、石を奪うことに重点を置いているのだ。

敵の戦術に合わせ、幾ら多種多様な石垣を講じようとも、そのもととなる石がなければ何も出来ない。穴太衆にとっては、鉄砲の弾にも等しきものである。

ただでさえ見積もった量を運び込めず、玲次が抜け出して取りに戻っている今、障子積みに使っている石が全て。これを奪われれば、新たに石垣を組むことは出来ない。

「三の丸を押さえられれば、大津城で取れる石垣はない」

匡介は口内の肉を噛んだ。

既存の石垣を崩し、新たな石垣に使うという道もある。だが大津城は水城《みずじろ》であり、伊予丸をはじめとする石垣は湖の中に積まれている。唯一の例外が三の丸内側の石垣だが、これも押さえられては取りようがない。

三の丸に入られた時、速やかに他の口からも撤退する段取りになっている。三井寺口、浜町口を守っていた城兵たちもすでに二の丸に退去していた。

「撃てぇ！」

「早く放つのだ！」

立花隊が石を取るのを防ごうと、あちらこちらから物頭《ものがしら》の声が上がる。だが幾ら油紙で守ろうとも火種が消える鉄砲が続出している。一度消えてしまえば、雨の中で再び火を点けるのは熟練の者でも容易ではない。

「駄目です！」

「おい！」

鉄砲足軽が泣くように叫ぶ声があちらこちらから聞こえてくる。

「どうしてくれるんだ!?」

　何とか火を点けようと慌てて身を動かし、甲冑からの飛沫《しぶき》で隣の足軽の火を消してしまう者。ずぶずぶに濡れた火縄を交換しに走り、足で撥ね上げた泥を被せてしまう者。消された者は怒りを露わにして罵り、消してしまった者も言っている場合かと吐き捨てる。落ち着いていればまた話は違ってくるのかもしれないが、焦りが人の心を激しく揺さぶり不和を呼び、全てが上手く嚙み合っていない。

「矢を浴びせよ！」

　疎らにしか発砲出来ない鉄砲では埒が明かぬと、物頭が弓隊を前に繰り出した。次々と矢を射かけるものの、敵方は間合いを上手く取っているのに加え、例の板を用いて巧みに防ぐ。守るだけではない。十時隊に追いついた鉄砲隊が広がり構えると、二の丸の弓隊に向けて一斉射撃を行った。数人が弾を受けたようで、悲鳴と共に倒れるのも見えた。

「あれか……」

　源斎が歯輪式と呼んだ鉄砲である。雨脚は先ほどよりも強まっている。通常ならば十に七、八まで不発になりそうなものだが、見る限り全ての筒が火を噴いていた。

　弓隊も負けじと応戦しようとするが、二組に分けているようで再び銃声が鳴り響く。これではとてもではないが石が奪われるのを防ぐことは出来ない。

「匡介、俺が行く」

横山は銃声に顰めた顔を近づけた。

「しかし——」

「他に方法はない」

匡介の制止を振り払い、横山は配下を率いて道住門へと向かった。暫くすると横山を先頭に、百ほどの軍勢が三の丸に見えた。障子積みに足を取られぬよう、横山を含めて全員が徒歩である。

「来たぞ！　防げ！」

これも予め考えてあったらしく、十時が槍を振り回して叫ぶ。十時隊、横山隊が眼下でぶつかった。刃の打ち合い、弓弦のしなり、雨を切り裂く銃の声、それらが混じり合って戦の音と化す。

「蹴散らせ！」

横山は配下を叱咤しつつ、自身も馬上の敵を目掛けて槍を繰り出す。だが立花家に加え、昨日まで主力を務めていた毛利家の旗印を背負った兵も見え、寄せ手は時を追うごとに漸増していく。やがて横山も無理だと判断したようで、味方を取りまとめて二の丸へと退却を始めた。幸いにも障子積みはまだ大部分が残っており、追撃されることはなかったが、状況が変わることはなかった。

「くそっ……」

また矢を番《つが》えた城兵が一人狙撃された。撃ったのは国友彦九郎である。国友筒は射程も並を遥かに超え、狙いも正確。遂には、城兵は頭を上げるのも難しくなっていった。

自らが築いた障子積みが崩され、石が運び出されて行くのを、匡介は身を伏せてただ見つめることしか出来なかった。その日、西軍は二の丸を窺うことはなかった。だが障子積みに用いた石は、夕刻までには全て運び出されてしまった。

第八章　雷《いかずち》の砲《ほう》

雨脚は弱くなることはなく、夕刻には風も強くなってきて、暗く濁った琵琶の湖がうねるように波立っている。近くに寄れば雨粒が落ちた波紋だと判るが、遠目には湖面が荒い鑢《やすり》で削られた木板の如く見えた。

一日中続いた雨のせいで、頭から足の先までぐっしょりと濡れている。立花家の陣へと戻ると、宗茂はいち早く休むどころか、床几《しょうぎ》に座って待つでもなく、一人一人の将兵に一々労《ねぎら》いの言葉を掛けていた。

「彦九郎、見たぞ。凄まじいものだ」

宗茂は彦九郎に向けて、興奮気味に呼び掛ける。その頬にも雨が伝い、いつの間にか撥ねたであろう泥の粒が付いている。立花家の家臣たちは、このような宗茂のために死んでも良いと奮起する。この男が名将と言われる所以《ゆえん》が、改めて解った気がした。

「ありがとうございます」

彦九郎もまた心惹《こころひ》かれており、返事は弾んだものとなる。

「だが敵も見事。石で即座に障子堀を造るとは驚いた」

「あれが穴太衆《あのうしゆう》……いえ、飛田屋です」

彦九郎にとっても飛田屋は敵である。だが敵が褒められたのに、嫌な気持ちはしなかった。己が宿敵と認める匡介ならば、これくらいのことはしてくるだろうと思っていた。

「しかしこれで飛田屋は封じられました」

彦九郎は濡れた頰を手の甲で拭った。先刻、障子堀に用いた全ての石を搬出し終えた。それを切っ掛けに三の丸から退去したのである。飛田屋が次に何か手を打とうとしても石がないはずだ。これは鉄砲にとって弾が尽きたのにも等しいのだ。

「ああ、明日……遅くとも明後日には落とさねばならない」

宗茂は暫し黙考した後に言った。この若いにもかかわらず経験豊かな武将には、大津城陥落までの道筋が全て見えているらしい。

明後日ということはつまり十三日。東西の決戦は美濃で遅くとも二十日、早ければ十五日に行われるのではないかと、これも宗茂は見ている。最速で行われることを想定し、一両日掛けて向かって間に合う際である。大津城を攻めている四万。中でも西国無双との呼び声高い宗茂の合流は、西軍の士気を否《いや》が応でも高くするだろう。実際、立花家一家で戦局を左右するということは、今日の一戦からでも解る。

「だが気になるのは、昨日に出た船だな」

宗茂は目を細めて荒れる琵琶の湖のほうを見た。

「玲次ですな」

昨日、大津城を何艘かの船が出た。恐らくは飛田屋の荷方《にかた》であり、組頭の名も宗茂には告げてある。十分な量の石が運び込めなかったと見え、戦がさらに長引くならと思い切って補給に向かったのだろう。

それを宗茂に伝えると、即座に他の諸将にも諮り、大津城を湖側からも包囲させた。来《きた》る決戦に向けて兵糧を運ぶため、近江の船を徴発していたのである。加えて石が少ないという見込みから、

――今ある石を奪う。

と、決断したのも宗茂であった。そして本日、それが決行された訳である。

「そもそも石を取りに戻ったのではなく、全滅を恐れて一部を落ちさせたという筋はないか？」

宗茂の問いに対し、彦九郎は首を横に振った。

「飛田屋に限ってはないものと」

「飛田屋の肩を持つな」

宗茂がからりと笑い、雨粒が口辺をなぞるように落ちる。

「申し訳――」

「いや、お主が申すからにはそうなのだろう」

宗茂は手を軽く振りつつ重ねて訊いた。

「で、見通しに変わりはないか？」

「はい。並の荷方ならば明後日。しかし飛田屋の荷方ならば明日中に戻るかもしれませぬ」

と、昨日の段階でこれも宗茂には伝えていた。

「だが飛田屋は職人であり、武士ではない。何時戻ろうともこの囲みを抜けられぬであろう」

徴発した船には、西軍の各将から出された兵を満載している。鉄砲に加え、火矢の準備もしてある。石を積んだ足の遅い船が戻ってくれば、火達磨《ひだるま》になることは明らかであった。流石の飛田屋といえども、ここに戻って来るとは考えにくい。次の決戦に向けて兵糧を積み込む支度を進めていたのを、急遽取りやめてこちらへと回したのだ。城方《しろかた》はこちらがこれほどの数の船を徴発しているとは、どうも知らなかったのではないかと思う。

だが彦九郎は一抹の不安を拭いきれなかった。これは匡介の石積みの才、如何なる悪路であろうとも幾度となく石を運び込んだ玲次の経験によるものではない。

——あいつらは……。

守る。その一点で何でもやる。その飛田屋の意志の強さである。

そしてそれは現実のものとなった。日が変わって間もなくの子《ね》の下刻（午前一時前）、周囲にけたたましい銃声が響き渡ったのである。何故、その時刻だと判ったかというと、やや雨脚が弱くなっており、雲間から十日あまりの月が見えていたからである。

彦九郎は飛び起きるや否や、立花家本陣へと向かった。すわ夜襲かと思ったのであろう。他の諸将の陣でも慌ただしく人が動く気配が感じられる。だがすぐに夜襲ではないことが判った。銃声は湖から聞こえてくるのだ。

「彦九郎、真に来たぞ」

宗茂は早くも甲冑に身を固め床几に腰を掛けている。寝ぼけた様子などは微塵《みじん》も感じられない。この勇将は摩利支天《まりしてん》の化身で、一睡もしないと言われても違和は感じない。だが実際、宗茂も人である限り眠らねばならない。あと一押しのところで宗茂が倒れてしまえば、大津城を攻め落とすことは覚束《おぼつか》なくなる。しかもその後、東西決戦にまで向かわねばならないのだ。このようなことで最後まで持つのかと、彦九郎は些か不安になった。

「心配するな。半刻ほど眠った。俺は子どもの頃から、寝起きが滅法良い」

驚くこちらの心の動きを鋭敏に察し、宗茂は悪戯《いたずら》っぽく笑って続けた。

「それに全ての戦でこうだ。力を残すなどは毛頭考えぬ。ましてや此度の敵は、その余裕など与えてくれぬと改めて痛感したぞ」

　ぐっと采配を握る宗茂の躰から、闘気が立ち上っているかのように見えた。

「弱まったとはいえまだ雨が続いている。これでは鉄砲も火矢も上手く使えまい。そこを衝いたという訳だ。夕刻のうちに、お主の鉄砲を幾らか船に回しておいてよかった」

彦九郎がこの戦に間に合わせた新式の鋼輪銃《こうりんじゅう》は百五十丁。飛田屋の荷方が戻って来る時も雨が続いている場合に備え、そのうち二十を立花家の船に回していたのだ。

「ご慧眼《けいがん》でございます。それにしても……」

「早いな」

　宗茂は顎に指を添えて唸った。戻るとしても明日の昼は確実に過ぎると思っていたのだ。予め石は切り出していたとはいえ、修羅で石を曳《ひ》いて船に積み込まねばならない。どれほど急いでも無理があった。いや、唯一やり遂げる方法がある。

「あやつらも一睡もしておらぬものと」

　彦九郎は低く言った。日を跨《また》いだとはいえ、脱出から帰還までおよそ丸一日。不眠不休で荷を仕立て上げたとしか考えられなかった。その前日も、前々日も、飛田屋の連中は夜のうちに石を積んでおり、荷方の者たちもほとんど眠っていないだろう。それにもかかわらずである。

「ふふ……この戦、まともに戦う者は、寝惚《ねぼ》け眼《まなこ》を擦った者ばかりか」

宗茂が愉快げに片笑んだ時、また銃声が聞こえた。音で判る。これは鋼輪銃ではない。雨が続いているとはいえ、それを凌《しの》げる艫屋形《ともやかた》のある船もあるのだ。通常の火縄銃も陸よりは使える。

湖上に展開する船は各大名の混成軍である。最も多いのが毛利家の船で、次いで小早川家、立花家、筑紫家と続く。百を超える船で封鎖しており、隠密裏《おんみつり》に運び込むならばまだしも、こちらが気付いた今、数艘の船で突破するなどは出来ぬことである。

飛田屋荷方も恐らくは夜陰と雨に紛れて運びこむつもりだっただろう。が、こうなっては諦めて退くものと、彦九郎も含め誰も疑わなかった。

「船が三艘！　退くことなく大津城に向かって参ります！」

岸辺まで様子を窺いに出させていた物見が戻って来て報じた。

「何……」

彦九郎は下唇を嚙んだ。

己も玲次を数度見たことがある。仕事には熱心だが、決して無理はしない冷静さも兼ね備えた男だと感じた。玲次を知る者から聞いた話もそのように符合している。九割九分失敗するという今、決してこのような無茶をする男とは思えなかった。

——死ぬ気か。

そうとしか思えなかった。であれば、玲次の生い立ちに因があるのかもしれない。玲次は源斎の親類であり、子のない源斎の跡を継ぐものと思われていた。だが己もまたそうであったように、源斎が匡介を養子に取って跡取りとした。以後、玲次は荷方へ転身したという。匡介の無謀な命に従って死ぬ。そのことで匡介への最後の反抗を示そうと、やけっぱちになっているのではないか。

「その覚悟、受けて立とう」

宗茂が言った直後である。空が一瞬のうちに明るくなった。火矢が放たれたのだ。用意していた量に比べれば些か心もとないが、それでも辺りを明るくし、細かな雨粒も照らされている。その中、彦九郎ははきと飛田屋の船を見た。

「本気か……」

彦九郎は喉を鳴らした。何と船の縁をぐるりと取り囲むように石垣が組まれているのだ。

「石垣を積めるのですか！　城を出たのは荷方では!?」

配下の若い職人が険しい顔で訊いた。穴太衆は石を切り出す山方《やまかた》、石を目的地まで運ぶ荷方、そして石垣を積む積方《つみかた》の三組に分かれている。昨日、城を抜けたのは荷方と見て間違いない。

「荷方の頭の玲次は、積方で匡介と切磋琢磨《せっさたくま》した職人だ」

そう答えたのは古株で、己の補佐をしている行右衛門である。とはいえ行右衛門も半ば唖然とした表情で続けた。

「しかし運ぶ石に加え、石垣まで組めば、重過ぎて船足が鈍るはずです」

そもそも穴太衆の船は石の運搬に使うため、通常のものよりも浮力が強く、喫水線が浅くなるように造られている。だがそれでも運搬する石に加え、薄めとはいえ石垣まで組んでしまえば、かなり船が沈みこんで遅くなるはずだと行右衛門は言った。

「あれが遅いか？」

彦九郎は湖の方へ向けて顎をしゃくった。

「確かに……」

「考えれば解る。他に石など積んでおらん」

「なるほど」

行右衛門はうっかりしていたというように自らの額を手で押さえた。積載する石の量は変えていない。運び込む石で石垣を組んでいるのだ。

「それにしても、あれを操るとは」

石を積んだ船はただでさえ操るのが難しいと言われている。それで百隻を超える船団の隙間を縫って行こうとするなど、正気の沙汰とは思えなかった。

「どいつもこいつも本気だ」

彦九郎は玲次を舐めていた己を恥じた。死ぬことで匡介へ抗おうなどとは微塵も考えていない。城を守るために、自身の仕事をやり切る。その揺るぎない覚悟を感じた。

「飛田屋、小野《おの》は手強いぞ」

宗茂は不敵に頰を緩めた。

小野鎮幸《しげゆき》。石の搬出で活躍した十時連貞と同じく、立花四天王の一人に数えられる男である。宗茂の養父である道雪《どうせつ》から、

――剛勇にして智謀《ちぼう》あり。

と評され、これまでに五十枚以上の感状を受けた歴戦の武将だという。立花家からは、この小野が湖上からの大津城の囲みを担っている。

「来い」

彦九郎は周囲に聞こえぬほど低く唸った。飛田屋は匡介だけではない。だからこそ手強いのだ。無理だとは思うものの、心の何処かで成し遂げてみろという思いもあり、己でも知らぬうちに微かに口元が綻んでいた。

宙で入り混じる雨と飛沫を、雲間から差し込む月明かりが白く照らす。水煙の中、玲次は腕で目の辺りを拭うと、大音声で叫んだ。

「備えろ!!」

声を合図に、己の乗る一番船の職人は、石垣の陰に伏せた。近くを航行する二番、三

番の船の者も同様に続く。次の瞬間、大津城を囲む船団から大量の火矢が夜空に放たれた。朝が来たかと勘違いするほどに空が赤く変じる。

「上等だ」

夜空に浮かぶ無数の赤点に向けて言うと、玲次も石垣に張り付くように身を低くした。風切り音、水に落ちて火の消える鈍い音が周囲から次々に巻き起こった。

「死人、怪我人は!?」

玲次は立ち上がって他の船に向けて訊いた。

「いません!」

「こちらも」

「よし。このまま突っ切るぞ!　飛田屋荷方の意気地を見せろ!」

「応!!」

帆はないため櫓《ろ》を使わねば進まない。一斉に再び櫓を取って漕《こ》ぎ始める。息はぴったりと揃っているが、それでも帆船ほどの速さが出る訳ではない。ただ今のこの条件ならば、

——こちらが勝る。

と、玲次は考えていた。いや、この条件を揃えようと思っていたのである。

まず一つ目に時刻は夜。夜陰に紛れて近づくことが出来る。ここに来るまで闇に目が

慣れているし、そもそも荷方は夜目が利く。戦時ならば篝火《かがりび》を焚かず、細い月の光だけで石を運ぶなどは間々あることなのだ。

二つ目は風。夜になれば近江は陸から湖に向けて風が吹く。しかも夏になればこれは顕著である。帆船は風を取ろうとすれば沖へ沖へと流されていく。すれ違わねばならないのは覚悟の上。それよりも陸に張り付かれているほうが余程厄介である。

最後は雨。雨中ならば鉄砲は使いにくいし、新式のものは別として数はそこまで多くない。明日になれば暫し続いたこの雨も止むだろう。つまり三つの条件が揃うのは今宵《こよい》しかなく、不眠不休で石を積み込んでこうして戻って来たのである。

もっともこれらの条件が揃っても気休め程度。かなり厳しい仕事であることは間違いない。それこそ死を覚悟せねばならぬほどである。

「掛かった！　来るぞ！」

大津城の周りに停泊していた小型の帆船が動き出す。夜、風、雨、この条件の中、帆を使って船を動かすのは相当難しい。船どうしがぶつかってまともに動けるものは半数と見た。そして半数が向かって来ても、近くですれ違って乗り込まれることを最も警戒し、次に鉄砲や矢での攻撃を防ぐことに気を付けてやり過ごすつもりである。逆に最も取られたくない行動は、碇《いかり》を下ろしてその場に留まられることであった。

「身を低くしろ！」

間もなく一隻とすれ違うというところで、玲次は割れんばかりに叫んだ。

船縁をぐるりと取り囲んだ石垣には、櫓を通す穴が開いている。そのようなことが出来るのかと素人ならば首を捻るだろうが、石橋さえ拵える穴太衆ならば決して難しいことではない。だがそれでも石垣はそれほど高くなく、身を起こして漕げば肩より上が隠れない。故に敵の攻撃がある時は伏せねばならないのだ。

けたたましい銃声が湖上に鳴り響く。が、あきらかに船で鉄砲を構えていた数より音が少ない。雨で火縄が湿って不発になったものがあったのだ。だがそれでも石に弾が当たり、甲高さと鈍さの混じった不気味な音を立てる。

「漕げ!」

「しかし、またすぐに鉄砲が――」

「そうそう、当たるもんじゃねえ!」

嘘ではない。存外鉄砲の弾は当たりにくいし、仮に当たっても即死することはさらに稀《まれ》である。ましてや闇雲に撃っている今ならば命中率はさらに下がる。それに危険なのはここだけでなく、城の中も同じである。今更、再び怯みを見せた配下を叱咤した。

「腹を括《くく》れ!」

皆が奮い立って動きが活発となる。耳の近くを弾丸が掠めて玲次は顔を顰めた。だが、背けることはない。己たちが戻ったことに気付き、灯りの数が増え続ける大津城をしかと見据えている。

「悪いな……」

玲次は小声で呟いた。己には妻と男女二人の子どもがいる。器量がとびっきりいいとはいえないが気立ての良い妻。己の膝の上に座るのが大好きな娘。そして腕が曲がって生まれた息子。己が死ねばきっと困ることは目に見えている。そうなれば人を守るため、自らの家族を守れなかったことになるとも言えるだろう。

だが今、もしここから逃げ出してしまえば、皆が大好きでいてくれる己ではなくなる。これから幾多の苦難に直面するだろう息子に、胸を張って励ますことが出来なくなる。

「塞王を支える……これがおっ父《とう》の仕事だ」

穴太で帰りを待っている家族に届けと念じながら、玲次は雨に煙り、戦火に荒れる近江の空に向けて言った。

敵船の波が途切れればまた漕ぎ、近づけば石垣に伏せてしのぐ。中にはこちらの船に飛び移ろうとする勇敢な敵もいたが、ある者は目算を誤って湖に落ち、あるいは石垣にしがみついても職人が棒で突き落とす。一つ、二つ崩れて落ちる石もあったが、それくらいでは己の組んだ石垣はびくともしない。

鉄砲の轟音、弾が宙を行く風切り音、弾や人が落ちる大小の水音、様々な音が入り混じる中、船は確実に大津城へと近づいて行く。

「馬鹿、伏せろ――」

玲次が若い配下の頭を手で押さえた時、敵の船で鉄砲が火を噴いた。後ろに弾かれた肩に熱さが走って玲次は歯を食い縛った。

「ぐっ……」

「組頭！」

「掠り傷だ。何ともねえ」

出来る限り力強く言うと、玲次はすっくと立ち上がって周囲に向けて高らかに吼えた。

「城も気付いた！　助けが来るぞ！」

大津城に籠った味方もこちらに気付き、敵の船に目掛けて鉄砲や矢での援護が始まっている。本丸と伊予丸の間、堀に繋がる水門が開き、数隻の船が出撃しているのも解った。背後からの敵の出現に、西軍の船は混乱して散らばっている。その中央を玲次たちの船は割るように突き進んだ。

「あれは……また立花か」

目を凝らしつつ玲次は呟いた。碇を駆使して大津城近くに張り付き、なおかつこちらの水軍と交戦しても一切引かぬ数隻の船がいる。朧気《おぼろげ》に見える旗の家紋は立花家の者たちである。

「そっちも腹を括ってんだな」

玲次は身震いしながら片笑んだ。大津城からの攻撃の射程に敢えて入るのは幾ら何でも無謀である。それでもなお水門の近くへと思うのは、全滅してでも己たちを止める覚悟の表れ。相当な覚悟を決めた将が率いているのだろう。

「突っ切るぞ」

玲次は周囲を見渡して静かに言った。他の石船の者たちも含め、一斉に頷くのが判った。

「耐えろ！」

立花家の船から鉄砲が放たれた。石垣に隠れて避けたが、その後にも鉄砲は鳴りやまず、まともに身を起こすことが出来ない。不発がほぼないのは、新式銃をこっちにも回したとみてよい。一組は大した数ではないが、六組ほどに分かれて間断なく撃ち込んで来る。

「匡介……構わねえ。頼む……」

玲次は零した。これでは櫓を漕ぐ間がない。城兵も味方に当たることを懸念し、放つことを躊躇っているのだろう。背に腹は代えられぬから、矢の雨などでは怯まぬから、援護が欲しい。

「組頭、無理です！」

配下が頭を下げつつ叫んだ。

「俺の想いを、あいつ以上に知っている奴はいねえ。信じろ！」

玲次が言い放った次の瞬間である。夜空を矢が翔けるのを見て拳を握った。伊予丸と本丸から無数の矢が降り注ぐ。想いが届いた、いや匡介が頼んでくれたのだと確信した。

「これが最後の機だ。行け！」

一斉に櫓を漕ぎ始める。中には味方の矢を肩に受けて倒れるも、すぐに立ち上がって櫓を摑《つか》む者もいた。二番船、三番船へ先に水門へ入るように命じ、玲次の乗る一番船が水門へと近づく。あと十間（約十八メートル）、五間、三間――。

矢が降り注ぐ僅かな間、立花家の船からこちらに向け、鉄砲を構える集団を玲次は目の端に捉えた。敵も矢を受けている。中には無数の矢が躰に刺さったまま、それでもなおこちらに銃を構える者もいた。

「伏せろ！」

皆が家守のように船床にぴたっと伏せた刹那、今日一番の轟音が鳴り響いた。これまでの勢いで船が進むのを感じた。その直後、割れんばかりの歓声が巻き起こった。恐る恐る顔を上げると、すでに水門を潜っていたのだ。出撃し援護してくれた味方の船も次々に戻って来る。水門を潜った先は大津城の内堀であり、入れば一斉攻撃を受けてしまうため、流石に敵の船も追って来ない。湖上の敵船は恨めしそうに揺れている。

鳴りやまぬ歓声の中、篝火に照らされた堀の中を船は進む。二の丸と奥二の丸を繫ぐ桜門《さくらもん》の近く、船着き場には多くの人が集まっており、飛田屋の面々、匡介の姿もあった。

「玲次、その怪我……」

匡介が震えた声を詰まらせた。

「掠り傷だ。他にも怪我人はいる。すぐに手当てを頼む」

堀を進んでいる中で、配下の職人の怪我を確かめていた。十数人が大小の怪我をしたが、奇跡的に誰も命に別状はなかった。

「その前に……」

玲次は細く息をすると、船着き場の匡介を見上げて続けた。

「荷方、三艘に載せられるだけ載せて運んで参りました」

再び割れんばかりの歓声が上がった。敵の猛攻に気が沈みかけていたのだろう。その反動もあって初日以上の士気の高さである。

「よくやってくれた」

「当然だ」

匡介は引き上げようと手を差し出し、玲次は不敵に笑って手を摑む。

石垣というものは大小様々な石によって成り立っている。形もまた様々である。幾ら丸く整った石でも場所によっては役に立たず、歪《いびつ》で不恰好な石でも要として役立つこともある。それぞれに最も力を発する、意味のある場所があるのだ。それを手掛ける穴太衆自体もそうではないか。今ならば心からそう思えた。

「あとはお前の仕事だ。頼むぜ、塞王」

何故か、玲次と初めて会った日のことが思い出された。あれからどれほどの歳月が流れたか。匡介は苦笑しつつ答えた。

「馬鹿。まだ誰も認めてねえさ」

「じゃあ、一人目は俺だ」

「任せとけ」

匡介は低く、力強く言いながら、ぐっと引き上げた。玲次は今日も小さく鼻を鳴らす。しかしその口元は満足げに綻んでいた。


甲冑に身を固めた壮年の男が立花家の帷幕に入って来た。右肩に一本、左肩に二本の矢が突き立っており、銃弾が掠めたか頬からも血が流れている。立花家からの湖上警備を任されていた立花四天王の一人、小野鎮幸である。小野は宗茂の前に膝を突いて唸るように言った。

「申し訳ございません……止められませんでした」

先刻、突如として現れた石船三艘は、猛攻を受けながらも遂に一艘も沈まずに水門を潜ったのである。

「いや、仕方がない。あそこまで覚悟を決められれば、こうなることは見えていた」

大津城包囲軍に加わっているどの大名もここに水軍を連れて来ていない。いや、海と異なり湖に自家の船を運ぶなど、驚くほどの手間や金が掛かるので、そもそも考えもしなかった。故に近くの漁船を徴発して急造の水軍を仕立てた。しかも予め多くの漁船が京極家に徴発されており、草津《くさつ》や守山《もりやま》などの湖東まで出向いて何とか数を揃えたのである。

さらに一家が取り仕切っている訳ではなく、複数の大名家の船が並んでいる。陸上の戦でも足並みが揃わぬと崩れるのは当然だが、水上の戦ならばそれがより顕著になる。しかも敵はそうなりやすい時、風向きを読んで突っ込んで来たのだ。

水門さえ潜らせなければ勝ち。つまりその近くに停泊し、一切動かないのが正解である。ただそうなると城方からの鉄砲や弓矢での攻撃に晒されたり、敵水軍に背後を衝かれたりもする。事実、そのような結果となった。全ての大名が足並みを揃えてそれに備えるならまだしも、幾ら勇猛とはいえ立花家一家で全てに対応するのは無理がある。飛田屋が命を擲って突っ込む覚悟を決め、立花家以外の大名の船が誘われて動いた時点で、勝負はついたといっても過言ではない。

「しかし……」

小野は口惜しそうに唸った。

「明日、十時と共に先手《さきて》を命じる。それで挽回《ばんかい》すればよい」

「承った」

宗茂が命じると、小野は力強く頷いた。小野には長々とした慰めなど無用で、次の機会を与えたほうが良いと知っているのだろう。宗茂が家臣一人一人を熟知していることが窺えた。

「侍従《じじゅう》様、お役に立てず申し訳ございません」

帷幕の脇でそのようなやり取りを見ていた彦九郎も詫《わ》びた。水の影響を極めて受けにくい新式銃は、雨降る湖上では一定の効果を上げた。だがやはり数が心もとなかった。もう少し多くを作り間に合わせられたらという悔いはあった。

「いや、十分だ。明日も活躍して貰う」

宗茂はそう言うと、家臣に命じて大津城の図面を持って来させた。この夜更けに評定を行う気力にはもう驚かされない。主だった家臣たちが広げられた図面を覗き込む。雨脚はかなり弱くなっており、細かい霧雨の如くなっている。それでも紙の図面には時を追うごとに斑点が浮かんでいく。

「さて……」

宗茂は床几から立ち上がって図面のすぐそばまで来た。

まず大津城の縄張りは知れている。これは討ち死にした甲賀衆《こうかしゅう》の鵜飼が作ったものである。泰平は城の構造を丸裸にする猶予を生む。彦九郎も戦が起こる前に大津城を見て回ったので知っているが、鵜飼の作ったこの図面に誤りはなかった。

「二の丸の造りはまた厄介なものだ」

すでに外門は破り、三の丸までこちらの手の内にある。次に目指す二の丸に続く門は東西の端に二つ。片方が破られても、残る一方の門を内側から開くためには、ぐるりと回り込まねばならない。その間、湖上に浮いたように造られた「奥二の丸」からの攻撃に常に晒され、なおかつ二の丸に残った敵勢も反攻をしてくる。一度中に入られても、城方は再奪還しやすい構造になっているのだ。

「そこで内側から開けるのを止める」

訝しがる皆をよそに、宗茂は続けた。

「まず破るのは東門。破れば二の丸を占拠しようとせず、そのまま本丸に攻めかかる」

「それは……」

彦九郎は思わず言葉が漏れた。その策は定法《じょうほう》ではない。二の丸に敵勢が残っている中、本丸に攻めかかっては挟み撃ちを受けて殲滅されてしまうだろう。

「まず聞いてくれるか」

宗茂は皆を軽く制し、図面を采配でなぞりながら続けた。

「東門を破るとほぼ時を同じく、西の道住門も破る」

東門を担っていた味方が本丸に向かうと、二の丸の敵はこぞって背後を衝こうとする。その敵勢にさらに西の道住門を破った味方が後ろから攻めかかるというのだ。

「それしかないですな」

皆が得心しているのが、彦九郎には全く理解出来ずに唖然となった。

「恐れながら……そのようなことが出来るのでしょうか」

計ったように門をほぼ同時に破るというのが条件である。机上では幾らでも言えるが、実戦でそのように上手くいくとは思えなかった。この戦ですでに活躍している十時が宗茂に代わって答える。

「国友彦九郎。これは当家……いや、殿が得意の戦術よ」

先代道雪がまだ健在の頃、宗茂はこれを初めてやってのけた。その武勇の凄まじさから雷神とも呼ばれた道雪だが、

――婿は儂よりも上手《うわて》よ。

と、苦笑するほどだったという。以後、宗茂はこの戦術を重宝し、特に唐入りの時には多用してその全てを成功させたという。

「どのように……」

「簡単なこと。耐えるのよ」

城門を破れると思ったところで敵に気付かれぬ程度に手を緩める。敵が息を吹き返し

てきたらまた削る。常に「あと少し」で破れるという状態を維持する。ではその程度をどう見極めるかというと、兵の消耗、士気、矢弾の量、門の破壊の程度、それらを総合的に加味して判断する。元より神懸かった戦才を有していながら、さらに若くして数多くの戦場で磨き上げた勘としかいいようがない。

破れる際の際を維持するということは、その分こちらは兵も士気も消耗することになる。故に宗茂は耐えるという表現を使ったのだ。

「唐入りは日ノ本中の大名が駆り出された。ある者は手柄を挙げんとし、またある者は自家の兵が損じることを恐れ、足並みが揃わぬことが多かった。此度のようにな」

宗茂は噛んで含めるように続けた。立花家が城門を破っても、他家は猛攻を掛けるどころか、安堵して手を緩めるようなことも間々あったという。

「故にこちらが合わせてやるしかない。そう考えてこの戦術を多用したのだ」

「なるほど」

「此度はお主の鉄砲もある。必ずやれるだろう」

ほぼ同時に城門を破れば、二の丸の敵兵には逃げ場がない。最後まで戦おうとする者もいるかもしれぬが、降って捕虜となる者も続出しよう。大津城の兵の半数以上が二の丸にいる。それを失えばもう大津城は守ることが出来ず、次の本丸を攻めるまでもなく降伏するかもしれない。そうならずとも、その勢いのまま本丸を落として見せると宗茂は言った。

夜が明け、巳の刻（午前十時頃）から攻撃が再開された。未明のうちに宗茂は総大将の毛利元康のもとに行き、件《くだん》の策を打ち合わせた。元康も唐入りで立花家がいつも時を同じくして城門を破っていたことを知っていた。その絡繰りを知って舌を巻くと共に、

——それならばいける。

と、一も二もなく賛同した。西軍本隊から決戦が起こりそうだと、矢継ぎ早に書状が届いており、一刻も早く向かいたいと焦っていたこともあろう。

「頃合いだ」

攻め始めて二刻（約四時間）ほど経った時、宗茂は攻めている西の道住門を見ながら呟いた。つまりいつでも破れる段階に入ったということである。立花家の鉄砲足軽と国友衆からなる鉄砲隊による射撃の間隔が短くなる。石垣の上の城方は碌《ろく》に反撃出来ないどころか、顔を出すのも困難になっている。

一進一退の攻防が繰り広げられる。これら全てが立花軍によって仕組まれたものだと、城兵は気付くよしもないだろう。そこから四半刻（約三十分）と少し。城の東側から激しく陣太鼓が鳴らされた。

「掛かれ」

宗茂は厳かに命じた。東側城門を破ったという合図である。陣より法螺貝が吹かれた

次の瞬間、立花軍が一気呵成《いっきかせい》に道住門に攻撃を掛ける。

——これが西国無双……。

これまでも立花軍の勇猛さ、統率の取れた動きには驚かされた。だが此度は段違いの勢いである。銃弾を眉間に受けて倒れる者を払いのけて突き進み、降り注ぐ矢で針鼠のようになっても破砕槌から手を離さない。この修羅の如き戦いぶりに彦九郎は息を呑んだ。

「小野が入った。十時も続くぞ。俺も入る」

昨夜、湖上封鎖を成し遂げられなかった小野隊が、汚名返上とばかりに破った城門に雪崩れ込んだ。この機を逃すまいと旗本まで繰り出すつもりである。

「何だ……」

馬も曳かれて来て、今や跨らんとした時、宗茂は微かに首を捻った。

「如何されたのでしょう」

「何かがおかしい」

宗茂は遠く西側を見渡した後、欹《そばだ》てるように耳に手を添えた。

「やはり飛田屋が何か仕掛けたものと」

石は補給されたのだ。己も、宗茂も、飛田屋が何も手を打たぬはずはないと思っている。これまでの石積櫓《いしづみやぐら》、障子堀は警戒して策を立てている。だが二の丸の人馬の気配から、そのいずれでもないと判った。

その時である。小野隊から血相を変えた伝令が走り込んで来た。

「何があった」

「進めません！」

伝令は悲痛な声を上げた。

「奥二の丸からの横槍か」

立花軍が進むのを、奥二の丸の城兵が銃撃で邪魔をする。宗茂はそう取ったのだ。だが不思議なことにそれほど銃声が多くは鳴っていない。

「み、道がないのです！」

「何……どういうことだ」

広げたままになっている図面に伝令が駆け寄り、ある箇所を指し示した。

「縄張りが変わっています。ここに石垣が」

南北に高石垣が延びており、二の丸の東西を真っ二つに分断しているというのだ。

「城兵は!?」

「それが一兵もおらず……」

「何だと……」

宗茂はじっと図面を眺めて低く呟いた。

「ここか」

道住門を潜って挟み撃ちをするために右に折れた。左に行けば行き止まりであるが、その行き止まりの二の丸の端と本丸は僅か三間ほど。そもそもこの近さは奇妙である。

「隠し橋だ」

珍しく感情を露わにし、宗茂は舌打ちをした。隠した門や、橋などを用いて、踏み込んだ敵の背後を衝ける城がある。北条家五代を支えた小田原城などはその最たるもので、あちらこちらに隠し門があった。この隠し橋を反撃のためではなく、逃走のために使ったものと見える。

「ならばそこから」

「いや、もう遅かったようだ」

丁度、宗茂が図面を指したあたりから、煙が立ち上っている。二の丸の兵が逃れた後、火を放って落としたものと見える。

「引き鉦を打て！　毛利殿にもお伝えしろ！」

すぐに東側の毛利隊に向けて伝令が走る。暫くすると引き鉦も鳴らされた。

「たった一晩で出来るのか」

宗茂の顔にはもう笑みはなかった。伝令の話によると、石垣の高さは二丈（約六メートル）を超え、その長さは一町（約百九メートル）にも及ぶ。二の丸の東西を見事に断ち割っている。

「積方だけでなく、山方、荷方まで加わっても厳しいかと……京極家の者、城に逃げ込んだ民百姓も使ったのでしょう」

多くの人手があればよいというものではない。素人を使えば作業が滞ることは多々ある。匡介の采配が余程冴《さ》えており、なおかつ城に籠る者全員の心が一つになっているという証左である。

「戦の最中に縄張りまで変えるとは」

「ただ……」

彦九郎はあることに気付いた。宗茂もまた同様らしく頷く。

「気付いたか」

まず隠し橋を焼き払ったということは、もう二の丸は放棄したということ。恐らくは東側を守っていた兵も間もなく退去するだろう。つまり残すところは本丸のみとなる。幾ら本丸の守りが堅かろうとも、この大軍の攻撃を受けては三日と持たないのは城方も解っている。それを承知で本丸のみにしたということは、裏を返せば、

「あと数日ほど、耐え忍べばこの決戦が終わると知っているということになる」

宗茂は采配を掌に打ち付けて言った。外の情報を得る方法は幾らでもある。対岸のほうで不審な狼煙《のろし》が上がることも幾度となくあった。

「内府が仕掛けるということでもある」

西軍本隊からの報せでは、そう遠くないとだけで、詳しい日取りは伝わっていない。つまり東軍の家康から何かしら仕掛けるということまで宗茂は推察した。

「ちと厳しいか」

「え……」

「いや、まずは軍議となるだろう」

兵の喊声、馬の嘶き、鉄砲の鳴り、戦場を染める様々な音が浮かぶ空を見上げ、宗茂は細く息を吐いた。


全ての寄せ手の一時退却が済んだ後、その言葉通りに毛利元康から軍議の要請があった。各大名とその家老級が参加し、彦九郎もまた宗茂の計らいにて末席に連なることとなった。

誰もが沈痛の面持ちであり、場に重苦しい雰囲気が流れる中、まず宗茂が口を開いた。

「毛利殿、申し訳ござらぬ」

かねての打ち合わせ通り、小早川隊は東門を破るとすぐに右に折れ、本丸御門に猛攻を仕掛けた。二の丸に残る敗残兵は、西から立花隊が総ざらいする予定だったが、件の石垣に邪魔されて叶わない。故に背後から逆襲されて大混乱に陥り、這う這うの体で三の丸へと退却したのである。

「いや……誰が二の丸が断ち割られていると思おうか」

元康は苦虫を噛み潰したような顔で首を横に振った。

「城方のことですが」

「ああ、決戦の日取りを知ったな」

元康も決して凡愚な将ではなく気付いている。

「どういうことです？」

一方、筑紫広門は訳が解らないようで吃驚している。

「通常、この時点で城方は千ほどに減っていてもおかしくないはずなのです」

宗茂は状況を整理しつつ語った。

通常の攻城戦の場合、今のように本丸を残す段階で、城方は少なくとも二、三割の者が討ち死にするか、捕らえられるか、あるいは逃げ出している。多い場合だとそれが七割に至ることもある。怪我人も含めればさらに数が増えるだろう。

だが城方は三の丸、二の丸と鮮やかに退いたことで、ほとんど兵を損じていない。多少の誤算もあったようだが、それでも失った兵は百程度である。京極家は当初、三千の兵とともに大津城に籠った。つまり戦の開始当初とほぼ変わらぬ二千九百ほどが未だに残っている。大津城の本丸をしっかりと固めるには二千ほどの兵でも十分過ぎる。士気も下がるどころか上がっている有様である。

「これを一日や二日で落とすのは至難というもの」

さすがの宗茂にも焦りの色が見える。一座に深い溜息が広がり、重苦しい雰囲気に包まれた。

「確かに……何か方法は……」

元康が鬢《びん》を掻き毟ったその時、思わず彦九郎は口を開いた。

「あります」

皆の視線が一斉に集まる。

「聞かせてくれ」

宗茂が低く応じた。

「大筒《おおづつ》を使います」

此度の戦に、彦九郎は一門の大筒を持ってきているが未だに使っていない。

「馬鹿な」

そう鼻を鳴らしたのは筑紫広門であった。元康も以前のように小馬鹿にはしなかったが、その表情には落胆の色が滲んでいる。百戦錬磨の武将たちにとって大筒とは、

——その程度のもの。

ということである。大筒の人を殺《あや》める力は些少である。まず狙ったところに飛ぶこと

がほとんどないし、仮に当たったとしても一人、二人を倒す程度である。城門などを壊すために用いることは出来るが、確実に当てるためには砲台をかなり前線に持っていかねばならず、敵の反撃を受ければすぐに奪われたり、破壊されたりしてしまう。しかも撃つために極めて難しい技が必要とあれば、わざわざ使おうとする者は殆どいない。

むしろ守る側のほうが効果的に使える代物である。此度、石田三成の要請で十門の大筒を納めたが、これも野戦陣営を作ってそこを固めるために使用するのだろうと思っている。ともかく、そのようなことから武将の大筒への評価は頗る低いのである。

筑紫の発した言葉はまだましで諸将の中には、

「鉄砲鍛冶《かじ》風情が戦に口を挟むな！」

と、罵声を飛ばす者もいた。大筒という武器の性能如何ではなく、そもそも鉄砲鍛冶のことを下賤《げせん》と見ている者もまだ多くいるのだ。次々と上がる不服の声が途切れた時、彦九郎は腹に力を込めて低く言い放った。

「大筒はこの戦を……いえ、乱世を終わらせることも出来る代物です」

「何……」

この男は何を言っているのだというように、諸将の多くは顔を顰める。

彦九郎は深く息を吸い込むと、ほんの僅かな間だけ瞑目した。どんな城をも落とす砲があれば、真の泰平を築ける。そう信じてやってきた。そのためには一度はそれを示す必要がある。それが今だと信じている。彦九郎は刮《か》っと目を見開くと、凜と言い放った。

「天守を崩します。城に籠る全ての者の心の拠《よ》り所《どころ》を破るのです」

一座からどよめきが起こる中、彦九郎は続けた。

「城兵のほとんどが残ったのは幸い。恐れは人を介すほど大きくなります」

決死の百人だけならば如何なる恐怖にも耐えるかもしれない。だがそこに百人の心弱い者が加われば、瞬く間に恐怖は伝播《でんぱ》して二百人が慄《おのの》くようになる。ましてや今の大津城の本丸には、逃げ込んできた膨大な数の領民がいるのだ。一度、恐れが蔓延《まんえん》してしまえば、如何なる良将でも鎮められないだろう。

「何処から撃つ」

ずいと元康は身を乗り出した。

「皆に……天下に示さねばなりません。長等山《ながらやま》から狙います」

大津城の西。園城寺、通称三井寺を擁する小高い山である。ここから大津城本丸に向けて大筒を放つつもりである。

「届くのか……？」

先程よりもさらに諸将が騒《ざわ》めく中、元康は喉を鳴らした。長等山から大津城まで約十町と少し。幾ら高所からとはいえ、通常の大筒ならば三町が限界。仮に天守まで届いても崩すほどの力はないのだ。石田三成に渡した大筒もこれである。

だが、ここに持ってきたものは違う。砲身の長さを一寸、一分の単位で、厚さを指の感覚でしか解らぬほどに調節して仕上げた特注である。鋼輪式銃と同じく熟練の職人が必要なことで、あまりに製造に手間がかかり、大量に造るには向かない代物である。

「雷破《らいは》ならば」

天に轟く雷さえも貫き破る。という意を込めて名付けた渾身《こんしん》の作である。

元康は細く息を吐き、腕を組んで唸るように言った。

「だが……それだと力攻めが出来ぬぞ」

本丸を目掛けて大筒を撃ち込み続けるのだ。幾ら精度が高いとはいえ、逸れることもあろう。仮に皆無でも寄せ手の兵は信じない。頭上を弾が通っていれば浮足立つし、指揮を無視して逃げ出す者も出よう。そうなれば反対にこちらが崩れることもある。つまり残り僅かしかない日数を、大筒に賭けて貰わねばならないのである。

「この大事な局面を、国友衆に賭けるのは如何なものか」

「やはり大筒で城を落とすなど無理だ」

「死に物狂いで本丸を目指すべきではないか」

などと諸将から再び反対の声が上がり、軍議が策を打ち消す意見に傾きかけたその時である。宗茂が厳かに口を開いた。

「よろしいか」

水を打ったように一座が鎮まった。宗茂は何処を見ているのか。宙の一点を見つめつつ言葉を継いだ。

「正直なところ、三日で落とすのは厳しいと存ずる」

「侍従殿でもか……」

諸将の中から囁《ささや》く声が上がる。宗茂はこちらを見つつ訊いた。

「彦九郎、民に当たることもあるか」

「有り得ます」

彦九郎は正直に答えた。綺麗事《きれいごと》で取り繕う気は毛頭なかった。

「だが……これで最後になると申すのだな」

「そのために造りました」

もう泰平はそこまで来ている。戦をしようなどと愚かな考えを二度と起こさせぬよう、この大筒の力を示す。そのための犠牲がいる。彦九郎は何度も心中で繰り返し、己に言い聞かせた。

「そうか……」

宗茂は天をまた見上げ、静かに続けた。

「ならば、この汚名、我が背負おう」

「な……」

「これは立花家が命じたこと。皆々様にはご迷惑はおかけしません。何卒《なにとぞ》……お頼み申す」

宗茂はそう言うと、皆に向けて深々と頭を下げた。

そこまでされれば、誰ももう口を開かない。元康は口を真一文字に結んで瞑目している。やがて細く息を吐いて目を開くと、真っすぐに宗茂を見つめて凛乎《りんこ》として言い放った。

「解った……大津攻めの総大将として命じる。大筒にて大津城を撃つ」


明朝、即座に大筒を運び始めた。国友衆に立花隊の者たちも加わり荷台を押す。当初、毛利元康には当てにされず、大筒を使うどころか案を出すことさえも出来なかった。布にくるんだまま、荷台に乗ったままの状態である。屈強な男たちが声を揃えて長等山への坂道を押し切った。彦九郎は荷台を押すのには加わらない。時に振り返って大津城を見ながら、目算で距離を測り続けた。

「ここに据え付ける」

長等山を七分まで登ったあたり。十五坪（約四十九・四平方メートル）ほどの平らな箇所で彦九郎は命じた。皆が肩で息をしていたが、一切の休息を挟むことはない。運び上げるだけですでに半日が過ぎ、陽は中天を過ぎている。宗茂を始めとする諸将の見立てでは、本隊どうしの決戦まで時はもう僅かしか残されていない。悠長に構えている暇はなかった。

荷が解かれ始めた時、兵を二の丸より退かせる頃合いを相談していた宗茂が追いついた。

「滞りはないか」

「はい。急いで支度に入ります」

「頼む」

宗茂は手庇《てびさし》をして大筒を見ながら頷いた。

「侍従様……」

「む？」

「良かったのですか」

己に、国友衆に、大筒に賭けてもという意味である。大筒に勝負を託す流れを作ったのは、間違いなく宗茂であった。

「真に無理だと思ったのよ」

宗茂は片眉を上げて苦笑した。この歳にしては尋常とは思えぬほど多くの戦場、死線を潜ってきたからこそ解るという。このままでは残された時の内に本丸を陥落せしめるのは極めて難しい。よしんば出来たとしても、城方の数倍の被害が出るし、兵の疲弊も著しい。どちらにせよ決戦に間に合わず、それでは意味がない。

「それに俺は多くの死を見てきた。日ノ本のみならず異国でもな。俺一人、悪人となって止まるならばそれでよいと心から思う」

宗茂は遠くより視線を戻すと、厳かに続けた。

「あれだけ大口を叩いておいて、出来ぬとは言うまいな？」

「お任せを」

彦九郎が答えたと同時、布がさっと引かれて大筒が姿を現した。立花隊の者から感嘆の声が上がる。

「これが雷破か……」

陽の光を受けて鈍く黒光りする大筒を仰ぎながら、宗茂は嘆息を漏らした。

全長は九尺九寸（約三メートル）。太さは一尺一寸。口径は二寸九分二厘（約八十七・六センチメートル）。発する弾は一貫五十匁（約三・九キログラム）。これほど巨大な大筒である。口径の大きさを寸分違わず造るだけでも難しい。これを成し遂げるためには鋳造《ちゅうぞう》のほうが遥かに容易い。いや、むしろ鋳造する以外には無理だと思われた。

だが、鋳造だとどうしても鉄が軟らかくなり、発射の衝撃に耐えきれず、砲身が裂けてしまう恐れがある。故に彦九郎は鍛造《たんぞう》することを決めた。刀鍛冶が行うものと全く同じ。金槌《かなづち》で叩いて鉄を鍛え上げるのである。厚さ三分（約九センチメートル）の鉄の板を同心円状に十枚重ねて接合して砲身を造った。

鍛造は古来の手法であるが、職人の技術に出来が大きく左右される。この雷破と名付けた大筒を完成させるまで、約三年の歳月を要した。

「台座に据えろ」

彦九郎が命じると、国友衆が雷破を荷台から滑らすように下ろす。そしてこれも予め作った台座の上に据え付けるのである。台座には車輪がついており、発射と同時に後ろに動くことで衝撃を逃がす造りとなっている。

「火薬を」

彦九郎は自ら火薬を込めた。この塩梅《あんばい》が極めて難しい。鉄砲の数倍の量を用いるため、一つ間違って暴発すれば周囲の者を巻き込んで甚大な被害が出る。また量を誤れば飛距離が出ずに弾が失速する。配下に手伝わせるものの、細かな調整は己がやらねばならない。

火薬を桶《おけ》から柄杓《ひしゃく》で掬《すく》って渡す若い職人の手が震えていた。職人になってまだ一年と少し。今は下積みで工房でも雑務ばかりを担っている者である。これほどの火薬を扱うのだから、万が一のことがあってはならぬと緊張しているということもあるだろう。だがそれだけではないと彦九郎は感じた。

鉄砲、大筒というものは所詮、物でしかない。ただこうして火薬、弾を装塡していく中で、そこに息吹が宿っていくと思わざるを得ない異様な気配を放つ。普通の者でもそう感じるというのだから、幾ら経験が浅くとも職人ならば確実に感じるはず。そして雷破の息吹は、並の鉄砲とは明らかに違う。臥竜《がりよう》が飛翔を窺っているが如き圧倒的な威厳がある。

「心配ない。任せておけ」

彦九郎が優しく語り掛けると、若い職人ははっとし、弾けるように頷いた。

次に弾を込める。砲弾は大量に用意している。普通に撃つならば五日は持ちそうなほどで、此度の戦に限っていえば尽きる心配はなかった。

着々と支度が進められる中、親指と人差し指だけを伸ばした手を眼下に見える大津城天守に向ける。距離と角度を測る独自の手法である。指の形を幾度か変えてこれを続けた。

「小指一本分砲身を上へ、半本分右へ振れ」

「はっ」

古参の行右衛門が応じて配下に指示を出す。

「南南西の向かい風か……砲身を二厘上へ。毛一本分左へと戻せ」

何度か雷破、大津城を交互に見て調整し、彦九郎は遂に静かに言った。

「よし」

彦九郎はゆっくり身を翻した。

「いけるか」

宗茂の問いに頷くと、彦九郎は言った。

「万全を尽くしております。しかし万が一ということもございますので、侍従様、立花家の皆々様は二十間ほど離れて御覧下さい」

言葉の通り。製造から撃つ支度まで一分の隙もないといえるが、砲というものに絶対はない。完璧なものでも神の怒りを買ったとしか思えぬ暴発があることを、彦九郎はよく知っていた。

「彦九郎」

「はっ……」

「苦しいな……」

宗茂は息を呑むほど儚《はかな》い笑みを見せた。この御方は、己の心の奥に秘めた葛藤も、全て見透かしているらしい。

「はい……」

「お許しを……これが私の答えです」

宗茂は天を見上げて言った。実父と養父、名将と呼ばれた二人の父に向けて語り掛けるように。そして眼差《まなざ》しをこちらに下ろし、真っすぐに己を見つめて厳かに言った。

「共に戦うぞ」

「承った」

彦九郎は凛然と頷くと、配下に向けて高らかに命じた。

「支度にかかれ！」

一間半の長さの篝火が灯される。皆が少しばかり距離を取る中、彦九郎は間近に留まった。風は刻一刻と流れを変える。発射の直前に風向きや強さが変わればまた調整が必要なのだ。

これから切り裂かれることを知らぬ風は、先程から何も変わらずに笑っているかのように見えた。

——飛田匡介。

遠く大津城にいるはずの宿敵に呼び掛けた。

己たちは時に死を作り、死を売るかのように言われてきた。だがそれは刀鍛冶もそうではないか。槍の柄《え》を削り出す者も、弓の弦を張る者も、さらに言えば馬を飼う者も、米を売る者も、この乱世において戦に関わりのない仕事を探すほうが難しい。ただ、ある仕事は芸術だと称えられ、ある仕事は戦以外に用いるのが本来だと嘯《うそぶ》く。ただ砲だけが工芸、愛玩の域に達せず、戦がなければ無用の長物だと言われる。乱世の業の全てを背負わされてきたとさえ思える。

砲と対極にあるように思える石垣もそうである。元来、戦のためだけに存在していながら、美しさを称賛されるようにもなりつつある。だが飛田源斎は、その跡を継ぐ匡介は、あくまで美しさではなく本来の石垣の意義を追い求めてきた。

己たちは何のために存在しているのか。そのような男との戦いの先にならば、その答えが落ちているような気がしてならない。

「行くぞ」

彦九郎は小さく呟くと、己の半生の中で恐らく最も大きな声で叫んだ。

「雷破、放て!!」


天の底が抜けた。そう思わすほどの轟音である。続いて高低入り混じった不気味な音がして、その後には悲鳴が本丸中から湧き起こった。

「何事じゃ！」

穴太衆に与えられた小屋の中、今後の攻撃に備えて本丸の何処を強化すべきか。主だった者で相談していた最中の出来事である。段蔵が立ち上がった時、すでに匡介は飛ぶように小屋の出口に差し掛かっていた。

「玲次、数を！」

「解っている！」

先の運び込みで負傷し、腕を布で吊《つ》った玲次もすでに続いている。

外に出ると、多くの足軽たちが右往左往している。それを指揮すべき侍大将も茫然自失といった有様である。

離れたところで寝起きをしているため、領民たちの姿はまだ見えないが、その代わりにそちらの方角から異様な音が聞こえる。悲鳴のはずである。膨大な人の悲鳴が重なるとこのような音になるのか。当然、耳にしたことはないが、鵺《ぬえ》の鳴き声とはこのようなものではないか。

「あぁ……」

顎が外れたように、侍大将があんぐりと口を開けて天守を見上げている。大津城天守は五層四重。そのうち下から二番目、入母屋破風《いりもやはふ》の近く辺りの屋根に直径三尺ほどの大穴が開いており、その周りには瓦が飛散。天守の下まで削げ落ちていた。

「頭」

遅れた段蔵が追いついて呻くように呼んだ。

「大筒だ……」

匡介は歯を食い縛った。

「二の丸から兵を退いたのもこのため」

日の出から間もなく、寄せ手が二の丸から引き揚げ、三の丸に陣を移した。血を流して奪った二の丸を放棄したのだ。京極高次は即座に主だった家臣を集めて軍議を開き、これが何を意味するのか議論が交わされた。

議論は紛糾したものの答えは出ず、敵に振り回されることなく、今は本丸を堅く守ることに専念するというところで落ち着いていたのだ。

だがこの砲撃で寄せ手が二の丸から退いた答えが解った。流れ弾に巻き込まれぬようにするためと見て間違いない。

「何処から撃ってやがる……」

匡介は天守に当たった箇所を見た。角度から見て三の丸から撃ったという訳ではない。塗り塀に邪魔されて天守を狙うのは難しい。仮に当たったとしても下からで、この角度で着弾するということはない。さらに三の丸から撃っているならば、兵を退かせた意味もない。つまりより遠くから撃っているのは明らかであるが、大津城の周囲には小高い丘のようなものはないのだ。

匡介が周囲を探っていたその時である。再び強烈な爆音が響き渡った。

「頭！　あそこの——」

若い職人が叫ぶ声も掻き消される。匡介も音に引っ張られたように、頭を勢いよく向ける。

ゆっくりと景色が流れ、時が圧《お》されたような感じがした。蒼天に黒点が浮かんでおり、それが徐々に大きくなっていく。思わず見とれるほど、糸を引くような美しい線を宙に描いている。熱を受けてやや鈍い赤色に変じていることまで見て取れた。

「退《さ》がれ！」

匡介は手を振って叫えた。

弾丸が再び天守に命中する。丁度、比翼の入母屋破風の間に落ち、まるで紙吹雪かのように瓦が舞い散る。さらに悲鳴が大きくなった。二発目にして何とか我に返ったらしく、逃げろ、伏せろなど、京極家家臣の者と思《おぼ》しき声も混じっている。

「三百二十六！」

吊っていないほうの手で片耳を押さえた玲次が叫んだ。

一度目の轟音が聞こえた時、大筒であろうとすぐに解った。玲次に向けて数をと言ったのは、次弾が来るまでの時を測らせるためである。南蛮から大筒が持ち込まれ、それが如何なる武器かを知ってからというもの、飛田屋では一定の調子で数を繰る訓練も行うようになった。これも源斎が始めさせたことである。

——大筒の放たれる間隔が判れば、その間に修復も能《あた》うやもしれぬ。

という理由からである。

「早い……」

匡介は喉を鳴らした。

これまで大筒が用いられた戦は決して多くはない。源斎はその少ない機を逃すまいと、時に九州まで渡って実際に大筒が使われるのを検分した。そして源斎は、

――大筒が次弾を撃つまで凡《およ》そ五百ほど。

そう一つの目安を導いたのだ。

当然ながら誤差はあり、四百ほどで放たれることもあれば、六百を過ぎても撃つことがない場合もある。次弾を放つためには砲身の掃除も行わねばならず、慣れぬ者が撃ち方を務めると、熟練者の倍ほどの時を要することもある。だがどれ程、訓練を積んだ射手であっても一定以上の早さを超えることは出来ない。

その訳も実際に大筒を間近に見て、源斎は答えを導き出していた。理由は鉄砲と同じ。火薬の爆発によって砲身が熱を持つためである。熱せられた砲身は撓《たわ》む。人の目では気付かぬ程度の些細なものだが、砲弾が曲がって発射されてしまう。また火薬が爆発する威力にも微かな違いが出て、飛距離にも差が生じてしまうのだ。さらに砲身が熱を持ち続ければ、最悪の場合、暴発する恐れすらあるのだ。

だが玲次が言った数は、割り出した目安よりも遥かに短い。

「気負っているのでしょう」

段蔵の言葉に、匡介は首を横に振った。

「いや、あいつが見誤るはずがない。それに耐えうる大筒ということだ」

咄嗟に考え得るのは鍛造であること。鍛造で大筒を拵えるなど無謀にも思えるが、あの男ならばやりかねないと感じた。

「匡介……」

玲次は指を腿に打ち付け、依然として数を数えつつ顎をしゃくった。

「長等山からだ」

音を聴いてから見たため光は見えなかったが、長等山に煙が立っているのは見えた。あの距離から撃ってくるとは考えてもいなかった。火薬の量を増やせば届かぬ距離ではないが、命中させることは至極難しい。だが発射された二つの弾丸は、二つとも天守の一部を捉えている。とんでもない精度である。

「飛田殿!」

肩で息をしながらこちらに駆けて来たのは、多賀孫左衛門である。

「多賀様、宰相様は」

「ご無事だ。他にも死んだ者はおらぬ。ただ女中が一人、階段を転げ落ちて怪我をした」

天守は戦時において指揮を執ったりはするものの居住の場所ではない。天守近くの御殿にて高次やお初は寝起きしている。そして高次は天守に上ることは滅多になく、日夜家臣たち、諸籠《もろごも》りした民たちの元に足を運んで励ましている。それを知っているため恐らく無事だろうと思ったが、万が一のこともあるため、こうして無事を聞いて安堵した。

「敵は狙いを天守に絞っているように思いますが、変えてくることも十分にあり得ます。西側の塀に張り付くように」

「西？　東ではないのか!?」

「西です」

吃驚して仰《の》け反《ぞ》る孫左衛門に、匡介は断言した。

より大筒から遠ざかるため、東側に逃げようとするのは砲術に詳しくない者の考えである。あの大筒がさらに飛距離を出せるならば、あるいは弾が逸れたならば、東側に逃げるほうが危険である。

一方、砲弾の弾すじから、西側塗り塀のすぐ側《そば》に着弾させることは難しい。唯一の危惧は塗り塀を突き破ることである。これまで見た大筒と比べても凄まじい威力ではあるが、天守の壊れ方から見るに一発で塗り塀を貫通することはないと見た。

「解った。皆にそのように伝え――」

孫左衛門が身を翻した瞬間、長等山の頂近く、今度は確かに陽射しをも喰《く》らう光を見た。

「伏せろ！」

匡介の声は、大筒の咆哮と重なって掻き消される。烏《からす》の断末魔の如き高き音が近付いてきて、天守の鯱《しやち》を吹き飛ばして越えて行く。頭上を弾が越えて行くのだ。此度の絶叫が最も大きかった。

「越えた……」

匡介は立ち上がって目を細める。弾は城を越えたと確信した。とてつもない射程に皆が絶句する。

「多賀様」

「わ、解った。西側だな」

孫左衛門は戻っていく途中も、ちらちらと落ち着かぬように長等山の方角を確かめていた。砲撃に晒されれば、こうなるのが当然である。

「三百八だ」

玲次も立ち上がって舌を打った。

「さらに早くなるか」

もはや国友衆が、いや国友彦九郎がこの大筒を造ったと信じて疑っていない。実際、長等山から放っているのも彦九郎であろう。ここで敢えて間隔を狭めたのは、こちらに焦りを与えるために無理をしたからか。それともまだこの大筒の本領を見せていないのか。勘でしかないが、匡介は後者ではないかと感じた。

「今で三十だ。続きを数えろ」

玲次は荷方の古株に数を繰るのを引き継ぎ、近くまで寄って来た。匡介、段蔵、玲次、今の飛田屋の頭とその両腕で相談を行う。

いつ何時、弾丸が飛んで来るかもしれぬという中である。並の者が見ればこのように落ち着いていることが信じられないだろう。それは百戦錬磨の武士でも同じ。大筒というのはそれほどよく知られておらぬものなのだ。

「何を考えているのでしょう」

段蔵が顎に手を添えた。

「そうだな。これじゃ城は落ちねえ」

玲次が引き取って頷く。

大筒の威力は確かに凄まじい。だが、それだけでは決して城は落ちないのだ。仮に弾丸が人の密集する箇所に落ちたとして、実際に殺められるのは二、三人で、多くとも五、六人というところ。人を殺めるという点においては、鉄砲のほうが遥かに恐ろしい。

大筒が鉄砲より勝るのはその破壊力である。城門を易々と撃ち抜いて破り、その間に兵を雪崩れ込ませるといったような使い道をするのだ。

「だがそれはない」

様々な声が錯綜《さくそう》する中、匡介は断じた。

寄せ手はすでに兵を二の丸から退かせている。それを狙っているとは思えない。仮にそうしようとも、城門を石垣で防ぐという策で応じるつもりでいた。京極家としてはもう打って出るつもりはなく、亀が甲羅に首を窄めるように、堅く守ることだけを考えている。

「そろそろか」

なかなか向こうの思惑が見えない中、匡介は玲次が託した荷方に向けて訊いた。

「は、はい。今で二百九十三。二百九十四、二百九十五……」

「来た」

長等山に閃光が走る。もう耳を劈《つんざ》く音に驚きはしなかった。風が震えるのを感じる余裕すらある。匡介が促すまでもなく、飛田屋の者たちは退避の態勢を取る。

着弾と同時にこれまでで最も鈍く低い音が響いた。土台となる石垣のすぐ上。天守一段目の漆喰《しっくい》壁に当たったのだ。弾丸が壁にめり込み、中の土がはらはらと零れ落ちていた。弾丸は薄い弁柄色《べんがらいろ》を帯びていたが、すぐに鉄色《くろがねいろ》へと戻っていく。

「怪我はないか!?」

大音声と共に駆け付けたのは、飛田屋を守る役目を担っている横山久内であった。過日の戦で数か所の槍傷を受けた。いずれも傷は浅いが、膿《う》まぬようにと晒を取り替えに行っていたところ、この砲撃が始まったということである。

「御覧の通り。怪我人もいません」

「そうか。ともかくあれを止めねばならぬ」

横山は早口で捲し立てる。やはり勇猛な横山でも、大筒には慣れぬようで頬が引き攣っている。

「止めるのは難しいでしょう」

「何……」

「だがご安心を。皆を西側に導けば、死人どころか怪我人も一人も出さず……」

「馬鹿な。大変な騒ぎだぞ！」

横山が血相を変えて背後を指さした。

初めの砲撃で京極家臣団、籠る民の全てが震撼《しんかん》した。二発目から皆の行動に差が生まれ出した。膝を抱え込むが如くして怯《おび》える者、当てもなく右往左往して走り出す者、京極家の武士、女中の中には民の元へ駆け付ける者も出た。三発目でそれがさらに顕著となったが、新たな行動を取る者が出始めたという。

「門を開けですと……」

匡介は唖然としてしまった。

「そうだ。その声はあちこちに広がり、一塊となって連呼されている」

横山は下唇を強く嚙みしめた。

民のうちの誰かが言い出した。

――もう駄目だ。城から出たい。

平常心を失ったのだろう。何度も繰り返したらしい。すぐに駆け付けてきた京極家臣が宥めたが、また別のところから異口同音に声が上がった。続く者が出たことで、初めに言い出した者はさらに声を大にする。すると三人目、四人目が続き、老若男女の境なく瞬く間に数十人もの数になったという。中には京極家が降伏すれば、すぐにでも止む。殿様に訴えさせろと家臣に詰め寄る者まで現れ、このままだと一揆《いっき》さながらの状態になりかねない。

「これが狙いか」

匡介は拳を握りしめて長等山を見た。

城に籠った民たちも全く戦に加わっていない訳ではない。男は兵糧、弾薬を運んだり、女は煮炊きや怪我をした者の手当てを行ったりしている。だが戦場に立つことはなく、鉄砲の弾、矢に晒されることは皆無である。そのような中、この大筒の衝撃は凄まじい。

「宰相様は」

高次ならば、この事態を見過ごす訳がないと思った。

「民に話をすると仰った。だがこのままでは殿の命にもかかわる。家老殿たちで引きずって、御殿の中に押し込めたところだ」

「そこまで……」

　早くも民の不満が高まっているということである。

「ともかくあの大筒を止めねばならぬ。そのために軍議を開こうとしているが、民たちを抑えるのが精一杯で、なかなか集まることも出来ぬ有様だ」

「何か……何か手を……」

　匡介は呻くように言った。即座に妙案が浮かばない。この戦で今、最も焦りを覚えていることを自身でも感じながら、間もなく火焰を噴き出すであろう長等山を睨み据えた。

　持ち場を離れられる者だけでも参集して欲しい。そう孫左衛門より要請があったのは、六度目の轟音が鳴り響いた直後のことである。

「動くようだ。行くぞ」

　何か手を打たねばならない。独断でも動き出しそうだった横山が大きく招くように手を振った。

「段蔵、付いて来てくれ。玲次」

「ああ、任せておけ」

　この状況での急ぎの軍議となれば、即決即断が求められるため、相談役としてもう一人連れて行きたい。それと同時に、この場に残って職人たちを取り纏める者も必要である。前者を段蔵、後者を玲次にと考えた。

「頭、玲次を」

これからの飛田屋を担う者で方策を決めるべきである。己はそれに付き従う。段蔵の言葉は短いが、その意図を察することが出来た。

「解った」

匡介は頷くと、前言を翻して玲次と共に孫左衛門の下《もと》へと走った。本丸の西側、先般、玲次が石を運び込んだ水門の近くである。松の木の近くに蹲《うずくま》るようにして武将が集まっている。これまでの軍議ならば三十人程度はいるのだが、今は己たちや横山も含めて十人余である。

多賀孫左衛門の他、尾花川口の攻防で父出雲を失った三田村吉助、浜町口で車竹束を共に防いだ若き侍大将の河上小左衛門の姿もあった。高次は押し込めるようにして避難させたと聞いているので、当然ながら姿は見えない。皆が声を荒らげて侃々諤々《かんかんがくがく》の討議がなされているのが判った。

「あれをどうにかせねばなりません！」

そう懸命に訴えるのは河上小左衛門である。

「大筒などたかが知れておる。放っておいても問題はない」

三田村吉助は低く制した。

「今は何とか皆で宥めて食い止めていますが、それでは民の動揺を抑えきれませぬ……長等山まで攻め入って止めましょう」

「無茶を言うな！　四万の敵を突破して大筒まで辿り着けるはずがあるか」

河上は長等山の方を指さすが、三田村は激しく首を横に振った。

「では、三田村様は如何しろと!?」

「何度も言うが、大筒ではそう易々とは死なぬ。西側に張り付けば猶更。理路整然と説いて民を鎮めるほかない」

「馬鹿な……人はこのような時、理屈では動かぬことは重々承知のはず」

三田村と河上が睨み合う中、孫左衛門が両者を交互に見ながら口を開いた。

「二人とも熱くなるな。このような時こそ落ち着かねばならぬ」

「多賀様」

横山が名を呼んで割り込むと、孫左衛門は振り返り、皆の視線も一斉に集まる。

「おお、横山。飛田屋も来てくれたか」

「三百……」

その時、玲次がぼそりと耳元で呟いた。

「皆々様、間もなく大筒が放たれます！」

その時、また腹の底にまで響くような爆音が轟く。侍たちも頭を下げる恰好となった。

飛来した弾丸は、ちょうど本丸の石落としに当たって跳ねるように転がった。幸い近くには誰もおらず怪我人も出ていない。だがまるで大筒が放たれるのが合図かのように、遠くから聞こえる民の声がまた一層大きくなった。

「これ以外に手立てはありません。乾坤一擲《けんこんいってき》、長等山を目指します」

河上が昂然《こうぜん》と立ち上がると、数人もそれに倣って頷く。

「ま、待て！　河上、落ち着くのだ」

孫左衛門は肩を摑むが、河上はさっとそれを振り払った。

「民を斬るくらいならば……敵に向かうほうがましです」

河上は唸るように言う。三田村も自重を訴えていたとはいえ、打つ手がある訳ではない。下唇を嚙みしめて俯いていた。

「共に向かう者を募ってきます。御免」

三人を引き連れてその場を離れようとした河上は、横山の前で足を止めた。

「横山様……」

「止めはせぬ」

「共に戦いませぬか」

河上は熱の籠った声で訊いた。

「そうしたいのは山々だが、俺は殿より飛田屋を守るという役目を仰せつかっている。

これが俺の戦いだ」

先刻より横山は固く拳を握りしめ、爪が食い込んで血が滲んでいる。本心では河上と共に一縷《いちる》の望みに賭けて長等山を目指したいのだ。

「解りました。ご武運を」

「ああ」

短いやり取りの後、河上は走り去っていった。暫くすると民の悲鳴が少しばかり和らいだ。己たちが長等山を目指して大筒を止める。故に安心して欲しいと説いたのだろう。

「このようなもの……どうすればよいのだ……」

孫左衛門は頭を抱え込むようにして呻いた。何一つ代わりの策が浮かばないのだから、孫左衛門や三田村としても強く止めることが出来ない。

さらに匡介はここに来て、高次の存在の大きさに改めて気付いた。個としての高次は一見すれば茫洋とも取れ、戦もお世辞にも上手いとはいえない。それこそ敵軍にいる立花宗茂の足元にも及ばないだろう。だが高次がそこにいるだけで、家臣たちは何故か固く結束する。まさしく石垣における要石《かなめいし》のような存在なのだ。その高次が姿を見せることが出来ない今、家中はばらばらで、向かう方向さえ定まらないでいる。

「ぐっ――」

匡介は頬を引き攣らせた。またもや大筒が撃ち放たれたのである。弾丸は千鳥《ちどり》破風のすれすれを掠め、またもや湖のほうへと消えていった。

「丁度、三百。言おうとした矢先だ」

玲次も忌々しそうに舌打ちをする。

「どこまで早くするつもりだ……」

ある程度連射してから、大筒を冷ますために長めの間合いを挟むつもりかもしれない。ここまで思いのままに撃たれていながら、まだ相手の大筒の真の性能すら定かではないのだ。明らかに劣勢に追い込まれている。

「支度が整ったようだ」

横山が顎をしゃくった。

軍勢が少し離れたところを横切っていく。その数は約五百。騎乗の人となった河上は、民たちからの懇願に似た声援に応じていた。一人の武士が列から離れ、こちらに走り込んで来た。

「伊藤《いとう》……お主まで行くのか」

孫左衛門は口を窄めた。伊藤と呼ばれた若い侍は力強く頷く。

「この混乱の最中です。いなくなれば変心したと民は思いさらに動揺が走るかもしれぬ。故に私が出撃する者の名を多賀様に伝えるようにと」

伊藤はそこで大きく息を吸い込んで、出撃する者の名を一気に告げ始めた。

「河上小左衛門、石黒又兵衛《いしぐろまたべえ》、新保喜左衛門《しんぽきざえもん》、中次角兵衛《なかつぎかくべえ》、山田三左衛門《やまだみざえもん》、山田平兵衛《へいべえ》、磯野八左衛門《いそのはちざえもん》……」

一つ一つの名に残る者たちは微かに応じていく。あの者ならば行くだろうという納得。その者が行くのかという驚愕。特に親しくしていた間柄、あるいは一族なのかもしれない。伊藤は様々な様子を見せる残る者たちに向け、さらに名を読み上げ続けた。

「石川久右衛門《いしかわひさえもん》、篠原宗兵衛《しのはらそうべえ》、篠原右兵衛《うへえ》、小関甚右衛門《こせきじんえもん》、三浦五右衛門《みうらごえもん》、香川又右衛《かがわまたえ》門《もん》、小川左近右衛門《おがわさこんえもん》、藤岡《ふじおか》又右衛門、林五郎兵衛《はやしごろうひょうえ》、馬淵隠斎《まぶちいんさい》……そして拙者、伊藤角《かく》助《すけ》。皆々様、殿のことをお頼み申す」

「解った」

やはり誰も何も止める言葉を持たない。孫左衛門は苦悶を押し殺したように頷くと、伊藤という若侍は抜けるような笑みで返した。

「全力で止めてみせます。御免」

それから間もなく、大津城本丸の門が開かれる。それと同時、出撃の発起人である河上の大音声が聞こえた。

「大津城を、殿を、民を守るため、我らこれより修羅に入る！　西国無双、相手に申し分なし。いざ――」

そのような河上の堂々たる口上も、大筒の雷音に掻き消された。大筒が放たれた直後、僅かな間、世の音が全て消し飛んだような感覚に陥る。その一瞬の無音の中、河上ら五百余騎が門に吸い込まれるように消えていった。そして再び門が鈍い音を立てて閉められ、慌ただしく太い門が通される。

皆が鉄砲狭間、矢狭間を覗き込んで河上らの行方を追った。すぐ左隣には玲次である。ただ狭間から見える範囲は狭く、すぐに軍勢の姿が見えなくなってしまった。

「二の丸を出た」

声が落ちてきて、匡介ははっと見上げた。そこには城壁によじ登り、仁王立ちする横山の姿があった。鬢から零れ落ちた髪が風で揺れている。

「横山様……」

「百五十五だ」

匡介が言葉を止めると、すかさず玲次が今の数を告げる。

「見届けねば次の手が打てぬ。そうそう当たるものではないのだろう？」

「……解りました」

匡介も城壁によじ登ろうとした。玲次は止めても無駄だと思ったのだろう。怪我のないほうの手で押し上げて手伝ってくれた。城壁の瓦の上、匡介と横山は並び立った。

その時にはすでに河上隊は三の丸にまで到達していた。城より退去した寄せ手によって、門は全て開け放たれている。門に差し掛かる手前で河上隊から喊声が上がり、勢いそのままに城外へと飛び出した。

予め考えてあったのであろう。城外に陣取っていた敵軍は包み込むように動き、一斉に矢を射かけた。同士討ちを避けるためか鉄砲は使わないらしい。

だが降り注いだ矢の数は凄まじいもので、蝗《いなご》が群れて襲い掛かっているかの如く、河上隊の頭上が黒く霞《かす》んで見えた。

河上隊がさらに加速するのが判った。狙いが追いついておらず、黒雲を突き抜けるように突破した河上隊は、そのままの勢いで敵軍に突き刺さった。

喊声が一層高くなる。四方八方から敵勢が攻めかかるが、河上隊は錐を揉みこむように割って猛進する。

「行け……」

横山が祈るように呟いた。

半町、一町、二町、三町。河上隊の勢いは緩むどころかさらに速くなる。だが進む度に少しずつ錐が細くなっていった。斃れる味方も顧みずさらに突き進んだ。

僅か五百の河上隊に、敵の大軍が地鳴りにでも遭遇したかのように小刻みに揺れている。

「河上殿」

匡介も思わず声が零れた。ついに河上隊は長等山の麓《ふもと》まで突き進んだのである。

だがそこで急激に進撃が鈍った。麓に布陣していた敵勢は、これまでと違って頑として動かない。河上隊は何度も再突撃を繰り返すが、その全てを撥ね返されている。砂塵の中に揺れる旗印、またしても立花隊であると判った。

「行け、河上！」

横山の咆哮に応えるように、河上隊は幾度目かとなる突撃を敢行した。立花隊が初めて押し込まれる。だがその直後、河上隊は左右から横槍を受けて瓦解し、波濤《はとう》に吞み込まれるかのように消えていった。

もはやこれまでと、踵《きびす》を返して城へと逃げようとする足軽も続出している。敵は追撃の姿勢は見せない。無用に命は取らぬという余裕か。いや、出撃の目的が潰《つい》えたことを、より城内に伝わるように見逃しているのだろう。

「四百」

玲次が下から数を伝えた。これまで砲撃の間隔は遅くとも三百台。四百を超えたのは初めてのことである。彦九郎は緩急を付けているのか、それとも連射の限界がきたのか、あるいはまた別の思惑か。

次の砲撃は五百三十五。砲弾は顔を顰めた匡介の遥か頭上を飛び越え、天守二段目の屋根に当たって瓦を吹き飛ばした。丁度、その頃には眼下で抵抗する者の姿は消えている。敵に捕らえられている兵の姿も散見出来た。まるで出撃は無駄だと告げんばかりの砲撃であった。

「これが伝われば……民はさらに狼狽するだろう」

横山も随分と砲撃にも慣れたか、それ以上に眼下の無残な光景に意識が奪われているのか、砲撃の瞬間も片耳を手で押さえるだけである。

「どうすれば……」

匡介は裂けんばかりに唇を噛みしめた。

何かをしなければならないのではなく、ただ砲撃を避けて耐えるだけでこの戦は勝てるのだ。ただ民がそれを納得してくれればよいだけである。故に有効な手立てを何も思いつかない。

多賀孫左衛門、三田村吉助が城に逃れて来た者を数える。その数は二百足らず。百人ほどが敵に捕らわれたようだが、残る二百人は討ち死にしたと見てよい。

足軽たちの目撃を摺《す》り合わせると、出撃前に報せてきた主だった侍大将、その全てが討ち死にしたとのこと。名を読み上げた伊藤角助も含めて全てである。

中でも河上の奮戦は凄まじかったという。矢を受けて暴れた馬から振り落とされ、立ち上がったところを槍で腹を貫かれた。だが河上は即座に刀を抜いて柄を切り落とし、敵を斬り伏せると、

——誰か一人でも辿り着いて止めよ！

と、咆哮してまた駆け出したという。だが十歩ほど進んだところで敵に囲まれ、四方八方から槍を受けて絶命したのを見た者がいた。

民にも出撃隊が壊滅したことが伝わったのだろう。再び雷雲が発する音に酷似したどよめきが城内に響き、甲高い悲鳴も聞こえてくる。なおも砲撃が続き、声はどんどん大きく、狂気を孕《はら》んだものになっていく。

「多賀様！」

こちらに男が血相を変えて駆けて来る。小倉心兵衛《おぐらしんべえ》と謂う、河上と同年の若い家臣である。

「如何した」

「もう民を抑えきれませぬ！　立ちはだかっていた本郷《ほんごう》殿は民に踏み倒され……」

民の誰かが遂に己たちで門を開こうと煽り、京極家の家臣たちと衝突した。家臣たちは諸手《もろて》を広げて遮るだけだが、そのうちの本郷左衛門《さえもん》と謂う者が倒され、多くの民に踏まれて意識を失う重傷を負ったという。そこに新たに他の隊の者が駆け付けて何とか抑え込んでいるが、時を追うごとに民の凶暴さは増し、あと四半刻（約三十分）抑えるのがやっとという見立てである。

「本郷殿が……」

三田村は顔を歪めた。京極家でも指折りの勇猛な家臣で、三田村親子が活躍した時に共に戦い、多くの敵を薙《な》ぎ倒していた。そのような男が倒された。それも敵の武士ではなく、味方のはずの民にである。

「門を開けられれば終わりだ！」

孫左衛門は焦りを隠すことなく悲痛な声を上げた。

先刻より匡介の脳裏に蘇っている光景があった。それは遥か昔、己が幼い頃、故郷が潰えていく光景であった。迫る織田軍の喊声、焔《ほのお》で染まる夜天、猿の叫びにも似た悲鳴、恐慌をきたし他人を押《お》し退《の》け踏みつぶしていく人々。

父と妹とは混乱の中で離れ離れとなり、途中まで共に逃げた母も人波から己を押し出して別れた。以後、家族とは一度も会っていないし、すでに誰も生きていないと解っている。今、ここで、あの時と同じようなことが起ころうとしている。

ただあの時と違うのは、いずれにせよ己らが織田軍に蹂躙《じゅうりん》されていたのに対し、今は耐えてさえいれば城は守り切れるということ。そして己が落城を防ぐ技を持っていることである。

ただそれをすれば、いかに非難を浴びることになるか重々解っているつもりである。

匡介はそれを甘んじて受ける覚悟を決めた。

「一つだけ、これを鎮める方法があります」

「ま、真か!?」

孫左衛門は藁《わら》にも縋るといったように身を乗り出す。

「はい。門の内に石垣を」

「それは……」

「石垣で門を塞ぐのです」

匡介の一言に皆が啞然となる。玲次はその方策に気付いていたのだろう。だが口には出来なかった。故に頭を掻き毟って深淵にも届きそうな溜息を漏らす。匡介は得体の知れぬ、高まる動悸《どうき》を抑えて一気に話した。

「外に出れば即ち死。しかしそれを説いても耳を貸さないでしょう。反対に逃げられぬと知れば、かえって人々も落ち着くはず。落ち着きさえすればこの城は落ちません」

「そのようなこと殿がお許しになるはずがない……」

「故に多賀様に覚悟を決めて頂きたい。多賀様と我ら飛田屋の独断にて」

一瞬の無言の間、またもや大筒が咆哮した。だが誰も身じろぎ一つしない。弾丸は切妻《きりづま》破風の中央に当たり鈍い音を立てて地に落ちた。

「解った。頼む」

孫左衛門が言うやいなや、匡介は頷いて駆け出した。そこに玲次、飛田屋警護の横山も続く。

「匡介」

玲次が呼んだ。その声が微かに震えている。

己たちは間違っていない。出て助かる保証など何もないのだ。

だが、人を守る為《ため》の石垣をこのように使うのは初めてのこと。真にこれは穴太衆として為してよいことなのか。匡介は今もなお自問自答しており、答えは出ていない。それでも匡介はやると決めた。

「俺はたとえ鬼と罵られても皆を救いたい」

それが匡介の出した結論であった。

「俺も共に背負う」

玲次ははきと言い切った。

「皆、仕事だ」

段蔵が取り纏めていた穴太衆のもとに辿り着くなり匡介は言った。段蔵だけは早くもこちらの異変に気付いていているようで顔が険しくなる。

「天守台を直すので!?」

「西側の塀を石垣で補うほうが先だと思います」

配下の職人たちが口々に話す中、匡介は絞り出すように命じた。

「今から四半刻以内に、本丸と二の丸を繋ぐ唯一の門を内側から塞ぐ。やりたくない者はやらずともよい……全て俺が責を負う」

職人たちが衝撃に息を呑んだのも束の間、次の瞬間には弾かれるようにして一斉に動き始めた。細かな指示を出すまでもない。互いに声を掛け合って修羅と呼ぶ橇《そり》に石を積み込み、満載したものから門に向けて曳いて行く。門の付近まで来ると石を降ろして並べていった。

匡介は積方を率いて門へと行くと、並べられていく石を大きく見渡した。全てが出揃うまで待つ余裕はない。並べられた石の中から最善のものを順に指差し、

「あれを甲《きのえ》の一、乙《きのと》の一、丙《ひのえ》の一、甲の二、丙の二」

と、指示を出していく。別に図面を諳《そら》んじているという訳ではなく、飛田屋独自の伝達法である。碁盤の目のようなものである。ただ碁盤と違うのは平面ではなく立体であること。これだけで何処に組み上げていくのか指示が通る。

「栗石《ぐりいし》を敷き詰めろ。次に丙の三。丁《ひのと》の一、戊《つちのえ》の一、丁の二、庚《かのえ》の一……違う！　庚の一だ」

誤って石を置こうとした者がいたので声を荒らげた。次々に積まれて石垣の土台が出来上がる。その間も新たに石が運び込まれて並べられていき、その都度、匡介の脳裏に出来ている石垣の完成形は変わっていく。息継ぎも惜しんで匡介は指示を飛ばし続けた。

「辛《かのと》の六、しっかり噛ませろ」

横から段蔵が補った。己が門を塞ぐといっても、段蔵は何一つ言わなかった。己が決めたことならば、たとえそれが穴太衆の本分とずれていようとも、付き従う覚悟なのだと解った。

「乙の十一、栗石を七つ敷け。次は甲の十二、丙の十三、庚の十二、丁の十二は遊びになる。次は辛の十三……うるせえ!!」

また砲が天を穿ったのである。身を一切竦《すく》めることなく一瞬振り返った。弾丸は初めて天守の最上階に当たって高欄《こうらん》をえぐり飛ばした。

「急げ！　壬《みずのえ》の十二、乙の十二、甲の十三……」

匡介は手と舌を弛《たゆ》みなく動かし続けた。城門の七割程を埋める石垣が出来れば、もう決して素人には崩せない。出られないと諦めさせるにも十分であった。石垣は六割を超え、間もなく完成しようとした時である。背後から喊声と多くの人々の跫音《あしおと》が近付いてくるのが判った。

「横山様！」

「ああ……飛田屋を守れ！」

横山は配下の五十余の兵に命じて態勢を整える。振り返らずとも判った。民が制止する家臣を振り払い、城門に押し寄せているのだ。すでに石垣も目に入ったのだろう。化《け》鳥《ちょう》のようなけたたましい悲鳴、海鳴りのような怒号も耳朶《じだ》に届く。

「止まれ！　出ることは罷《まか》りならぬ！」

横山は大音声で叫ぶ。石垣を見ただけで諦め、中には膝から頽《くずお》れる者も半数ほどはいた。だが残る半数はいきり立っており止まらない。横山の配下をかき分けてなおも向かおうとする。

「何故、門を塞いでいる！」

「お前らも侍の味方か！」

民から凄まじい罵声が浴びせられる。

「もうあんたらの戦に付き合うのは懲り懲りさ！」

「子どももいるんだよ。この人でなし！」

男だけではなく、女たちも怯むことなく痛罵する。逃げるようにと訴える母の姿が、また匡介の頭を過るのを必死に振り払った。

匡介は何も答えない。ただ黙々と仕上げの指示を出した。横山たちも懸命に止めるが、さらに増す民の圧力にもう長くはもちそうもない。

「飛田様！」

聞き覚えのある声で呼ばれたので、思わずはっと振り返ってしまった。大津城外堀の掘削の時、言葉を交わした徳三郎《とくさぶろう》である。長男が田畑を継ぎ、次男が分家、三男の徳三郎には田が残っておらず長兄のもとで手伝いをしつつ、よい働き口があれば出稼ぎをしと話していた。

徳三郎は宇佐山《うさやま》城に程近い村の出身。母は宇佐山城に諸籠りさせられ、その時に「塞王」が、つまり先代の源斎が助けてくれたということを、死ぬまでずっと感謝していたと話していた。

――もし塞王が守ってくれなかったら、あんたはいなかったんだよ。

そう母は徳三郎に何度も言い聞かせていたという。

「徳三郎……」

匡介から零れた声が聞こえたか。口の動きを見たか。こちらが覚えていると解った徳三郎はなおも叫んだ。

「飛田様！　これは何ですか！　どうなっているんです⁉」

「大筒に合わせて、敵が攻めて来ることを考えて塞いでいるのだ！」

横山の配下の一人が大声で応答する。機転を利かせたつもりのようだが、大筒という言葉が飛び出したことで、思い出した民たちから悲鳴が上がった。それほど大筒はすでに民の心を穿ち、崩している証左である。それに民たちも馬鹿ではない。これがそのようなためのものでないことは判る。

「そんな馬鹿なことがありますか！　これはどう考えても、おいらたちを逃がさないためでしょう⁉」

匡介はぐっと奥歯を嚙みしめる。混乱を極める中、また別の侍が諸手を突き出して吼えた。

「城の西側に逃げれば、まずは当たらぬ！　ここで問答している暇があれば行け！」

「まずはって……もし当たったらどうするんです……それで取り返しがつくのですか!?」

何も答えず、答えられず拳を震わせる匡介に、徳三郎は顔を歪め、喉がちぎれんばかりに悲痛に喚いた。

「塞王ってそんなもんかよ！　飛田匡介！」

「丙の十五、丁の十六……それで仕舞いだ」

匡介は荒れる息を整えようともせず、静かに最後の指示を出し終えた。即座に職人たちが石を積み上げる中、また長等山から咆哮があった。民たちは金切り声を上げて地に伏せる。今度の弾丸は最上階、花頭窓《かとうまど》を貫いて天守内に飛び込んだ。中には人はいないので誰も傷ついてはいないだろう。だが大筒の精度が一発ずつ上がっているのを感じずにはいられない。

「押し倒して行け！」

立ち上がって民の誰かが煽る。皆の目に何とか残っていた正気が消え、狂気で占められたと思ったその時である。民たちの背後から凜然とした声が飛んだ。

「お待ち下さい！」

「夏帆……殿……」

匡介は啞然となった。人波の隙間から見える。数人の女中がおり、その先頭に夏帆が立っている。他の女中が袖を引くのを夏帆が柔らかく振り払うのも見えた。その様子から夏帆が一人で駆け付けようとし、他の女中が止めに走ったということのようだ。

「邪魔をするな――」

「私が門を開けるように説得します」

百姓らしき男が声を荒らげようとするのを、夏帆はぴしゃりと遮った。誰に促されるでもなく、自然と人だかりが開く。夏帆がゆっくりと、それでいて力強く歩を進める。五間、三間、一間、そして息が掛かるほど近くまで来ると、夏帆は静かに言った。

「門を」

「駄目だ」

匡介は首をゆっくりと横に振った。

「もう止められません。人を押し倒し、石垣を崩してでも皆さんは出て行くでしょう」

「今しがた石垣を築き終えた。こうなれば素人ではどうやっても崩せない」

その言葉に反応し、息を呑んで見守っていた民がどよめく。

「ならば飛田様が取り除いて下さい」

「敵は大筒に慄いて、内側から開くのを待っている。その瞬間、再び軍勢が波濤のように押し寄せる。そうなればこの城は一巻の終わりだ」

「それでも構いません」

「自分が何を言っているのか解っておいでか……そのようなことを我々が勝手に――」

「御方様《おかたさま》も同じお考えです」

「何……」

お初もまた高次と同様、皆を鎮めるために奔走しようとした。だがこれもやはり高次と同じく、女中や家臣たちに制止されて避難させられたという。その時のお初は髪を振り乱して暴れ、高次より連れて行くのに苦労したほどらしい。

夏帆もお初の側にいた。大筒が放たれる度に女中たちからも悲鳴が上がる。夏帆はぐっと口を結び、震える手で、震えるもう一方の手を押さえて必死に耐えていた。

――城を開くことに賭けましょう。殿も同じお考えのはずです。

お初はそう家臣たちに訴えた。だが家臣たちも易々と首を縦に振る訳にはいかない。そんな時、飛田屋が石垣で門を塞いでいるとの話が飛び込んできた。開く、開かぬを論議する前に、それをされてしまえば道は一つしかなくなってしまう。お初は周囲を固められて身動きが取れない。顔面蒼白の夏帆を気遣うふりをして、

――行きなさい。

と、こっそり耳打ちしたというのだ。家臣、女中たちの目はお初に集まっている。ほんの僅かな隙を衝き、夏帆は駆け出した。家臣たちはお初から目を離せず、女中たちが追って来たという訳である。女中たちもまた意見が分かれている。いや、この状況でまともに考えることなど出来ずにいるのだろう。

「開けて下さい」

夏帆は再び訴え掛けた。

「駄目です。城が落ちるということは……」

「それが如何なることか。私は痛いほど解っているつもりです」

夏帆の声に初めて震えが見られた。幼い頃に夏帆も落城を経験している。恐ろしいのは変わらないのだ。それを乗り越えようとする夏帆の真っすぐな眼差しに耐えきれず、匡介は一気に捲し立てた。

「仮に民が殺されずとも、宰相様は腹を切らされる。御方様にも累が及ぶことは明白。この先、東軍が勝とうとも、内府様から不甲斐《ふがい》なさを咎められ京極家は断絶するかもしれないのです」

「それでももはや、そちらに賭けるしかありません」

「ならば、俺に賭けてくれ。誰も出さない」

急激に苛立ちが込み上げた。夏帆が聞き分けないからではない。これを言わせている己に怒りを覚え、それが声を荒らげさせた。

「城の西側に身を潜めれば十中八、九までは当たらない。耐えさえすれば勝てるのです！」

夏帆はきゅっと口を結んで俯く。そして消え入るような声で呟いた。

「当たるかもしれないではないですか……」

一瞬、ここが戦場であることを失念するほどの静寂がやってきた。風の啼《な》き声《ごえ》、琵琶の湖のさざめきさえ聞こえるほど。夏帆は勢いよく顔を上げて言い放った。

「十中一、二は当たるのでしょう！　中にいるほうが危ないでしょう！　殿も御方様もそう望んでおられるのです！」

夏帆の頬に止めどなく涙が伝う。落城を真に恐れているのは夏帆か、それとも己か。いや互いに恐れつつも、夏帆は民を守ろうとする京極家の想いを守るため、それを乗り越えようとしている。

「来るぞ！」

玲次が叫ぶと同時、再び大筒が慟哭《どうこく》を発した。皆の顔が天を向く。ただその中、匡介と夏帆だけは見つめ合っていた。

「どういうことだ!?」

横山が長等山の方角を見ながら叫んだ。弾丸の軌道がこれまでと違う。天守からは大きくそれ、皆の頭上を越えて琵琶湖へと消えていったのである。飛距離がまだ伸びている。そのせいで目算が狂ったのか、それとも別の狙いがあるのか。頭の上を弾丸が越えていったため、悲愴《ひそう》な声を上げたのは民だけでなく、それを押しとどめていた兵たちも同じであった。

「頭……これはもしや」

段蔵が顔を近づけた。

長等山からこの石垣が見えているのか。遠目の利く者ならば、色合いの違いで門に何か施されていることは判るかもしれない。

そうでなくとも長年の宿敵である国友衆ならば、国友彦九郎ならば、己が次に如何なる行動を取るのかを読み切っていることもあり得る。

「ここを離れてくれ！」

匡介は手を振って周囲に呼び掛けた。

「だからそこを通せって言っているんだ！」

「いい加減、石垣を除けろ！」

大筒に身を竦ませていた民たちも、再び一斉に痛罵を始める。

「違う！　大筒が――」

匡介は懸命に訴えるが、もう誰も耳を貸さない。夏帆に任せても無駄と思ったのか、我先にと押し寄せる。遂に横山の配下を突破し、石垣の前にまで辿り着く者もいる。飛田屋の面々も止めるが埒が明かない。

石垣を上ろうとして足を滑らせて落下する者。人波と石垣に挟まれる者。この場は芋を洗うが如き密集。怒号と悲鳴の坩堝《るつぼ》と化した。

「夏帆」

男に押されて蹌踉《よろ》めく夏帆の腕を取り、匡介は残る手で抱き寄せた。

「早く……門を開くと。このままでは圧し潰されて死ぬ人も！」

夏帆は胸の中からこちらを見上げる。

「だがその前に離れさせねばならない。大筒はここを狙っている！」

「えっ——」

夏帆が絶句した次の時、また大筒が気炎を吐いた。

「二百五十四だ!!」

人込みの中から玲次の声が聞こえた。これまでで圧倒的に間隔が短い。ここが切羽だと思い、暴発の率が高まるといえども手順を省いているに違いない。弾丸は石垣の最上部に掠るように当たり、跳ねあがって門の屋根を下から吹き飛ばした。木っ端と瓦が雨の如く降り注ぐ。

ここを狙っていることが判ったのだろう。阿《あ》鼻叫喚《びきようかん》が渦巻き、一転して皆が我先にと門から離れようとする。だがこの密集の中、身を翻すのも容易ではない。

押すな、止めろ、前は何をしているなど、皆が口々に喚き、混乱と恐慌が増すのは留まるところを知らない。横山は顔を真っ赤にしながら、人込みをかき分けて己のもとに辿り着いた。

「怪我はないか」

「はい。しかし……」

「もう誰も耳を貸さぬ。配下に離れろと。俺も命じる！」

「解りました」

匡介、横山はそれぞれの配下にこの場からの退避を命じた。それがあってようやく兵や職人も逃げ始める。

「俺たちも離れるぞ！」

横山は人の隙間を縫うようにして先導する。密集はやや和らいだが、それでも牛の歩みほどの速さでしか進めない。

その時、再び天地が慄いた。

「馬鹿な――」

匡介の叫びも掻き消される。まだ前の砲撃から二百を数えるほども経っていない。

この弾丸の軌道。人込みの中に落ちると判断した。しかも己から三間と離れぬ場所ではないか。泣き喚く子ども。それを両手でしかと抱きしめる母の姿が、人の隙間より目に飛び込んできた。

「離れろ！」

咄嗟に匡介は飛び出していた。景色がゆっくりと流れる。耳朶は天魔の風を切る音を捉えている。匡介は振り返らない。ただ片手を伸ばして母子を突き飛ばす。その瞬間、泣きじゃくる子どもの顔が、遠く昔の己の顔と重なって見えた。

「匡介！」

誰かが己を呼ぶ声が聞こえた瞬間、これまでに感じたことのない衝撃が走り、まるで要石を抜かれた石垣が崩れるように、足元からはらはらと躰が崩れていく。そんな気がした。

黒々とした土が見えたかと思うと、次の瞬間には蒼天が映る。もしかしたらこれは夢で、目を覚ませば穴太の屋敷でまた修業の日々が始まるのではないか。そのようなことを考えたのを最後に、視野が黒い影に覆われて何一つ見えなくなった。

――やはり夢だ。

匡介は周囲を見渡しながらそう思った。

気が付けば河原に立っていたからである。穴太ではない。見たこともない河原である。

大小の石が転がって地を埋めており、遠くのほうは霞が掛かってよく見えないがどこまでも続いているように思えた。

河原だと判ったということは川もある。流れは速い訳でも、遅い訳でもない。対岸は草原か、いや砂地か、そこにも靄《もや》が漂っておりはきとしないが、こちら側と違って河原ではないようである。

朝はまだか。早く目が覚めろ。匡介はそのようなことを考えた。近江八幡にある寺社の石垣の修繕、大溝《おおみぞ》の庄屋《しょうや》が屋敷を建て替えるのに伴う石垣造り。他にも様々な、実に泰平らしい仕事がここのところ同時期に舞い込んでおり、猫の手も借りたいほどだったのだ。

——何だったか……。

もう一つ、大きな仕事、それも急ぎの仕事があったような気がするのだが、どうも思い出せない。普段、己は歩きながら思案する癖があり、そうすればふっと妙案を思い付く。夢の中でも効果があるのかは疑わしいが、試してみようと河原を歩き始めた。それでも思い出せねば、小言を零されるが、目を覚ましたら段蔵に訊けばよい。

穴太の河原とはやはり違う。だが何処がと訊かれれば困るが、似ているところもある気がする。敢えて言うならば転がっている石たちの囁く声であろうか。俺を使え、私を用いろと訴え掛けているように思える。

暫く行くと、匡介ははっと足を止めた。靄の中に小さな影が見えたのである。得体の知れぬ獣か、はたまた妖《あやかし》か。夢だと思えば何でもあり得るし、夢だと思うからこそ恐る恐る近づくことも出来た。

影は動いている。さらに近づくとそれが人の影だということが判った。河原に蹲って何かをしているようなのだ。

「まさか」

思わず口から零れた。

一歩、また一歩と近づいていく。足に踏まれて石の擦れ合う音が生々しく、とても夢とは思えなかった。

人影は少しずつ鮮明になっていく。どうも屈《かが》んだ子ども、それも女の子のようである。

「花代《かよ》……」

匡介は息を呑んで足を止めた。

靄の中に浮かんだ人影の正体は、三十年近くも前に生き別れた妹の花代だった。花代はこちらの声に気が付いて振り向いた。だがそれも僅かな間で、花代はまた目を元に戻す。

「それは」

花代の前に数段積まれた石の塔がある。そしてまた一つ、花代は小石を摑んでそっと上に載せた。この光景は知っている。

――賽《さい》の河原。

幼くして死んだ親不孝な子どもは、死んでも業を落とすまで極楽浄土には行き着かない。その業を落とす方法というのが石を積み上げること。それを為す場所が賽の河原である。

今、はっきりと思い出した。己は「懸《かかり》」を発し、大津城に籠っていたこと。数日の攻防の後、寄せ手は大筒を用いだしたこと。弾丸から母子を救おうと身を挺《てい》したこと。そして今、ここが賽の河原だとすれば、

「俺は……」

死んだのか。不思議と恐ろしくはなかった。己の死よりも大きく頭を占めることがあったからである。

「何処だ！」

匡介は勢いよく首を振って周囲を確かめた。賽の河原ならばあれがいるはず。子どもたちが石を積み上げ、あと少しで完成するという間際に現れて崩してしまう。鬼が。

ぱんと乾いた音がして匡介は振り返った。花代の前に積まれた石の塔が、弾けるようにして飛散した。己と花代のほか誰もいない。鬼というものは目に見えぬものなのか。

一瞬、苦悶の表情を浮かべた花代だったが、すぐに何事もなかったかのように再び石

を積み始める。

「花代、俺に任せろ」

匡介は花代の手から石を取ろうとした。が、するりとすり抜ける。花代の手にも、石にも、触れることが出来ない。すぐに足元の石を拾おうとするが結果は同じである。

「俺が大人だからか……」

匡介は我が手を見つめながら言った。

「違う。その横の石だ。それを礎にして、その二つ左の――」

かくなる上は指示を出すしかないと呼び掛けたが、聞こえていないのか花代はなんの素振りも示さない。そんなはずはない。先ほどは振り返ってくれたではないか。なおも懸命に訴えたがやはり届かない。

そこで、あることに気が付いた。花代の目は絶望に染まってはいない。しっかりと前を見据え、歯を食い縛り、石をまた積み上げていく。これを何百度、何千度、何万度繰り返したのかと想像して嗚咽《おえつ》が込み上げる。だが花代は未だ懸命さを失っていない。

「花代……花代……」

匡介は何度も何度も呼んだ。己は死んだはずなのに、止めどなく涙が流れ頬に温もりさえ感じた。また一つ、石を積み上げた時、花代は微かに口を綻ばせて言った。

「諦めないで」

その瞬間、躰が天に吸いこまれるかのように思われ、辺りは闇に包まれた。やがて茫と光が滲み、それは時を追うごとに強く差し込んでくる。

辺りが騒がしいことで、先程まで無音の中にいたことに気付いた。人が激しく動く気配がした後、誰かが覗き込む。

「花代……」

呼んではみたものの、すぐに違うと判った。そこにあったのは目を潤ませて口を窄める夏帆の顔である。


噎《む》せ返るほどの硝煙の臭いが、辺り一帯に漂っている。大筒を続けて放ったことはあるものの、ここまで休むことなく撃ったことはない。しかもまだ半日足らず、これから狙いが利かなくなる夜まで、明日も、明後日も、丸一日休みなく撃ち続けるつもりである。一発放つ度に、砲の中、火薬を載せる火蓋をしっかりと清め、砲身が熱によって曲がっていないかなども確かめねばならない。渾身の大筒「雷破」は、心血を注いで鍛造したものの、これほど酷使すればやはり暴発の恐れが頭を過った。

「次、行くぞ」

彦九郎は配下の職人たちを急かした。職人たちは己の役目を滞りなくこなす。実戦の中で弾込めの速さは着実に上がっているが、それでも丁寧さは失っていない。

――あいつは何をやっている。

その間、彦九郎は大津城の方角を見つめて舌打ちをした。

長等山からでも人が激しく動いているのは見て取れた。無数の黒い点が時に右往左往し、時に固まる様は蟻《あり》を彷彿《ほうふつ》とさせる。

本丸の東側に続々と人が溜まりつつある。京極家の制止を振り切って、民たちが大門を開いて逃げようとしているのであろう。砲の特性上、砲弾が極めて落ちにくい西側の塀の側に誘導している者もいるようだが、それも全体から見ればごく一部である。人の心を撃つという狙い通りである。

すでにあの数が殺到していれば、京極家の家臣が幾ら止めようが突破されていておかしくない。

だが実際にはそうなっていない。それが飛田屋のせいだということに、彦九郎はほぼ確信を持っていた。少し前、数十人が東側に石を運んでいるのが見えた。この位置からは見えないが、恐らく大門の内側に石垣を築いたのだろう。これで本丸と二の丸を繋ぐ唯一の道が塞がれたことになる。

行右衛門が手を上げて支度が整ったことを告げると、彦九郎は苛立ちを紛らわせるように鋭く叫んだ。

「放て！」

轟音が鳴り響く。噴き出した弾丸は天地の間を切り裂いて翔ける。

「よし」

彦九郎は下げたままの拳をぐっと握りしめたものの、また別の苛立ちが込み上げてきて下唇を噛みしめた。初めて天守最上階に命中したのだ。だが高欄の一部を噛み千切っただけだったのである。

──このままでは埒が明かぬ。

まず長等山からの砲撃ではなかなか狙い通りには命中しない。距離のことに加えて、比良《ひら》から吹き降ろす風の影響も大いに受けてしまう。さらに天守に命中したとしても、今のように致命的といえるほどの破壊には至らないのだ。

彦九郎が次の弾込めを命じた時、麓から人が走って来て立花宗茂に何やら告げた。宗茂は真剣な面持ちで何度か頷く。

「何かありましたか」

人が立ち去った後、彦九郎は宗茂に向けて訊いた。宗茂は若干の躊躇いを見せたものの、意を決したように口を開いた。

「今日、内府が岐阜へ入ったらしい」

「すでに……」

「いつ決戦が行われてもおかしくないところまで来た」

西軍の主力は大垣、東軍は岐阜。もう目と鼻の先の距離まで接近している。宗茂の見立てでは、流石に今日ということはないだろうが、明日以降、いつ戦が始まってもおかしくない状況だという。

「難しいところだ」

宗茂は唸るように言い、軍議のため山を下りて行った。

決戦に確実に間に合うためには、もう出立しなければならない。だが大津城を落とさねば追撃を受けることも十分有り得るし、万が一決戦に敗れた時は退路を塞がれてしまう。

宗茂いわく決戦とはいうものの完敗することさえ避ければ、大坂城に籠って十分巻き返しが出来る。大津城をそのままにしておくということは、その道が完全に断たれてしまうことを意味するのだ。

——今日落とせば、万事解決するのだ。

彦九郎は口内の肉を嚙んだ。

大津城が落ちるか否かが、天下の趨勢の一つの鍵を握っているのは間違いない。正直、石田三成がどうなろうと彦九郎にはどうでもよかった。己を信じてくれた宗茂を始めとする、四万の将兵の命が掛かっているのだ。

——俺たちは何のためにここまで来た。

彦九郎は瞑目して自らを責めた。

死を生み出す武器を作り出してきた己たちを、悪の権化の如く語る者もいる。鉄砲や大筒で身内が死んだ者などが特にそうだ。一人も殺さずに戦が終わるならば、何とよいことかと心から思う。それがこの乱世の結びともいえる一戦ならば猶更である。

「認めるさ……」

本心では、誰も殺したいなどとは望んでいない。一人の命を生贄《いけにえ》に百人を救う。百人の魂を生贄に千人を救う。国友衆は、義父は、己は、そう信じて心ない罵声を受けてきたのではないか。あと一度、それを受ければ、皆は救われるのだ。だが、かつてないほどに胸がざわついて仕方ないのだ。

――あいつもそうかもしれぬ。

時を追うごとに、城門から逃げ出そうとする民が集まり、遠目にも人だかりが出来ている。石垣で逃げ道を塞ぐなど、やはりあの男らしくない。だがそのような甘いことを言っていては、より犠牲が増えるのは己から見ても明らかである。掲げた高い志と、戦の現実の狭間で葛藤した故か。

「悪と呼ぶならば呼べ」

小声で漏らした相手は匡介ではない。戦というものから目を逸らして漫然と生き、大層に非難だけを浴びせる人世という化物にである。今ならば、宗茂は山を下りていてこの場におらず、その威名に傷を付けることもないと思い至ったところで、彦九郎は腹を決め、間もなく弾込めを終える配下の職人たちに向けて静かに命じた。

「本丸城門を穿て」

「大門は目では捉えられませんぞ」

「凡そ判れば十分。当てるぞ」

「多くの民が押しかけております。死人が出ることも……」

「覚悟の上だ」

彦九郎が絞るように言うと、行右衛門は全身を震わせて頷いた。砲身の向きを自ら調える。若い職人の中には動揺を隠せない者もいる。

——よいのか。

夕陽に照らされて光沢を放つ雷破が尋ねてきたような気がし、

「ああ、これが国友衆だ」

と、彦九郎は小さく答える。続けて行右衛門に向けて低く命じた。

「撃て」

火が点けられ、雷破がけたたましく吼えた。その声は先刻よりも悲痛に聞こえたのは、彦九郎の聞き違いであろうか。飛翔する弾丸は大門の辺りを越えて湖へと落ちた。

「今が切羽よ。次々に撃ち込め」

彦九郎は命を重ねる。再び雷破が鳴り響く。弾丸は先ほどよりも手前、手応えはあった。屋根瓦が飛散している。

「次」

迷いを振り切るように、すぐに次の弾込めを急がせた。

放たれた三度目の弾丸が空を行く。逃げ出そうとしてごった返す人込み。その中に弾丸は落ちて行った。

己はこれまで数多くの人殺しの道具を世にばらまいてきた。それが世に真の泰平を齎《もたら》すと信じていたから。そして眼前で己の作った武器で人が死ぬのを見たこともある。だがこの時ほど鮮明に見えたことは一度たりともなかった。
四、五、六と間隔を短くして雷破が咆哮する。己に必死に訴えているような気がしてならず、彦九郎は堪《たま》らずに呻いた。
「許せ……」

その時である。男が馬を駆って猛然と山を上がって来た。他の諸将と打ち合わせを行っているはずの宗茂である。いずれ戻って来ることは判っていたが、あまりに早い。恐らく気付くや否やすぐに戻って来たのだろう。宗茂は颯爽《さっそう》と馬から舞い降り、吐息が掛かるほどに詰め寄った。

「彦九郎」

「城が落ちればもう悩むことはないのです」

彦九郎が声を上擦らせると、宗茂はこちらの意を全て汲《く》み取ったように細く息を吐いた。

「止めよ」

「全ては私の一存。侍従様の威名に傷は――」

「そのようなものはどうでもよい」

威厳の籠った声に彦九郎は気圧《けお》されたが、なおも首を横に振った。

「勝たねばならぬのです。そうでなければ国友衆が乱世を生き抜いた意味がありません」

純粋に鉄砲のより良い機巧を求めて精進した職人もいた。己たちが励めばそれだけ早く世に泰平がくると信じていた職人もいた。だがどんな想いを持とうとも、十把一絡げに己たちがどれほどの怨嗟を受けてきたことか。

「真は殺したくなどないのだろう」

核心をいきなり突かれ、彦九郎は言葉に詰まった。

「俺が背負うと申したであろう。人を殺すのは武器を生み出すお主たちではない」

「え……」

「常にそれを使う者たち。つまり俺たちよ」

宗茂は彦九郎を真っすぐ見据えながら続けた。

「幾ら綺麗ごとを申せども所詮、戦とは人殺し。西国無双などは、西国で最も人殺しが上手いという称号に過ぎぬ」

「それは違います……」

彦九郎は絞るように言った。

「違わぬ。戦に巻き込んで無辜《むこ》の民を殺してしまったことは何度もある。家を守るため、家臣を守るため、泰平の世を続かせるため、何度言い訳してきたか解らぬ……」

このようなことを言ってくれる人も初めてであった。だからこそ負けさせたくはないと強く思う。彦九郎は消え入るような声で言った。

「しかし……もう今更……」

「今からでもよいではないか。人はそう思った時から歩み始める」

これまで投げかけられた数々の心ない言葉が蘇る。宗茂の言葉に、彦九郎は唇を噛んで俯くことしか出来なかった。

「しかし……それでは……」

間に合わなくなってしまうかもしれない。それでも宗茂は首を横に振った。

「聞け、彦九郎。戦がある限り人は死ぬ。だが、お前が救いたい民を狙うのは違う」

無言を答えと取ったのだろう。宗茂は彦九郎の肩に手を置いて頷くと、城門への砲撃を禁ずることを達した。

「元通り天守を狙うぞ。それで勝つ」

宗茂は先ほどの厳しい語調を一転させ、慈愛溢れる声で語り掛けた。その時、行右衛門が近づいて来て囁くように言った。

「御頭、雷破に破損が」

鉄砲でいうところの火道が変形してしまっている。これでは火薬の爆発が上手く伝わらず、狙いが狂ったり、最悪の場合は弾が飛び出さず暴発したりすることもあり得る。途中、砲撃の間隔を縮めたとはいえ、そうそう壊れるはずはない。宗茂と同じく、雷破もまた己にこの砲撃を止めさせようとしていたように思えて仕方がなかった。

「直させて下さい」

彦九郎は声を震わせた。大津城下に鍛冶屋があることは知っている。一部の部品を分解し、そこで形を元に戻すのである。砲身は分解することは出来ないため、火道に関しては金槌で細かく叩き、あるいは鑢を使って整えるしかない。神経を研ぎ澄まし続けると共に、根気のいる作業であるのは間違いない。

「どれほど時が掛かりそうだ」

「並ならば三日というところです……しかし、明朝までにやってみせます。故に——」

「解った」

全てを言い終わるより早く宗茂は答えた。

「もう一つ……お願いがあります」

もう迷いはしない。天守を完全に壊し、雷破の名を天下に轟かす。だがこのままだと時が足りない。これを解決する最も良い方法は一つ。

至極単純、城の近くまで大筒を寄せて放つことである。だが一つ大きな懸念がある。大筒は一度据えてしまえば、軽々と動かすという訳にはいかず、敵の襲撃を受けて奪われるという危険が伴うのだ。今は三の丸、二の丸まで手中に収めているが、敵が先程のような乾坤一擲の出撃をしてくれれば、あっという間に横奪、あるいは破壊されてしまうだろう。

「尾花川口しかないかと」

彦九郎は目算を付けていた場所を宗茂に告げた。

尾花川口は大津城の北西。当初、己も鋼輪式銃で攻めていた場所である。尾花川口から天守までの距離は僅かに三町半。浮島の如き曲輪《くるわ》の伊予丸の上を越して撃つ。あそこからならば十分に天守を貫くことは叶うだろう。

本丸から敵が出撃した場合、二の丸を横切って道住門を潜って三の丸に出た後、尾花川口に至るのが最短。だが二の丸は飛田屋が石垣で分断してしまっている。これが裏目に出て大きく回り込まねば、尾花川口には到達出来ない。ここしかないと彦九郎は見定めていた。

「伊予丸は未だに敵の手の内にある。向こうからの鉄砲も届く距離だぞ」

「お願いします」

彦九郎は腹の内から湧き上がる熱をそのまま声にした。これでも確実に勝てるとは言い切れない。だが己を信じてくれたこの人のために全力を尽くしたかった。迷いを取り去ってくれたこの人の期待を裏切りたくはなかった。

「よかろう。ただし我らも再び二の丸まで手勢を入れる」

「それは……」

大筒を最前線に持って来れば、どうしても敵の反撃で奪われることが考えられる。それを防ぐためには軍勢を寄せるほかない。そのほうが早く城が落ちやすいのも当然である。それをしてこなかったのは大筒の流れ弾が味方に当たるのを避けるため。長等山からの遠距離射撃ともなれば、その危険はかなり高かった。

「誤って味方に当たってしまうか？」

宗茂は不敵に口角を上げた。

「いえ、あそこからならば百発百中です」

「よし。夜のうちに動かすぞ」

残る時を考えても、恐らくこれが最後の勝負になる。己と宗茂のやり取りを聞けるはずもないのに、まだ熱の残る雷破がまるで微笑んでいるような気がし、彦九郎は今一度頼むと心の内で呼び掛けた。

第九章　塞王の楯

「夏帆……殿」

匡介は呼んだ。まるで己の声でないような気がするほど声が掠れている。

「目を覚まされました！」

夏帆が周りを見渡しながら声を上げると、続々と己を覗き込む顔が増える。段蔵、玲次を始めとする配下の職人たちである。誰もが顔をくしゃくしゃにしている。

「ここは……」

「ここは西の館です」

夏帆が目尻の涙を指で拭いつつ答えた。

「何が……あったのです」

匡介は起き上がろうとしたが、全身に痛みが走って顔を歪めた。

「飛田様は逃げる母子を突き飛ばして庇《かば》われたのです」

そう言われてようやく記憶が蘇ってきた。涙で顔を濡らす子どもの顔もはきと思い出す。

「母子は？」

「掠り傷を負っただけで無事です」

「よかった……俺は……」

覚悟を決めて顎を引いた。砲弾が直撃していれば四肢を失っていてもおかしくないからである。幸い全てが無事である。右手、左手、右足、左足と順に動かすが、どうやら痺《しび》れもない。

丁度、そこへ女中の一人が椀《わん》に入れた水を持ってきてくれ、夏帆はそれに布を浸して拭うように唇を、次に絞って喉を潤してくれた。幾分、喉の痛みが和らぎ、匡介ははきとした声で訊いた。

「今は？」

皆が顔を見合わせ、その意を汲んで段蔵が話し始める。

「まず頭は一刻半（約三時間）ほど気を失っておられました。すでに日が暮れました」

「大筒《おおづつ》は……？」

「あれから凄まじい早さで立て続けに三発。だがそこで嘘のように鳴りを潜めております」

「そうか」

大筒に不具合が出たのか。あれより間隔を縮めたならばそうなってもおかしくない。今思えばあの連射も、そもそも門に狙いを変えたのも彦九郎らしくはなかった。

「そのせいもあり、民も何とか一応は落ち着きました」

飛田屋の頭である己が負傷したことも民は見ているし、日が暮れてもはや石垣を取り除くのが難しくなったこともある。さらに殿が今晩中に判断を下すので、今暫し耐えてくれと皆に伝えたことが最も大きかったという。

「宰相様は何と」

「人目に付かぬ夜の内に御方様《おかたさま》が宰相様のもとへ。今、お二人でお話をされているとのことです」

「それはつまり」

「開城することになりそうです。城に籠る全ての者の命を救うことを条件に、宰相様自らは切腹されるおつもりです……」

段蔵は後ろに行くにつれて声を潜めた。

「宰相様にお会い出来ないか」

匡介は腹に力を込めて身を起こした。職人たちが心配して手を伸ばす中、夏帆の顔色がさっと変わった。

「まさか……まだ」

匡介は歯を食い縛って首を横に振る。

「門の石垣は崩して取り除くと約束します。その上で……」

続きを話そうとした匡介であったが、ふとあることが気に掛かって周囲を見渡した。

「横山様は外に？」

大津城に籠ってから、飛田屋を守るという役目を担った横山はずっと側にいてくれた。この西の館の外を固めているのか。ならば己はすでに目を覚ましたのだから、報せてやったほうがよいのではないか。そう考えて訊いたのだが、皆の顔が悲痛なものに変わっていることに気が付いた。

「まさか……」

言葉を選んでいるような素振りを見せた段蔵を差し置き、口を開いたのは玲次であった。

「あの時、頭は母子を突き飛ばして守った。さらにその頭を横山殿は守って……討ち死にされた」

弾丸は己の顔の辺りに直撃するはずであった。これは己が弾丸の落ちるところに飛び込んでいったのだから、別に偶然ではなく当然といえるだろう。匡介が咄嗟に動いた時、もう一人、横山もまた瞬時に動いていた。そして母子を突き飛ばした匡介の襟を摑み、剛腕でもって後ろに引き倒したという。

「流石、乱世を掻い潜った猛者だ」

玲次は愁いを帯びた声で続けた。

弾丸は横山の左の大袖を直撃し、真横に五間（約九メートル）も吹き飛ばされた。丁度、匡介を後ろに引いた直後である。匡介も僅かに巻き込まれて、強《したた》かに頭を打ったというのが気を失った真相らしい。

横山は頭から地に突き刺さるように落ちた。駆け寄った者によると、ほんの僅かな間は息があったらしいが、その呼吸は激しく乱れており、その後すぐに止まったという。後に判ったことだが、頭から血は流れていたものの、何と弾丸を受けた肩は骨すら折れていなかったとのこと。弾丸が肩の上部に当たり、軌道を変えて跳ねるように上に逸れたのが原因かもしれない。それでも弾丸を受けてなお耐える頑強な躰を、玲次は猛者だと言い表したのだろう。そして逸れた弾丸が地に落ちたところにも幸い誰もおらず、他に死人は疎か、怪我人も出なかったらしい。

「横山様が……」

「最期、僅かに息のある時……横山様は頭の名を呼んだとのことだ」

玲次はそう言うと唇を強く結んだ。

「会わせてくれ」

匡介は布団から身を起こした。先程まで躰にあった鈍い痛みはいつの間にか霧散している。誰も止めなかった。

横山が眠っている場所は屋敷ではない。建物ですらなかった。本丸の隅、地に筵《むしろ》が敷かれており、そこに横臥《おうが》させられている。民も含めれば大勢の人がおり、生きている者ですら建物から溢れているのだから仕方がないのかもしれない。

付き添ったのは段蔵、玲次のほか、横山隊にいた武士が数人。あと夏帆も止めることこそしなかったが、心配をして付いて来ている。

横山以外にも多くの人々が横たわっている。上にも筵、破れた陣幕などが掛けられている。匡介は教えられた場所に立ち、そっと布を取り去った。

そこにはまさしく横山がいた。玲次が教えたように頰が微かに擦れてはいるものの、他には目立った外傷はない。まるで眠っているようで、揺り起こせば目を覚ますのではないかとさえ思えた。

「横山様……」

ありがとうなどという言葉さえ陳腐に思え、名を呼ぶ他に何も言葉が出て来ない。耳朶《じだ》に蘇るのは、戦場での猛々しい咆哮ではなく、快活な笑い声である。

動悸こそ速くなるものの、涙も零れず、嗚咽も込み上げてこない。やはり、とても死んだとは思えなかった。

――ずっと解っていた。

人の世とはこのようなものだということを。父や母、花代、そして源斎ともそうであった。人との別れはこの世の何処にでも落ちてきて、往々にして突然訪れるということを。横山と最後に交わした言葉は何だったか思い出せないほど、呆気《あっけ》なく別れはやってくる。その別れを必要以上にばら蒔《ま》く、戦というものをずっと終わらせたいと願っていたはずなのだ。

全てが終わってからでいい。横山がそう言っているような気がして、匡介は手を合わせることもなく再び布を掛け、長等山の方角へと目をやった。

——やはりそうか。

ここに来る時から気付いていた。長等山に無数の松明《たいまつ》が蠢《うごめ》いている。それが意味していることは何か。すでに予想はついている。

「飛田屋」

己が目を覚ましたことを聞きつけたのだろう。篝火《かがりび》に照らされた城内を孫左衛門が小走りに近づいて来た。

「無事だったか」

「はい。横山様のおかげです」

孫左衛門は今にも泣き出しそうに唇を窄めて頷く。

「今、敵に動きが——」

「二の丸に兵を入れ始めたのでしょう。しかも東側だけに」

孫左衛門が全てを話し切るより早く、匡介は言った。

「何故、それを……」

「そうくるだろうと」

己の推量通りならば、軍勢を入れて来るのもまた考えられることだった。

怪訝そうにする孫左衛門に向け、匡介は再び言った。石垣を取り除くことも付け加えると孫左衛門は深く頷いた。

「宰相様の元へ」

「一つ、お願いがあります。夏帆殿もお連れ願えないでしょうか」

夏帆は驚きの顔を見せる。

「見届けて頂きたいのです」

匡介が続けると、夏帆は戸惑いを払いのけるように強く頷いた。

「御方様もおられる。侍女のお主がいても差し支えあるまい」

孫左衛門はそう応じてくれた。今しがたようやく聞いたのだが、高次は北西の端、馬場の脇にある厩舎《きゅうしゃ》に付随した建物にいるという。やはり建物に収まりきらず外で寝る者も散見出来た。いずれもあまり寝つけないらしい。不安そうな目で夜天を眺めている者もいる。数日前まで慟哭していた空は皮肉なほど晴れ上がり、間もなく満ちる大きな月が茫と城内を照らしている。

「横山は悔やんではいないだろう」

嚮導《きょうどう》する孫左衛門がふいに言った。何も答える間もなく、いや答える間を与えないようにしてくれたのだろう、すぐに目指す建物の前に到着した。

孫左衛門が戸を叩いて合図を送ると、戸がすっと開いて男が顔を覗かせる。男は辺りを確かめた後、手で招き入れた。行灯《あんどん》を先立てて暗い廊下を行き、奥の一室へと通された。

幾つかの燭台《しょくだい》に火が灯されており、それほど広くない部屋の中に押し込まれたように人がいた。高次、その傍らにお初の姿もあった。

「来たか」

皆の眼差しが一斉に集まる中、高次は日頃と変わらぬ鷹揚な調子で言った。

「はい」

「躰はどうだ」

「横山様のおかげで」

「惜しい男を亡くした」

高次は口惜しそうに唇を巻き込んだ。

「殿」

孫左衛門が声を掛けると、高次は深く頷く。

「石垣を除いてくれるのだな」

「はい。差し出がましいことをして――」

「いや、それは拙者が命じたこと。飛田屋には何の落ち度もありませぬ」

匡介が詫びようとするのを、孫左衛門は遮った。

「解っている」

高次は己と孫左衛門を交互に見て言った。

「開城なさると、お聞きしました」

「そのつもりだ。初も得心してくれている。が……まだな」

高次はそう言って、部屋にすし詰めになっている家臣たちを見渡した。未だに反対している家臣たちが多くおり、なかなか納得しないのだと解った。

「石垣を除くということは、お主は賛成してくれるのだな」

高次は続けて儚い微笑みを浮かべた。反対する者たちへの説得材料になると思ったのだろう。

「いえ」

「何……」

高次を含め、その場にいる者全員が怪訝そうな顔になる。匡介の頭に夢の中の花代の声が蘇る。それに応えるように小さく頷くと、匡介は揺るぎない、はきとした声で言った。

「城を守り抜きましょう」

感嘆の声を上げたのは戦の続行派だろう。その目を輝かせてこちらを見る。それとは逆に吃驚の顔に変じたのは開城派。中には怒りを滲ませている者もいる。高次はというと哀《かな》しげに目尻を垂れる。背後に立つ夏帆の息遣いも荒くなるのを感じた。

「匡介、もうよいのだ。戦は——」

「よくありません」

大名の言葉を遮るなど不敬極まりないだろう。だが匡介の目には名家を継いだ大名ではなく、皆のために命を擲たんとする一個の男として映っている。匡介は昂るでもなく静かに続けた。

「城が落ちるということは、生殺与奪の権を敵に与えるということ。命を懸けて約定《やくじよう》を取り付けても、それが守られなかった例《ためし》もごまんとあります」

「大筒が近くまで来れば、これまで以上の混乱に至る。内側から崩れる……そうなればどちらにせよ終わりだ」

「お気付きだったのですか」

長等山の幾つもの松明は麓に向けて移動している。あれは恐らく大筒を移動させているのだ。本日の攻撃で幾ら国友衆の大筒といえども、そう簡単に天守が崩れぬことが解った。それで敵もこちらの射程に入るのを覚悟で、大筒を近くまで持って来ようとしているのだ。これに高次も気付いていたらしい。

「何処かは判らぬが……」

「いえ、判ります。尾花川口です」

匡介ははきと断言した。

理由は三つ。一つ目は二の丸を分断したことが裏目に出て、こちらは尾花川口にはなかなか近づけないこと。二つ目は天守までの最短の距離となること。そして極めつきが軍勢の動き。敵は二の丸に満ち始め、本丸の大門を破らんとする構えを見せている。それだけならば二の丸全体に兵を入れてもよさそうなものだが、敵は東側のみに満ちているという。これまでの攻防で己たちが石垣で二の丸を分断したということもあるが、これには今一つ意味がある。示し合わせて攻める軍勢が、大筒の射線上に入らぬようにしているのだ。つまり東側からの砲撃はないということである。

「ならば猶更、開城を急いだほうがよい」

「私に……飛田屋に賭けてはくれませぬか」

「それは……」

「砲撃を止めます」

　これには全員が落胆を隠さなかった。河上小左衛門ら五百余騎が、砲撃を止めようと長等山を目指して玉砕したのは今日のことなのだ。

　匡介のすぐ近くから声が上がった。河上を止めようと言い合っていた三田村吉助である。

「河上は文武に優れた武士だった……泰平でもきっと役に立つ。俺などよりも生き残るべきだった。あの時、もっと強く止めていれば……悔やんでも悔やみきれぬ」

　三田村は肩を震わせて続けた。

「河上以外も一騎当千の兵。それで成せなかったのだ。今の当家にはそれを成し遂げられる者は残っていない」

「匡介、もうよいのだ」

　高次は静かに言って首を横に振った。

「河上様たちの死を無駄にしてもよいのですか」

　三田村はすっくと立ち上がり、匡介の胸倉を鷲摑《わしづか》みにした。

「おのれ、今一度言ってみろ」

「何度でも申します。皆様は宰相様を、御方様を、大津の民を守るため、たとえ勝ち目が薄くとも抗ったのではないのですか」

「そんなことは解っている。だがどうにもならんのだ……」

三田村は口惜しそうに声を震わせて俯いた。

「皆様は思い違いをされています。大筒を狙う訳ではありません。弾丸を止めるのです」

「何だと……」

三田村がするりと手を下ろした。一座がざわめく中、匡介は細く息を吐いて言い切った。

「尾花川口に大筒が来るのに備え、伊予丸に石垣を造ります」

一座の者があっと声を揃える。

「そのような石はもうないと聞いて――」

誰かが声を上げようとしたが、途中でこちらの意図を察したようで言葉を途切らせた。

「城門前の石垣を崩して用います」

「待て。尾花川口と伊予丸は目と鼻の先。あの威力に耐えられるのか!?」

「撃ち込まれれば崩れてゆくでしょう」

通常、野面《のづら》積みの石垣は大筒などではびくともしない。だがあの大筒の威力は尋常ではない。撃たれれば徐々に崩れていくことになるだろうと見ていた。

「ならば無駄ではないか」

「いえ……崩れれば積み直します」

「なっ――」

茫然とする皆をゆっくりと見渡しながら、匡介が言葉を重ねた。

「賽の河原の如くに。何度でも、何度でも、崩されても諦めません」

砲弾が飛び交う中で石を運び、直撃されて揺らぐ石垣に上り、向こうが音を上げるまで、決戦が行われるその時まで、修復を続けるのである。

「だが伊予丸は……」

三田村が喉を鳴らした。

「解っています。渡れば最後、終わるその時まで戻りません」

匡介が迷わず答えると、場が嘘の如く静まり返った。

伊予丸は浮島の如き曲輪《くるわ》。城と繋ぐ橋はすでに落としてある。舟で渡ることは出来るが、大筒の攻撃が始まってしまえばもう戻っては来られない。

「匡介、訊きたい」

高次が声を発し、皆の視線が一斉に集まる。

「はい」

「石垣を除けば、民を遮るものはなくなるが」

京極家は力ずくではもう止めないという意味である。

「民は宰相様を信じ、そのお言葉を待っています。その宰相様は私を信じて下さい」

知らず知らずに匡介も声に熱が籠った。もう誰も死なせたくはない。同じことを考えている高次も含めて。その一念である。高次はゆっくりと瞑目する。

「皆の者、よいか」

誰も意見する者はおらず、皆の頷きが一つに重なる。

「孫左衛門、ただちに民たちを集めてくれ。儂から話す」

高次が決然と言うと、それを合図に皆が互いに手を取り合い、肩を叩き合った。この部屋に来た時に漂っていた沈痛な雰囲気は霧散し、いずれの者の顔にも確固たる決意が滲んでいた。

「匡介殿」

俄《にわ》かに活気が戻った一座の中から己を呼ぶ者があった。これまで高次の横で黙していたお初の方である。お初はすっと立ち上がり、衣擦《きぬず》れの音を立てながら家臣たちの間を縫って近づいて来る。

「ありがとうございます」

お初は深々と頭を下げたが、匡介は驚くことはなかった。お初がこのような人だということは重々知っている。

「夏帆」

お初は己の後ろに眼差しを移して優しげに呼び掛けた。振り返ると、背後に立っていた夏帆は俯いている。

「御方様は……」

「夫の命を差し出せば民は助かるかもしれません。しかし本当は……夫を死なせたい妻などいましょうか」

お初の声は後ろにいくにつれ潤みを帯びていった。

「あなたはどうなのです」

お初の問い掛けに、夏帆は俯いたまま肩を小刻みに揺らしていた。

「私は……」

「心を偽るのはもう止めなさい」

「私は……もう……二度と嫌です……」

音が消えたのかと思うほどの静寂の中、滴り落ちる小さな音だけが響き、薄暗く照らされた床に影が滲んだ。夏帆はさっと顔を上げると、滂沱《ぼうだ》たる涙を流したまま声を震わせた。

「守って下さい……」

「約束します。今度は真に」

頬を濡らす夏帆の肩に手を添え、匡介は凜然と言い切った。

それから間もなく、天守から様子を窺っていた者から新たに、

――松明は尾花川口へ。

との報せが入った。何やら人が慌ただしく動く気配もあるとのこと。敵も隠すつもりはないらしく、もはや九分九厘間違いない。

刻一刻と緊張が高まる中、天守前の大広場に城に籠る全ての者が集められた。無数の篝火が焚かれ、煌々《こうこう》と夜天を焦がしている。老若男女問わず皆が不安げな顔をしている。

「あっ、殿様」

母に抱かれて寝ぼけ眼を擦っていた男の子が天守を指差す。高欄に高次、お初が揃って姿を見せたのだ。衆からどよめきが上がった。

「混乱の中、話が纏まらずに長く待たせたことをまず詫びる」

高次は大音声で叫ぶと、大きな頭を深々と下げた。お初もまたそれに倣う。多くがこの夫婦の人柄を知っており、匡介がそうであったように驚く者は見られなかった。

「先刻、ようやく話が纏まった。これより城門前の石垣を取り除くこととする」

安堵の嘆息が広がる。歓喜の声を上げる者もいた。それが鎮まるのをじっくりと待ち、高次はさらに民に呼び掛けた。

「だが儂はまだ戦おうと思う」

これほどはきと聞こえるものかという高次の声と、吃驚の声が見事に重なった。

「飛田屋が門に石を積んだのは皆の命を守るためだ。出ようとするのは咎めぬが、ここにいたほうがよいのは真だ」

降伏すれば苛烈な仕置が行われることも有り得ると正直に話した。降るとはそのようなことで、最後の最後の手段であるということも話した。

さらに、門を開けば敵は雪崩れ込もうとすること。その時も無闇に民を殺そうとはしないと思うが、それでも巻き込まれて怪我人、死人が出るかもしれない。

一切を包み隠さず話した後、

「嘘は吐《つ》かぬ。儂はもう誰も死んで欲しくない」

と、高次は訴えるように叫んだ。その真心が伝わったのだろう。しかと頷く者や、口を押さえて涙を浮かべる者が続出する。高次は大きく息を吸い込み、強く言い放った。

「飛田屋が伊予丸に石垣を積む」

また揺れるようなどよめきが起こった。石垣は弾を受ければ崩れ落ちる箇所も出るかもしれない。だが次の弾丸が来ようともまた積み上げて修復する。敵の弾丸が尽きるまで、精魂が尽き果てるまで、これを続けることを話した。

「城を……天守を守りたいだけだ！　おいらたちの命なんてどうでもいいんだ！」

民の中から声が上がったので、一斉にそちらの方を皆が見る。喚いたのはあの徳三郎である。余程、勇気がいったのだろう。それこそ死を覚悟するほどに。徳三郎は顎をがたがたと震わせ、それでも射貫くように高次を見上げた。

「儂とお初はここを動かぬ」

再び地鳴りの如く騒めく。天守の下にいた匡介もそれは聞いておらず、唖然として高次を見上げた。高次は微笑んでいる。

「目を引き付けるのは大の得意じゃ。何と言っても蛍大名故な」

高次が尻をぱんと叩くと、皆の中からくすくすと笑う声まで聞こえた。幼子がぱあと顔を明るくして蛍と声を上げ、母と思しき者が慌てて口を塞ぐ。しかし高次は怒ることもなく、蛍じゃ、蛍じゃと幼子に向けて笑い掛けたものだから、遂にどっと笑い声が沸き上がる。この光景に家臣たちは苦笑しつつも好ましげに見つめている。

「治部少は大津を決戦の地に使う腹積もりであった。儂はそれがどうしても許せず、このような仕儀《しぎ》となった」

一転、高次が静かに話し始めると、誰もがぴたりと口を噤《つぐ》む。静寂の中に高次の声はよく響いた。

「飛田屋はそのような我らを助けるために城に入ってくれたのだ……」

そこで言葉を切ると、高次は胸いっぱいに息を吸い込んで、今日一番の大音声で言い放った。

「儂は塞王を信じる。皆もその儂を信じてくれぬか」

歓声が上がるようなことはなかった。だが民の頭上に熱気が一気に立ち上り、風が揺れたように見えた。虚《うつ》ろであった民たちの目に生気が戻っている。もう誰も文句を口にしないどころか、動揺も消え去って一つになるのを感じた。京極家から失われていた要石《かなめいし》が、今一度がちりと嚙み合うかのように。

高次がこちらを見下ろして頷くと、匡介は目一杯の声を絞って叫んだ。

「仕事に掛かるぞ！」

高らかに応じ、飛田屋の面々が一斉に動き出した。残された時はあと五刻足らず。尾花川口に大筒が来ないとは微塵も考えなかった。必ず来ると感じている。匡介はこれが戦国を席捲《せっけん》した矛と楯の、最後の戦いになるだろうと感じ取っていた。

匡介の指示で飛田屋はすぐに城門の石垣を崩し始めた。素人では石垣をどう崩してよいかも思いが及ばないだろう。だが穴太衆《あのうしゅう》に掛かれば、やはり組むより崩すほうが容易く、総動員で掛かれば半刻ほどでただの石の群れに戻っていた。

取り除いた石から順に、玲次の差配でまた修羅に載せて船着き場まで運び、さらに船へと積み替えていく。その間、孫左衛門を中心に、京極家の家臣たちが誘導する民の中には、

「お願いします」

「頼むぞ！」

などと、飛田屋の職人たちに励ましの言葉を掛けてくれる者もいた。

幾艘かの舟で何度も往来して石を運んだ。あと一艘で全てを運び終えるという時でも、月はまだ東の空に留まっている。石垣を崩し始めてから二刻も経っていないということで、これは玲次の荷方《にかた》としての秀抜な手腕によるところが大きい。

元来、橋で繋がっていた曲輪であるため、伊予丸には船着き場はない。先着した者が滑車の付いた櫓を構築し、それで舟から石を引き上げていく。これは険しい崖からも石を切り出す山方《やまかた》の得意とするところで、指示を飛ばす段蔵の声も張りで満ちている。

全ての支度が整った時、月は中天を越えていた。おそらく子の刻（午前零時過ぎ）あたりになる。匡介は全ての職人を集めた。若い職人たちが掲げる松明の灯りで、闇の中に精悍な顔がずらりと並ぶ。

「俺が迷ったせいで、辛《つら》い仕事をさせてしまった。すまなかった」

匡介はまず詫びて頭を下げた。命じられれば従う。皆それが当然だと思っているが、唇を噛みしめる者もおり、やはり苦しかったことが窺える。

「だがもう迷いは晴れた。至極明白なこと。城を、宰相様を、民を守り切る。そしてこれが乱世において、恐らく最後の仕事になるだろう」

匡介が言うと、銘々が頷いた。玲次は皆を見渡した後、一歩進み出て己に向けて言った。

「改めて命じてくれ」

「ああ……」

匡介は息を思いきり吸い込むと、静かに、それでいて凛然と言った。

「懸《かかり》だ」

「応！」

職人たちが勇んで持ち場に就く中、匡介は石の群れの中を歩み始め、西の方角を見やった。ここから目と鼻の先である尾花川口に多数の篝火が蠢いている。やはり国友衆は、彦九郎はもう隠すつもりはないのだ。

また向こうからも伊予丸に篝火が増えたことは見えており、こちらが何を考えているか解っているに違いない。互いに解りつつ、互いに退こうとはしない。時に日を示し合わせた決戦がしばしば行われたようなもの。真正面から矜持《きょうじ》を懸けての戦いとなる。

「甲の一、乙の一、丙の一、丁の一、甲の二、戊の一、乙の二、甲の三、庚の一、辛の一……」

次々と淀みなく石を指差して、積む場所を示していく。

匡介の脳裏には、すでに完成された石垣の図が出来上がっている。

まず彦九郎が狙っているのは、

――十中八九、天守。

と、匡介は見ている。

尾花川口のやや北の地点から、天守までは約三町半（約三百八十メートル）。天守の高さは約八丈（約二十四メートル）。直線の弾道を防ぐためには、伊予丸でも出来る限り尾花川口に近いほうが望ましく、大筒まで約一町の地点と匡介は定めた。そこで弾丸を防ぎえる石垣の大きさは、

――高さ二丈七尺（約八・二メートル）、幅二十間（約三十六メートル）。

と、導き出していた。

「己《つちのと》の八、庚の八、辛の九……違う。それは乙の七だ」

匡介は流れるように指示を出しながら、石を積む職人の誤りも見逃さない。頭が冴えわたっていた。さらに特に難しいところや、衝撃を逃がすために重要な栗石《ぐりいし》などは、

「俺がやる」

と、五感を最大限に研ぎ澄ませ、自らの手で並べもした。

月の輪郭が滲んでいたため、予め心づもりもしていたが、夜が深くなるにつれ、どこからともなく霧が立って漂い始める。尾花川口の篝火はやはり消えてはおらず、灯りは茫と霞みながら揺れている。

「もっと早く動け」

「手が休んでおるぞ」

玲次、段蔵が皆を叱咤する。これほどの石垣、しかもあの大筒に耐えるほど頑強なものとなれば、ぎりぎり間に合うかどうかというところである。水を飲む間も惜しみ、飛田屋全員が夜を徹して懸命に働き続けた。

やがて、東方の空が白みを帯び始めた。朝が迫っている。天空と霧の境が曖昧になり、時を追うごとに菫色《すみれいろ》が辺りに広がっていく。

「それを三の組、丙の三十へ……仕舞いだ」

匡介が最後の一石の行き場を示すと、皆が感嘆の声、安堵の溜息を漏らす。すでに払暁と呼べる時刻であった。朝日を覆い隠すように、夜半から立ち込め始めた霧はさらに濃くなっている。

だが安心してばかりはいられないと、職人たちの顔はすぐに引き締まったものに変わる。ここからが真の戦い、いや、戦はまだ始まりもしていないのだ。

「頭、多賀様が」

石垣を築き終えて間もなく、段蔵が駆けよって来た。伊予丸の東、石を引き揚げた地点に、多賀孫左衛門の乗った舟が来ているという。

「暫し休め」

匡介は皆に命じて、自らは玲次、段蔵と共に向かった。堀を見下ろすと、小舟の上の孫左衛門がこちらを見上げつつ言った。

「おお、飛田殿。終わったか」

「今しがた。何とか間に合いました」

「流石よ」

松明に頰を照らされた孫左衛門は微笑んだ。

「何かありましたか」

石垣が完成すれば、松明を振って合図する段取りであった。この霧で見えにくいとはいえ、それでも難なく伝わるだろうから訝しんだ。

「怪我人は出ていないか」

作事奉行を務めた孫左衛門には、平時でも石積みの途中、石が崩れて怪我をする者が出ることを話したことがある。それを覚えており、此度もしそのようなことがあれば、今の内に本丸に引き取ろうと思い至ったらしい。

「ご心配ありがとうございます。無事でございます」

匡介が答えると、

「それはよかった」

と、孫左衛門は取り敢えず安堵の顔となり、二度、三度頤を引いた。

「二の丸の兵は」

「今のところ動きはない。恐らくこちらも大筒に合わせて動くつもりと見てよかろう。民もすでに身を潜めた」

「宰相様は……真に？」

高次は突如、お初と共に天守に残ると言い出した。匡介たちが伊予丸に渡る直前まで、孫左衛門も含め、多くの家臣たちは止めていたのである。

「全く聞き入れられぬ。頑固なご夫妻じゃ」

孫左衛門は呆れたように言った。

高次は頑として天守に籠ると主張した。お初にも止めてくれと頼んだらしいが、

——私も同じ想いです。

と、むしろ高次の後押しをして、家臣たちは困り果てたという。

高次は家臣たちを逆に説得した。こうでもせねば民を納得させることも出来なかっただろうし、一度口にしたからには裏切る訳にはいかない。そもそも降伏すれば切腹は決まっているのだから同じであろう、と。

聞き入れられぬならば共に天守に入ると申し出る家臣もいたが、高次はこれも民の側に付いていて欲しいと断った。二の丸に敵兵が再び満ちており、一兵でも多くで守らねばならぬからである。最後には、

——たまには恰好を付けさせてくれ。

と、家臣たちに向け、笑みを浮かべたらしい。

「とは仰りつつ、その手は震え、頬は引き攣っておられた。恰好を付け過ぎなのじゃ」

孫左衛門は溜息を漏らすが、そんな高次が心底好きだというのが伝わった。

「必ずや」

守る。匡介は力強く頷いた。

「飛田殿」

孫左衛門は改まった様子で呼ぶと、老いに乾いた頬を引き締めて続けた。

「作事奉行として貴殿らと共に働けたこと、誇りに思う」

「我らも」

「頼む」

孫左衛門は一礼すると、船頭に本丸へと戻るように命じた。もうこれで戦が終わるまで、飛田屋は本丸へ戻ることは出来ないことを意味する。

匡介は孫左衛門の乗った舟を見送ると、暫しの休息を取る職人たちを横目に、積んだばかりの石垣に上った。細やかな水の粒が眼前を泳いでいる。やはり霧が深く、すぐ先であるはずのそれも見えない。松明もすでに消されているため猶更である。

だが、確かにいる。押し殺してはいるが、確かに息遣いを感じるのだ。

――どちらが正しいのだろうな。

霧の奥を覗き込みながら、匡介は心中で問いかけた。

返事は当然なかった。だが今、あの男も同じことを問うている気がしてならない。そしてこの戦の先に、一つの答えが落ちている予感がしているのも、また同じではないか。

石垣の上、匡介が身じろぎもせず霧の奥を見つめ続けて四半刻（約三十分）。微かに風が吹き始めた。霧は流れ、宙に溶け込むようにして薄くなっていく。

「そうだよな」

匡介は静かに呟いた。

斑《まだら》となった霧の合間、尾花川口がはきと見えた。こちらに向く一門の大筒。想像していたものよりも遥かに大きく、湿気により妖しく黒光りしている。周囲にはそれを守る百ほどの兵、支度に動く数十の国友衆、そして砲の脇に立つ、国友彦九郎の姿が見えた。その距離は僅か一町。見つめ合う眼差しまで見える。やはり狙いは天守で間違いない。

伊予丸に誰が入り、何をしているのか。彦九郎もまた察していたと確信した。霧が晴れる前から己がいることを知っていたかのように、彦九郎はこちらを真っすぐに見上げており、視線が宙ですぐさま絡み合っている。

彦九郎の口が微かに動いた。何かを言ったようである。声は聞こえない。が、これで嚙み合っているはずと確信して応じた。

「来い」

匡介は身を翻すと、下で束の間の休息を取る配下に向けて呼び掛けた。

「案の定だ」

皆が一斉に立ち上がり支度に入る。梯子を使って石垣から降りた匡介に、玲次が話し掛けてきた。

「いるんだな」

「ああ」

「どんな砲だ」

「自分の目で見たほうがいい」

入れ替わりに玲次は、怪我をしていない片手だけで器用に梯子を上り、尾花川口の方角を確かめた。

「見るからに凄そうだ」

玲次はすぐに降りて来ると苦々しく零した。

「何たって長等山から届く砲だ」

「それが一町の距離か……改めて恐ろしいな」

玲次は舌を打った。

「いよいよだ。今日守り切れば勝つ」

「他の穴太衆なら、二刻ともちそうにねえ」

「他の穴太衆なら……な」

匡介がはきと言うと、玲次は眉を開いて息を漏らした。

夢幻からあっという間に覚めるかのように、霧が刻々と薄くなっている。二の丸に見える敵方の無数の旗指物《はたさしもの》の動きが激しくなるのも見えた。視界が晴れ切った時こそ、最後の戦いの火蓋が切られると見て間違いない。

人が全て失せたのではないかという静寂が辺りを包む。足元に雲雀《ひばり》が降り立ち、愛くるしく左右を見渡す。次の瞬間、雲雀は何かを察したように空へ飛び立った。一羽だけではない。城内の鳥という鳥が飛び立つ。

「皆、力を貸してくれ」

匡介が職人たちに向けて言ったその時、矛の鳴動が耳朶を劈いた。鉄と風が奏でる音が聴こえたのも一瞬、鈍い轟音が鳴り響き、石垣が大きく撓んだ。

「これほどか……」

石垣へと上り、崩れた場所がないかと確かめた匡介は下唇を嚙みしめた。野面積みの石垣は遊びの部分が衝撃を逃がすため、正面からの攻撃には滅法強い。それなのに石垣の一部、数個の石が崩れ落ちている。さっと首を振って尾花川口を見ると、早くも大筒には次弾が込められているところであった。

「あちらも始まりました！」

段蔵が叫んだ。二の丸から雄々しい鬨の声が上がり、西軍の総攻撃が始まったのである。

京極家も負けていない。ほぼ同等の大きさの鬨の声が上がり、塀から兵が顔を出し、鉄砲の一斉射撃が行われた。悲鳴が上がるのも一瞬のこと、怯むことなく塀に取り付く敵兵の姿も見えた。

「来るぞ」

匡介が呟いた時、再び天を貫くような轟音が立つ。大地が揺らぎ、石垣が軋《きし》み、砂が震え落ちる。この強烈な威力を近くで目の当たりにし、職人の中には身震いをする者もいた。

「百五十も数えてないぞ」

玲次が顔を近づける。狙いを付ける暇が省かれるので、長等山から放っていた時より間隔が縮まるのは想定の内であった。だが予想よりも遥かに早い。三弾、四弾、五弾と撃ち込まれたが、やはり間隔は短いまま。国友衆もこの最後の決戦に臨み躍動している。六弾目で、石垣から鈍い音が零れた。見ずとも判る。石垣の向こうで大きく崩れたところが出たのだ。

「行くぞ！」

匡介の号令と共に、飛田屋百二十余人が即座に動き出した。数本の梯子が一斉に掛かり、積方が次々に駆け上がって行く。石垣の上に着くとすぐさま振り返り、用意した別の梯子が下から渡される。それを今度は上から下ろし、向こう側へと降りて行くのだ。

「そこは問題ない。あそこに当て込め」

匡介は上から指示を飛ばした。見た目には大きく崩れていても、石と石ががっちり噛み合っている場所は心配ない。反対に一見何も壊れていなくても、弾が当たれば崩落するという箇所がある。そこを瞬時に見抜いて補修に当たらせるのだ。

「百を超えた！」

玲次が下から呼び掛ける。修復作業はまだ終わらない。匡介が尾花川口を見た時、ちょうど弾の装塡が終わり、火が近づけられようとしていた。

「来るぞ！」

職人たちがさっと散り、地に飛ぶようにして伏せるのを確かめた後、匡介も石垣の上に腹這いになった。低い爆音が鼓膜を叩いた。

次の瞬間、石垣が激しく揺らぐ。石にぴたりと付けた匡介の耳朶は、石垣の呻きをはきと捉えた。

「早く仕事に戻れ！　またすぐに来るぞ！」

匡介は跳ねるように立ち上がり、職人たちに命じた。威勢の良い声で応じ、職人たちが石の修復に戻った。先ほどの一弾が掠めて梯子が折れている。代わりを用意させようと思った時、すでに玲次が下から梯子を差し出していた。見てもいないのに音だけで解ったようである。

「長くなるな」

「ああ」

匡介は受け取った新たな梯子を、側にいる職人に託すと、再び尾花川口を見た。慌ただしく国友衆が動き、大筒に新たな息吹が込められていく中、彦九郎はじっとこちらを見つめていた。

「幾らでも受けてやる」

東の喊声が大きくなる。敵軍の攻撃の手がさらに強まっている。味方も一歩も退かず、本丸から放たれた無数の矢が、煌《きら》めく朝日の中、降り注いでいた。

篝火に囲まれ、雷破《らいは》はゆっくりと長等山を降ろされた。城方《しろかた》から察知されることを危惧する声も上がったが、

「どうせ気付く」

と、彦九郎は即座に答えた。

二の丸東方に兵を戻すのだ。あの男ならば、それが如何なる意味か、何処から撃ってくるのか、必ずや見抜くはずだと思っている。

雷破を運んでいる間、彦九郎は城下の鍛冶場に向かった。雷破を改めて念入りに確かめたところ、幸いにも火道近くの部位の一つ、栓が飛び出て曲がっているだけであった。これならば国友に帰らずとも直せる。

彦九郎は自ら槌を握った。予め炉には火を入れて貰っていたため、ここでも時を短縮することが出来る。

作業を始めて二刻、行右衛門が報告に現れた。

「頭、雷破が尾花川口に――」

「しっ」

彦九郎は息を鋭く吐いて制する。四方八方から栓を見て、最後の確認を行っていたのである。

「よし。雷破は移ったか」

彦九郎は振り返った。

「はい。すでに尾花川口に」

「向かう」

直した栓を布で丁寧に包み、彦九郎は尾花川口へと向かった。

いつの間にか霧が立ち込めている。松明の灯りを頼りに進むと、しっとりと湿った雷破が目に飛び込んできた。

——終わったのか。

と、雷破に訊かれたような気がして、彦九郎は小さく頷いた。直した栓は寸分違わずぴたりと嵌まった。前よりもむしろしっくり来ているほどである。

「動きがあったか」

彦九郎は行右衛門に訊いた。

「はい。伊予丸で松明が動いているのが。ただ兵を入れただけかもしれませんが……」

「いや、来ている」

彦九郎は断言した。人は見えない。滲んだ灯りもたまに見える程度。ましてや石垣などは皆目見えない。だが彦九郎は伊予丸に宿敵がいると確信していた。

全ての支度が整っても、彦九郎は休むことなく伊予丸の方角を睨み続けた。やがて東の空が茫と明るくなり、徐々にではあるが霧も薄くなってきた。

矛と楯、どちらが上か。

——間もなく答えが出る。

彦九郎は心の中で呼び掛けた。

朝日が差す頃、薄くなった霧の中から伊予丸の姿が浮かび上がってくる。

「支度に入れ。間もなく始めること、侍従《じじゅう》様にもお伝えしろ」

配下の職人たちが慌ただしく動き始める中、霧はさらに薄くなり、伊予丸の全貌まで露わになってきた。伊予丸に、昨日まではなかったはずの石垣が眼前に立ちはだかっている。高さ三丈弱はあろうか。ここから見えたはずの天守が完全に遮られている。

彦九郎は事前に、

――伊予丸に石垣を造るはずだ。

と、配下に言っていたものの、実際に目の当たりにして、俄かに信じられぬようで職人たちは吃驚の声を上げている。

彦九郎が凝視する石垣の上、まるでここに己がいることを知っていたかの如く、あの男、飛田匡介がこちらを見下ろしていた。

匡介が不敵に笑うのまではきと見えた。言いたいことは何となく解ってしまう。

「始めるぞ」

彦九郎が小さく告げると、匡介は身を翻して石垣の向こうへと姿を消した。それから間もなく、行右衛門が傍《そば》に進み出た。

「頭、整いました」

すでに職人たちも持ち場に就き、己の号令を待っている。彦九郎はぐるりと皆を見渡し、焼けるような朝日を受けた頬を引き締めた。

「終わらせよう」

この戦乱の世か。己たちの因縁か。はたまた同じ近江で生まれ、育まれた矛楯《むじゅん》の存在の決着か。あるいはその全てか。彦九郎自身もはきと判らぬが、思わず口を衝いて出た。

職人たちが一斉に頷くのを確かめ、彦九郎は大音声で下知した。

「放て!!」

雷破が咆哮した。天に向けて微かな弧を描き、弾丸は石垣の中央に嚙み付いた。石垣は僅かに揺れ、石が一つ転がり落ちると、職人たちから感嘆の声が上がった。

知らぬ者から見れば、たかが石一つで大袈裟だと思うだろう。だが衝撃を逃がす野面積みの石垣の堅固さは並大抵ではなく、石を一つ崩すのにも数弾を要することもある。ましてやこの石垣は並の穴太衆が造ったものではなく、塞王の名に相応《ふさわ》しい者が築き上げたものだから猶更である。

「次、急げ」

「早く清めよ」

「火道を確かめろ」

その間、彦九郎が指示を飛ばすまでもなく、職人たちは連携を取って次弾の装塡を急いでいる。雷破ならば塞王の楯をも穿つことが出来るという自信が、職人たちをさらに勢いづけた。

「あちらも動き出したか」

二の丸から喊声が上がり、本丸目掛けて総攻撃が始まった。まさしく戦再開の合図を担ったことになる。城内からの銃撃に続き、無数の矢が天から降り注いだ。

味方の軍勢に怯む様子はない。中でもある家紋が染め抜かれた旗指物が特に肉薄している。杏葉紋。立花家の家紋である。

「侍従様」

彦九郎は東の方を見ながら呟いた。

この戦において、宗茂は初めて自ら前線に出ている。この後、決戦に出ねばならぬため控えたほうがよい。そう止める家臣もいた。だが宗茂は断固として考えを翻さなかった。己に賭けてくれているということもあろう。だがそれとは別に、

——あの蛍は俺でなければ狩れぬ。

と、余力を残せるような相手ではないと考えているらしい。

「頭、済みました」

「撃てぇ！」

行右衛門の報告と同時、彦九郎は用意した棒を揮《ふる》った。

雷破が再び雄叫《おたけ》びを上げる。石垣が食い込んだ弾丸に撓むのが判った。苦しそうな鈍い声を上げた石垣から、砂埃《すなぼこり》がはらはらと落ちるのが見えた。効いているのは間違いない。

「次」

彦九郎は鋭く命じた。すかさず三、四、五とそれほど時を置かずに連射し、六弾目が直撃したその時である。一部が崩落して数個の石が剝がれるように落ちた。

「よし。このまま一気に――」

「いや、来るぞ」

柄にもなく興奮して拳を握る行右衛門だったが、彦九郎は被せるように遮った。

次の瞬間、石垣の向こう側から、わらわらと人が姿を見せた。飛田屋の職人どもである。

石垣に上るなり、下から差し出された梯子を受け取る。そして今度は反対側に立て掛けて降りていく。石垣を乗り越えるような恰好である。どの者も流れるような足捌きで、滑るような恐ろしい速さである。

石垣の上、再び匡介の姿もあった。匡介は指を差しながら指示を与えており、乗り越えた職人たちは早くも石垣の修復に取り掛かっていた。

「奴ら正気か……」

行右衛門が喉を鳴らした。

「これが飛田屋だ」

彦九郎は身震いをして零し、

「急げ。すぐに撃ち込むぞ」

と、配下を叱咤した。

棒の先に布を巻いたもの、大振りのたんぽ槍のようなもので筒を清める。そして予め量ってある火薬、次いで弾丸を込め、別の棒で強く押し込んで固める。それと同時に別の者によって、これも事前に量った火薬が火皿に盛られている。人が雷破を操っているというより、雷破が己の手足の代わりに人を操っていると思えるほど、淀みなく作業が進められていく。

支度が整ったところで、長い松明を持った者が進み出て、他は雷破から距離を置いて耳を塞ぐ。

石垣の上の匡介は指示を出しつつも、常にこちらの動向を確かめており、職人たちに何かを叫んだ。職人たちは作業を中断し、身を屈めるようにして視界から消える。匡介自身も石垣の上に滑り込むようにして見えなくなった。

「放て！」

彦九郎は鋭く吼えて棒を揮った。硝煙が立ち上る。陽の光を受け、弾丸はより黒く、石垣はより白く光っている。黒に殴られた白は音と共に震え、同時に飛田屋の職人たちの悲鳴も聞こえた。

「どうだ」

この一撃で石垣が崩れるなどとは思っていない。現に一つ、二つ石が崩れた程度。

彦九郎が問うたのは心である。幾ら「懸」を行う飛田屋とて、目の前で、しかもこの距離で大筒を放たれたことはあるまい。恐れが心を支配し、二度と立ち上がれないのではないか。

それで決着がつくのだから、少なくともお前たちは死なずに済むのだから、

——もう立ち上がるな。

という思いと同時に、その程度で怯むお前たちではないだろう、

——立ち上がって来い。

という思いもまたある。彦九郎は己の胸の中にも矛楯を感じつつ、風に揺れる硝煙の向こうに目を凝らした。

「頭、飛田屋が！」

行右衛門が指差した先、まるで示し合わせたかのように飛田屋の職人が起き上がって石垣の修復を始めた。その時、彦九郎は不覚にも頰が緩んだ。答えを探しているのは己だけでない。奴らもまたこの戦の先に一つの答えがあると確信しているのではないか。

「いくぞ」

彦九郎が呼び掛けたのは配下たちではない。石垣の上で再び指示を飛ばし始めた、宿敵に向けてである。

匡介は石垣の上を足早に歩きながら、直すべき箇所を、補うべき箇所を、嵌める石を指し示していく。それを受けて積方《つみかた》の職人が動く。が、石垣に寸分違わず同じというものはない。崩れてしまうと、瞬時に別の石どうしが噛み合う。見た目には然程《さほど》変わらずとも、中で力の釣り合いが大きく変じるのだ。故に単に落ちた石を嵌め込めばよい訳ではないし、何より石が締まって差し込めぬ場合もある。このような時は、新たな石を継ぎ足してやらねばならない。

「段蔵」

匡介は石垣の内側の段蔵を呼んだ。

石垣に用いていない石は、南北にかけ、小さいものから順に地に整然と並べられている。石の大きさごとに一から十までの番号を振っているのだ。こうして予備の石を内側に置いているのは、時と場合によっては石頭《せっとう》で割って加工せねばならぬから。加えて大筒の角度を出来る限り「消す」ため、石垣を伊予丸の際の際まで持って来ており、積方が激しく動くのも苦労するほどだからである。

「三番石、角あり、流れは緩やか」

「承知」

匡介が言うと、段蔵はすぐに配下の山方に向け、あれ、これと二つ三つ石を用意させる。

三番は赤子の頭ほどの大きさ。角があるのが望ましく、石の曲線が緩やかという意味。ここはもはや経験によるところが大きく、阿吽《あうん》の呼吸である。

「右だ。角一つ」

匡介は一瞥《いちべつ》して即決すると、それに覆いかぶせるように玲次が鋭く叫んだ。

「行け！」

荷方の一人が山方から石をさっと受け取り、立て掛けられた梯子のもとへ走り込む。そして股を大きく割って、両手で下から放り投げる。

梯子の途中にも荷方が張り付いている。足だけで器用に自身の躰を支えており、両手でしかと受け取り、気合いを発してまた上に向かって放る。

「落とすぞ！」

石垣の上の荷方がそれを受け取ると、次に待ちわびた積方に向けて落とした。

「その隙間に嵌め込め」

匡介が指示を飛ばし、積方が来たばかりの石を捻《ね》じ込むように差した。ぴたりと隙間が埋まったことで、作業を施した積方の者すら、

「おお」

と、思わず感嘆の声を上げる。

「来る！　伏せろ！」

大筒の弾込めからも目を逸らしていない。職人たちがぱっと散らばり、転がるようにして地に伏せる。匡介は片膝を突くのみ。火を噴くその時を初めて見んと凝視した。

腹を抉《えぐ》るような轟音と硝煙。砲弾が飛び出したのは判ったが、速過ぎて肉眼で追うことも出来ない。何とか捉えたのは石垣に当たった瞬間である。衝撃が石垣全体に走っていくのを膝で感じる。改めて驚くべき威力である。砂粒が鼻先の高さまで舞い上がって震えている。

「恐ろしいな」

思わず口から零れ出た。耐えられると自信は持っているものの、恐怖の念がぐっと込み上がって心を掻き乱そうとする。大筒の真の恐ろしさとは、その威力よりも、いとも簡単に人の心を挫くところであろう。

「崩れたところはありません！」

積方の職人がこちらを見上げ、怯えを振り払うように叫んだ。皆、恐ろしいのだ。それでも懸命に己の仕事を全うしようとしている。匡介は敢えて微笑みを浮かべて頷いた。

「飛田屋の石垣がそう容易くもっていかれるか。一度、退くぞ」

職人は弾むように頷く。他の者も梯子を上って内側へと退去する。数発くらえばまた何処かが崩れるだろう。その度に外へ出て修復する。この繰り返しである。ただ元の形から遠のくため、直すほどにそれが難しくなる。さらにこれが、

――いつまで続くか。

と、いうことである。半刻、一刻、半日と続けばこちらの体力は削られて、やがて間に合わなくなるかもしれない。国友衆としては暴発だけは絶対に避け、弛みなくこちらの限界まで撃ち続けるつもりと見て間違いない。

再び砲撃があり石垣が揺れる。三、四、五発目の当たり所が悪く、角から一部がどっと崩れた。

「塞ぐぞ！」

喊声が渦巻く戦場に、再び積方が一斉に梯子を駆け上がる。少しでも早くと、下りの梯子は猿の如く途中で飛び降りる者もいた。

匡介は淀みなく指示を飛ばし、積方はそれに応えて躍動した。向こうもまた同じで配下を急かす彦九郎とずっと目が合っていた。

「どこまでも付き合ってやる」

匡介は硝煙の中の彦九郎に向けて呟いた。

大筒が叫喚し始めてどれほど経ったか。陽は中天に差し掛かっている。

「それではない。気を尖《とが》らせて聞け」

と、指示ではない石を運ぼうとする山方を段蔵が叱責する。

「孫八《まごはち》、久吉《ひさきち》に代われ！」

疲労に朦朧《もうろう》とする荷方に対し、玲次が叫ぶ。

「それは俺がやる」

あまりに繊細な作業ならば、匡介は石垣の外側に降り立って自らの手で積んだ。組み上げては崩され、崩されては組み上げの繰り返しがひたすら続いた。目に見えぬものに囚《とら》われ、まるで何度も同じ時を過ごしているかのようである。

時を追うごとに激しい動きに躰は火照《ほて》り、職人たちの額は光り、背にも紋様の如く汗が滲んでいる。砲撃までの僅かな間に柄杓で水を飲み、塩を舐めて倒れぬように備えるのが精一杯で、飯を食う間などは皆目なかった。

一刻ほどすると、さらに疲れの波がどっと押し寄せ、意識が飛びそうになる。朝の時分に比べれば、遅れも目立ち始めた。

「皆、離れろ！」

積方がぱっと散ると、大筒から閃光が走った。修復の途中でも、当然、国友衆は構うことなく撃ってくる。むしろそれを邪魔するのが目的である。

「くそ……」

匡介は拳を握った。鈍い音を発して石垣が毀《こわ》れた。これまで崩れたところを直して、また崩されるという繰り返しであった。だが遂に今の箇所の修復が済む前に、別のところが崩落したのである。

「急ぐぞ！」

皆に絶望の気配が漂うのを払拭するべく、匡介は渇いた喉を絞るように鼓舞した。積方を二手に分け、同時に修復していく。匡介も外側へ降り立ち、先ほど崩された箇所に近づいて心で呼び掛けた。

――何処にいる。

相手は人ではない。何処かにいるはずの、たった一つの石である。

石垣には均衡を保つ要石と呼ばれるものがあると言われていた。だがこればかりは如何に熟練の職人といえどもはきと解らないし、そもそも存在するのかどうかさえ怪しいと思っていた。

だが今、匡介は要石があるのではないかと思い始めている。先ほどより、石垣の中に籠った力が、何処か一点に集中しているような気がしてならないのだ。

組み上げた石垣は、数百年は当然のこと、時に千年は「中」を開かない。このように組んだ端から崩されるような局面は生涯初めてで、だからこそ感じたことでもある。

――言っていた通りだな。

源斎のことが頭を過った。石積みに生涯を捧《ささ》げてきた源斎だが、晩年になっても新たな発見があったと言っては嬉々としていた。職人は己が成長しきったと感じた時が辞める時。だが技の追求を続ければ生涯を懸けても足りない。いつの日かきっと、己にも未だ穴太衆の誰もが気付かなかった発見があるはず。そう源斎が語っていたのだ。

「見つけてやる」

匡介は陽射しで輪郭が白濁した石たちに向けて呟いた。今はまだ要石がどれか解らない。だがそれが、勝負の行方を左右するような気がしてならないのだ。

それからも大筒は等間隔で火を噴き続け、その度に職人たちは退き、また修復に戻る。当たり所がよかったために、新たに大きく崩れるところはなく、何とか四半刻足らずで二か所ともに修復を終えることが出来た。

「頭、本丸が！」

石垣の下から段蔵が後方を指差して訴えたのは、未《ひつじ》の刻（午後二時頃）を少し過ぎた頃であろうか。敵勢の中には堀に飛び込んでいる者も続出し、すでに本丸の塀に無数の兵が家守のように取りつき、今にも乗り越えられそうになっていた。

「耐えてくれ」

祈るように呻いた匡介の目に飛び込んできたものがある。

「宰相様……」

天守の高欄に人の影が見えた。高次で間違いない。流れ弾ならば当たってもおかしくはない中、皆を鼓舞しているのだろう。遠目に見ても大袈裟なほど手足を動かしている。

何を言っているのか、ここからは聞き取れない。だがその直後、本丸から割れんばかりの喊声が上がった。

塀からはすでに弓足軽が身を乗り出して射ているが、さらに柄杓を持った者も姿を見せた瞬間、悲鳴の量が倍増した。熱湯を浴びせたのである。敵兵がぱたぱたと塀から剝がれ落ち、堀に飛沫が舞い上がった。そこへさらに弓足軽が攻勢を強めたところで、敵勢から引き鉦が鳴らされた。

「もちましたな」

段蔵は安堵の溜息を漏らした。

「ああ、俺たちも必ず守るぞ」

高次が迷いなく高欄に出て来たのは、己たちを信頼してくれているからこそである。匡介は改めて決意を固めて、全く疲れを見せぬ雷神の化身が如き砲を睨みつけた。

陽は西に大きく傾き、茜色《あかねいろ》に蕩《とろ》けている。飛田屋の職人たちは疲労困憊《こんぱい》の様子であるが、それでも互いに励まし合って働き続けた。

轟、轟、轟と、その間もほぼ一定の間隔で大筒は咆哮する。空を行く雁《がん》の群れは、驚き逃げるように急に羽ばたく向きを変える。鳥たちにはこの光景が如何に見えているのか。賢《さか》しらにしている人間だが、結局のところは餌を奪い合う己たちと何ら変わりないと蔑んでいるかもしれない。

「なっ――来るぞ!!」

匡介は早口で叫んだ。

暴発を防ぐためだろう。時折、国友衆は念入りに砲を清める作業を行っていた。今もその時だったのだが、突如として国友衆が砲に弾を入れるや、大筒からぱっと離れ、入れ替わるように長柄の松明が近付けられたのだ。隠れて砲撃の用意を進めることで、こちらの油断を誘ったのである。

「急げ!」

積方は地に伏せたが、石を運び終えた孝六《こうろく》と謂う若い荷方が梯子を上っている途中だった。孝六は慌てるがあまり踏み桟から足を滑らせて手間取る。孝六の顔は恐怖に凍り付いている。

「摑め!」

匡介が手を伸ばす。孝六が摑んだ瞬間、匡介は両手で思いきり引き上げた。風切り音が迫り、乾いた音と共に梯子が粉砕され、二、三の石も崩れ落ちた。

「頭……ありがとうございます……」

孝六は真っ青な顔で声を震わせた。引き上げるなり、頭を押さえて伏せさせて間一髪で間に合った。あと少し遅れていれば息をしていないだろう。

「孝六、すまない……俺が見誤った。退がって休め」

「い、いけます」

孝六は立ち上がろうとするが、膝ががたがたと震えて足腰が立たない。

「あ、あれ……心配いりません……」

孝六は無理やり笑みを作るが、足の震えはさらに酷くなり、全身を駆け巡っている。

「無理だ。玲次！」

「解った」

玲次はすでに血相を変えて駆け寄っており、石垣の下で安堵に胸を撫で下ろしていた。すぐに他の荷方に命じて孝六を引き取らせる。

「匡介」

「ああ……向こうも焦り始めている」

間もなく日が暮れようとしている。闇がやってくれば正確に狙えないだろう。それまで耐えれば乗り切ることが出来る。

「もう少しだ！　気合いを入れろ！」

「応！」

匡介の呼び掛けに、飛田屋一同が高らかに応じ、気力を振り絞って動く。

――早く沈め。

刻一刻と陽は落ちていき、ついに叡山に半ばが隠れるまでになっていた。錯綜する幾つもの長く伸びた影も徐々に薄まり、藍を少しずつ宙に溶いたように辺りが暗くなってくる。

今日ほど夜を焦がれた日は生まれてこの方なかった。

「来るぞ!」

こちらからも大筒が見えにくくなっている。微かに見える彦九郎の影に加え、松明の動きを頼りに匡介は大声で注意を促した。爆音と共に砲弾が来る。が、黄昏色《たそがれいろ》に馴染《なじ》んで弾丸も見えない。石垣に衝突した音を合図に、伏せていた積方が立ち上がった。

「耐えています!　どこも崩れていません!」

積方の嬉々とした声が聞こえ、匡介は細く息を吐いた。その次の瞬間である。松明の位置に違和を覚え、匡介は叫んだ。

「もう一発、来るぞ!」

向こうも残された時が少ないと感じているのだろう。清める手間を省いて立て続けに撃つつもりなのだ。刹那、夕闇に光が煌めき、重厚な音が鳴り響く。

「早く!!」

まだ伏せていない積方が見えて、匡介は続けて吼えた。はっとして目を前に戻す。真っすぐに弾が飛んで来ている。時が歪んだようにゆっくりと景色が流れた。

足の下に消えた。鉄の貫きと、石の弾きが重なる音は、これまでとは異質のやや高いものであった。石垣の角にでも当たったのだろう。

下から上に、ふっと目の前を影が通った。弾丸が石垣に当たって真上に跳ね上がったのだ。やがて大地に吸われるように戻って来た弾丸は、熱せられて赤黒く、恐ろしいほどの速さで旋回していた。地に落ちる鈍い音、地を擦る高い音が鳴り、やがて弾丸はようやく息絶えたように動きを止めた。

「匡介、四百を超えた」

背後から玲次の声が聞こえた。もう目鼻もなかなか判別出来ぬほど辺りは暗くなっている。まだ油断出来なかったが、五百を超えても何事もなく、遂に千を過ぎたところで玲次も数を繰るのを止めた。

「終わった……」

職人の誰かが呟くと、皆が一斉に歓喜の声を上げる。互いに肩を叩き合う者もいれば、疲労困憊でそのまま座り込む者もいる。いつの間にか喊声もぴたりと止んでいる。山方の一人が言うには、少し前には止まっていたという。日没以降の攻城は被害が大きいと見て、中止の命が出たのだろう。先ほどの大筒は諦め切れずに放った一撃だったということかもしれない。

「頭、勝ちましたな」

段蔵も石垣の上に来て、嘆息を漏らした。歳を重ねても矍鑠《かくしやく》としている段蔵だが、流石に疲れの色が濃く、一日で頬がこけたように見える。

匡介は何も答えず、尾花川口から目を離さなかった。玲次もまた上がって来て外の様子を窺っている。

「玲次」

「ああ。おい、今のうちに水を飲んで休んでおけ」

玲次は配下に向けて言った。喜びに沸いていた職人たちは一瞬で鎮まった。深い溜息を零しながら項《うなじ》を掻き毟るのは古参の職人、きょろきょろと左右を見渡すのは比べて新参の者だろう。

恐らく大筒には車輪が備えられている。撃てば後ろに下がるし、砲身の向きも微かに動く。幾ら近いとはいえ射撃の度に大筒の向きを整えねばならないようだった。この暗さでは向こうからも天守は見えておらず、普通ではとても出来るとは思えない。だが匡介は、

――まだ来るのではないか。

そう感じていた。勘働きといってよい。敢えて理由を求めるならば、立ち込めた殺気が消えていないように思えるのだ。

「頭、これを！」

荷方の一人が梯子を上って来た。外の様子を注視している匡介のためと思ったのだろ

う。その手には松明が握られている。その瞬間、玲次は驚いて声を詰まらせ、匡介は嗄れた声で鋭く叫んだ。

「馬鹿――」

「離れろ！」

同時に、尾花川口に朱点が浮かぶ。油と松脂《まつやに》をたっぷりと塗った松明。種火を残しておいてそれに火を点けたのだ。もう聞き飽きた鈍い音が響き、夜空に瞬き始めた星も震えた。

「これは……」

荷方は頭を抱えるようにし、恐る恐る立ち上がった。放り出された松明が地を茫と照らす。

「申し訳ございません！」

荷方の職人は悲痛な声で詫びた。

「息を殺していただけ。遅かれ早かれ一緒だ」

匡介は呻くように言った。恐らく当初から闇の中でも撃つつもりであったのだろう。だがそこに松明が近付いて石垣が照らされたことで、急いで狙いを定めて放ったのだ。

また石垣に崩れた場所が出た。こうなれば組み直すため、こちらも辺りを照らさなくてはならない。さすれば敵も石垣が見える。また鼬《いたち》ごっこの始まりである。

「急いで辺りを照らせ！」

こうなっては闇の中にいるほうが不利である。ありったけの松明、篝火を灯すように命じた。匡介は転がったままの松明を手に取って、石垣の外側へ降り立つと、削り取られたところに翳《かざ》す。そして散らばった石の間を歩み始め、周囲の積方、石垣の上の者に向けて静かに言った。

「仕事だ」

「若い衆、音を上げるのは早いぞ」

段蔵は手を叩きつつ捲し立てた。

「まったく、あいつらもいい加減に寝ろ」

玲次は忌々しげに舌打ちをして動き始める。

尾花川口にも次々に火が灯る。向こうも息を潜めるのを止め、灯りを用いて作業に当たるらしい。こちらも急いで篝火に火を灯す。己が石積み職人だからであろう。闇の中に茫と浮かぶ石垣は何処か夢幻のようで、色気さえ感じた。

再び、大筒が喚叫する。次の弾は石垣が難なく弾き返したが、二弾目は篝火に命中した。木の折れる乾いた音と共に火の粉が舞い上がる。

「火の始末には気を付けろ」

玲次が呼び掛けた。燃えるものは周囲にないものの、すぐに水をかけて消火する。運悪く石の嚙み合うところに当たったのだろう。三弾目で七、八の石が転げ落ちた。

「来るぞ！」

すぐに修復に当たる積方に向け、匡介は呼び掛けた。尾花川口の松明の動きを見てそう言ったのだ。が、弾は飛んで来なかった。

「何かあったのか……」

三十を数えるほど時が経っても大筒は撃たれず、積方の者たちも訝しそうに腰を浮かせかけたその時である。夜空が歪んだ。大筒が放たれたのである。

影が飛来して篝火に当たった。辺りがふっと暗くなったため、影が光を食ったような思い違いをしてしまう。

「来たぞ！」

「ずらしてきやがった！」

職人たちが口々に叫ぶ。実際にその通りであるが、匡介はそれよりも重大なことに気が付いていた。

「あいつらの狙いは篝火だ！」

匡介が吼えた直後、大筒もまた咆哮した。掠めただけと安堵する間もなく、弾は跳ね篝火が吹き飛んだ。ふっとまた石垣が闇の中に溶ける。

「匡介、まずい」

玲次が石垣に上って来た。

「ああ、こちらの灯りを削り、修復出来ないようにするつもりだ」

何としても勝つためというより、

——これでもやれるか。

と、試そうとしているかのように感じた。匡介は玲次に訊いた。

「代えはあるか？」

「山方のところと、荷方が運ぶ道を照らすものだけだ。これ以上壊されれば、そちらを回すしかない。俺たちはともかく、山方は石の判別も出来なくなる」

「急いで多賀様に松明、篝火を回して貰ってくれ」

伊予丸の東端、本丸の西端は二十間ほどと、声を張れば会話も通る距離である。故にそこに常に人を配し、互いに連絡を取る段取りになっている。

「組頭、俺が」

玲次に向けて言ったのは、先ほど間近で砲撃を受けた孝六である。未だに震えが止まっていない。せめて何か力になりたいという想いが溢れ出ていた。

「頼む」

玲次が応じると、孝六は伊予丸の東へと走っていった。砲撃は続く。流石に百発百中という訳ではないが、それでも三発も撃たれれば篝火が宙を舞った。

「くそっ……」

　篝火は当初の約半数となり、匡介は自身の腿を殴打した。その次の瞬間、また大きな動きがあった。二の丸から鬨の声が上がり、続いて大筒とは異なる轟音が鳴り響いたのである。これが意味することは一つである。

「鉄砲……夜襲か」

　偶然か、いや予め打ち合わせしているのだろう。方角と距離から察するに、敵勢は本丸に続く城門を破らんと攻め寄せている。

　――どうする。

　匡介は頭を掻き毟った。

　かなり厳しい状況である。今のところ積方の作業は何とかやれているが、これ以上篝火を狩られれば修復は確実に滞る。石垣内側に配した篝火を回して応じれば、山方は石の形を一目で見分けられず、荷方は足元が覚束ないため、やはりこちらも大きく作業が遅れる。

　至急、本丸に繋いで篝火を持って来て貰うように求めた直後、この敵勢の猛攻である。こちらに人を回す余裕などはないだろう。

「また来る！　篝火から離れろ！」

　匡介ははっとして呼び掛けた。職人たちが闇に紛れるように逃げる。また大筒が放たれ、西側の篝火が宙を舞って地に激しく叩きつけられた。

「篝火はどうにかする。灯りがあるうちに直せ！」

と言うものの、策がある訳ではない。だからといって何もしない訳にいかず、今出来ることを指示しただけに過ぎない。

「違う、逆に据えろ」

闇が深くなる中、匡介は目を擦りつつ言った。やはり手元が暗くなると間違える者も多いし、己もかなり見えづらいのは確かである。これ以上の闇は命とりになると悟った。もたついている間に、また大筒が紅《くれない》を噴いた。今度は篝火ではなく石垣を狙った模様である。弾の当たり所が悪かったたか、大きな音を立ててまた別の箇所が崩落する。

――まずい。

崩れたところは二か所。篝火もどんどん減っていく。何から手を付けてよいのか判らない状況である。

「まだだ！　まず一か所ずつ直す！」

それでも諦める訳にはいかず、匡介は迷いを振り払って声を張った。

刻一刻と篝火は数を減らし、四半刻も経った時には辺りはほぼ闇へと近づいていた。月明かりがあるのがまだ幸いだが、それも厚い雲に遮られている間は、足元さえ覚束ない有様である。

もうこれまでかと思い始めた矢先である。伊予丸の東が茫と明るくなっているのが見えた。敵に堀を渡られて背後を衝かれたのか。いや、昼の京極家の奮戦もあってか、敵勢は堀を渡ろうとしている気配は見えない。

「あれは――」

匡介は目に手を翳しながら見た。建物の角を折れ、松明の群れがこちらに向かって来る。玲次、段蔵、ほかの職人たちもすでに異変に気付き、固唾《かたず》を呑んで見守っていた。彼らが何者なのか。早くも気付いて身震いをする者、若い職人の中には咽《むせ》び泣く者もいた。匡介も嗚咽が込み上げるのを抑えるので必死だった。

「石を照らせ！」

「穴太衆を助けろ！」

衆は口々に言う。松明を掲げているこの者たちは京極家の侍ではない。百姓、商人、大津に暮らす民たちであった。その数は五十近く、その全員がもれなく松明を手にしている。

「お主ら何故……」

段蔵は口を掌で押さえつつ訊いた。

「実は……」

百姓の一人がいきさつを説明した。

篝火の求めは本丸に伝わった。だがやはり夜襲に応じるのが精一杯で、とてもではないが人手を回せる余裕がない。断るという苦渋の決断をしようとした時、少し待って欲しいと止めた者がいる。匡介の胸倉を摑んだ、あの三田村吉助である。

三田村は大津の民がいるところに走り込んだ。穴太衆は朝から一度も休まずに動いている。何度崩されても組み上げ、疲労でふらつきながらも立ち上がり、皆と交わした誓いを守ろうとしている。だが夜の暗闇で組むのが難しくなっており、松明で照らしてやらねばならぬが、己たちは守りに付かねばならない。

——どうか助けてやってくれ!!

最後にはそう悲痛に叫んだらしい。

これに一人の若い百姓が立ち上がった。続けてある商人は不安げな女房に向けて頷き、またある百姓は子どもの頭をそっと撫でて、その後に続く者が次々と出た。

幸いにも敵軍も夜に堀を越えようとはしていないため、今ならば渡ることが出来た。ただ伊予丸に渡れば、飛田屋と同様、戦の決着がつくまで本丸には戻れないと見てよい。即ち、負ければ死も覚悟せねばならない。そのことを重々承知で、小舟を用いて五十余名が大量の松明と共に伊予丸に渡って来たという訳だ。

「飛田様!」

己を呼ぶ者があった。徳三郎である。あの者が最初に立ち上がったと誰かが教えた。

徳三郎は火の粉が舞い散る松明を掲げ、万感の想いが籠った眼差しを向けている。

――塞王ってそんなもんかよ！

石垣で城門を塞いだ時、徳三郎はそう己に向かって訴えた。その時は何も答えられなかったが、心の決まった今ならばはきと言える。匡介は真っすぐ見つめながら答えた。

「塞王はこんなもんじゃあない。見ていてくれ」

徳三郎は唇を固く結び力強く頷いた。

「穴太衆飛田屋の懸を見せるぞ!!」

煌々と照らされた中、匡介は石垣に上り、夜天に向けて咆哮する。ここにきて職人たちは大音声で応じる。これまで消沈していた皆が見事に息を吹き返した。驚異的な速さで石を運び、石垣を修復していく。

大筒はまた篝火を狙い撃つが、すぐに百姓たちによって代わりのものが立てられる。それが暫く続いたことで、国友衆も異変に気付いたのだろう。篝火への狙い撃ちから、再び石垣への砲撃に切り替わった。

――俺たちだけじゃあない。

皆に指示を飛ばしている間も、自ら石を据える間も、匡介の胸にずっとその言葉が繰り返されていた。

――何としても家族を、この地を守りたいという人の心が、石垣に魂を吹き込む。

いつの日にか源斎が語っていたことが思い出された。

本丸を守る者の喊声、民の励ましの言葉、そして飛田屋の職人の気合いの声、全てが入り混じって躰に沁《し》み込むような感覚を受け、得体の知れぬ力が湧いてくる。

源斎は奥義は「技」ではないと言っていた。言葉で伝えても意味がないとも、そしてすでに伝えているとも。一つだと何の変哲もない石も、寄せ合い、嚙み合って強固な石垣になる。人もまた同じではないか。

大名から民まで心一つになった大津城。それこそが、

――塞王の楯。

の正体ではないか。

匡介は見えない力に背を押されるように叱咤激励を続けた。

円《まどか》な月が、幾多の星が、夜が頭上を駆け抜けていった。大筒はほぼ等間隔の律動を刻み、そのままにまに石が躍動する。もう誰もが躰はぎりぎりのところに近づいているはずだが、俯く職人は一人としていなかった。

「よし、次に移るぞ！」

匡介が昨日から数十度目の修復を終えた時、東の空が薄い白みを帯び始めていた。吐いた息を払う湖風には微かに懐かしい香りが含まれていた。秋の終わりはもうそこまで

きているのだ。

突然、本丸内の離れたところからどよめきが起こった。何事かと訝しむのも束の間、すぐに段蔵が原因を突き止めた。

「御頭！　あれを！」

段蔵が指さすのは東北東の方角。琵琶の湖の対岸、草津の辺りか。暁天に向けて一筋の煙が立ち上っている。

「今日か……」

匡介は朝焼けに言の葉を漏らした。

高次は弟、伊奈《いな》侍従こと高知のもとに、家臣から選り抜いた者たちを送っていた。高知は家康と行動を共にしている。そこから東軍の動きを、狼煙で対岸から報せる段取りとなっていた。これまでも何度か狼煙は上がっており、すでに決戦が近づいていることは判っていた。そして次の狼煙は、皆が今か今かと心待ちにしていたもの。

――東軍と西軍の決戦は間もなく。

という意味なのである。本日、あるいはどれほど遅くとも明日といったところである。

「来るぞ！」

これまでよりも特に声高に玲次が報じた。ほぼ一両日続いているこの砲撃の中、この早さで撃ってきたのは初めてのこと。恐らく敵も狼煙を目撃しており、如何なる意味のものかも察している。残された時がもう皆無と知り、ここで勝負を仕掛けてきたのだ。

すでに辺りは明るくなり松明を焚く必要もない。伊予丸の東に移るように勧めたが、民たちは離れようとはしなかった。近くに身を潜めて拳を握りしめ、時に声援を飛ばしてくれる。

そして今二人、こちらに熱い視線を送っている人たちがいることに気が付いた。天守最上階の廻縁《まわりえん》に、朝日を背負う高次とお初の姿があった。高欄に置いた高次の手に、お初が手を重ねている様は、戦国大名らしいとはいえぬが、人の夫婦としてはこれが正解だと妙に腑に落ちた。

「匡介！」

砲撃、喊声の一瞬の隙間、高次の声が届いた。今にも泣き出しそうな声である。もはや情けないなどとは微塵も思わない。ありのままで生きる高次の姿に心が震えた。匡介は凛として頷くと、嗄れきった声を絞り出した。

「宰相様を……大津を守れ！」

直しても、直しても、時を置かずに砲撃がある。最後の最後で突破されぬように必死に指示を飛ばし続けた。民は助かる可能性もある。だが負ければ高次は確実に死ぬ。お初も後を追うのは間違いない。

「頭、これ以上は」

段蔵の顔が真っ青に染まっている。決戦が始まって初めて四か所が崩され、石垣の均衡がとれずに悲鳴を上げている。あと一発、当たり所が悪ければ、全体が崩落する恐れすらある。

破損の箇所を確かめ、必要であれば山方に石を用意させ、荷方に運ばせ、積方によって嵌めさせる。難解な修復ならば自ら石を据えねばならない。幾ら急ごうともこの工程を踏まねばならぬことは変わらず、ここまで連射をされればどうしても追いつけない。

「まずい！」

玲次の声も掻き消された。砲弾と石垣が嚙み合うような甲高い音が鳴り、続いて低い音が急速に追い立て、すでに崩れた二か所の間を直撃し、大きく石垣が崩れたのである。

匡介は降り立って破損の具合を確かめた。これで国友衆は尾花川口から天守の一部でも望めるはずである。急いで修復にあたるが先か、あるいは高次に天守から退くことを促すのが先か。

——諦めるな。

絶望的な状況の中、己自身を叱咤した匡介の耳朶に蘇ったのはまたしても源斎の声であった。

——石の聲《こえ》を聴け。

何十、何百、何千と言われてきた。穴太衆にとっての原点である。

「今、超えてやるよ」

匡介は天に向けて囁くように答えると、一転、皆に向けて大音声で叫んだ。

「玲次、砂利を！　段蔵、全ての石を持って来い！」

大半の職人は何が始まるのか解っていない様子であるが、段蔵は咽ぶのを必死に堪え、玲次は不敵に片笑んでいる。

「頼む」

玲次は砂利を一握り手渡して言った。

匡介は目を細めて深く息を吸う。崩れた箇所の形を脳裏にまざまざと思い描き、石垣の外側に飛散した石、内側に並べられた石を交互に見た。それに集中すればするほど雑音が消え、己と石を天から見下ろしている光景が脳裏に喚起される。

「それを甲の十四へ」

砂利を一粒投げた。石に当たってぴしりと乾いた音が立つ。

「乙の十五、丁の十四、丙の十四」

一所にいながら、手だけを動かして次々に砂利を石に当てていった。職人の中には感動に身を震わせる者もいた。これは生前、源斎がやっていた指示の出し方なのだ。

「とっとと動け。まだ速くなるぞ」

玲次に促され、職人たちも動きを速める。その通り、匡介はさらに神経を研ぎ澄まし、口と手の動きを速めた。

「戊の二十二、己の二十一、庚の二十三、辛の二十一、戊の二十三、丁の二十二」

石の一つ一つが、次は俺だ、私を使えと呼び掛けてくる。それに即座に応えていくと、満足げな顔で運ばれ、積まれていく。

「丙の三十三」

匡介が言った時、それまで止まっていた時が動き出したように、一陣の風が吹き抜け、見渡す限りの木々が、水面が、さざめいた。

「化物か」

土塁《どるい》に身を潜めた横に、玲次も張り付いて新たな砂利を手渡す。興奮にその頰が緩んでいる。

「玲次、まずい」

「流石に国友もこの速さには付いて来られぬはず――」

「違う」

匡介は首を細かく横に振ると、玲次は訳が解らないようで眉間に皺を作る。匡介は少し離れたところにいた段蔵を呼び寄せた。

「見つけた」

「まさか……」

それだけで察しがついたのだろう。二人が息を呑む中、匡介は力強く頷いた。

「要石だ」

初代塞王のみが看破したという要石。己もずっと眉唾だと思っていた。だが先ほど、耳を欹てている最中、はきとその聲を聴いた。

「その要石が悲鳴を上げている」

そしてその要石に薄く罅《ひび》が入っていたのだ。恐らく先ほど甲高い音が鳴った時。あれは国友衆にとっては会心の一撃だったことになる。

「それが割れればもう石垣は組めない」

厳密に言えば、石垣らしきものは組める。だがそれは弾丸を弾き得る強さもないし、防ぎ得る高さも出ないのだ。目の下に深い隈《くま》の浮かんだ玲次は息を漏らす。

「直《じか》に当たらないことを……」

「ああ、これればかりは祈るしかない」

匡介は頷くと、玲次に向けて続けた。

「本丸に伝えてくれ。要石が割れたならば次はない。その時には合図を出すので、お二人を連れて天守から逃げてくれと」

「ここまで来てか……」

口惜しそうに玲次は顔を歪めた。

「ここまで来たからだ」

匡介は決然と言い切った。石垣が組めぬようになり、天守が崩落すれば皆の動揺は凄まじいものとなるだろう。だが大津城の真の姿は、皆の心の支えは天守などではない。京極高次その人である。皆を再び励ましたならば、必ずあと一日くらいは耐えられると信じている。

「解った」

玲次はぐっと口を結んで頷き、天守に向けて駆け出して行った。砲撃はその直後のこと。石垣は震えながらも弾き飛ばした。やはり修復したばかりの箇所を狙っている。要石の存在は判らずとも、彦九郎にも何か臭いがするのだろう。

「今のうちに他も直すぞ」

匡介は再び砂利を手に指示を放ち続けた。国友衆の砲撃は数を重ねるごとに間隔を縮めていく。やはり要石の辺りを集中的に狙っている。

「頭！」

また石が転げ落ち、職人が悲痛に叫んだ。

「うろたえるな」

弾丸が次々に飛んで来て、修復はたびたび中断する。彦九郎もこれまでの己の一生を懸けて臨んでいると確信した。

――攻めるが先か、守るが先か。

爽やかな陽射しが頬を照らす中、匡介の脳裏に浮かんだのは、かつて彦九郎と交わした会話であった。

世に矛があるから戦が起こるのか、それを防ぐ楯があるから戦が起こるのか。いや、そのどちらも正しくなく、人が人である限り争いは絶えないのかもしれない。

だが、それを是とすれば人は人でなくなる。ならば矛と楯は何のために存在するのか。人の愚かしさを示し、同じ過ちを起こさせぬためではないか。

誰も手を出さない。いや、出せない。ただ息を吞む中、匡介は自ら、一つ一つ丁寧に、そして流れる如く石を積んでいく。

様々な人の顔が、過ごして来た日々が、石に浮かび、中に籠ってゆくような気がした。己は一人ではない。いや、ずっと一人ではなかった。

全てを積み終え、尾花川口を見る。その先に百年の泰平が、千年後の人々の笑みがあると信じて。

「来い」

その声は己でも驚くほど、優しいものであった。

大筒が火焰を噴いた。ここにきて最速。そしてさらに火薬の量を増やしたのか、これまでの砲撃と音が明らかに変わっていた。例えるならば雷を破るほどの轟音である。風を巻きながら弾丸が飛来し、衝突と共にけたたましい音が響き渡った。

　本丸を攻防する喊声、怒号が渦巻く中、匡介は梯子を下りて石垣を確かめた。石が数個落ちている。そして赤く熱された弾丸が石垣に食い込み、何かを炙《あぶ》るような鈍い音と共に白煙をくゆらせている。

　弾丸が食い込んだ箇所、それは件の要石の場所であった。要石は真っ二つに割れており、噛み付くが如く弾丸を止めている。痛々しさは感じず、むしろ誇らしげに笑っているように見えた。

「解っている」

　匡介は要石に向けて呟いた。それを口にすれば負けを認めることになる。ずっと諦めはしなかったが、それよりも大切なことが何か、今はよく解っているつもりである。天に向けて細く息を吐くと、匡介は石垣に再び上った。すでに察して唇を嚙みしめる玲次に、匡介ははっきりとした口調で言った。

「本丸へ。すぐに宰相様と御方様に、天守からお離れになるようにと」

　声が震えるのを必死に堪え、匡介は絞り出すが如く言った。

　この石垣は抜け殻も同然。時間の問題で崩れる。天守から離れて貰わねばならない。

　玲次は口惜しそうであったが、それでも素直に頷いて再び伊予丸の東へと走り去った。

　不思議と砲撃が止まっている。流石の連射で大筒が熱を帯び過ぎ、冷ましている最中なのか。あるいはこちらに何か大きな動きがあったことを察し、様子を窺っているのかもしれない。どちらにせよ砲撃が再開すれば、先ほどまでの頑なさが嘘のように石は剝がれ、崩れ落ちていくだろう。

——申し訳ございません。あとはお任せいたします。

匡介は天守を見つめながら心で詫びた。

己たちは伊予丸に取り残される。もう数刻もすれば、ここにも敵が雪崩れ込み、己たちも無事では済まないだろう。だが本丸はまだ激しく抵抗を続けており、まだ一両日ほどならば耐えられるかもしれない。そろそろ伊予丸の石垣が崩落することも伝わっただろう。己たちも伊予丸東に退こうとしたその矢先、どういった訳か高次が逃げることなく高欄に姿を見せた。高次もまたこちらを見つめている。遠過ぎてその表情までは見えないが、匡介には何故か微笑んでいるように思えた。

「え……」

高次の発した大音声での一言。はきと己の耳朶にも届いた。一瞬、匡介はその意味が解らず茫然としてしまったが、すぐに絶望の念が押し寄せてきた。本丸から嘆息にも似た声が起こる。敵方にも聞こえたらしく、どよめきが伝播していくのが判った。

両軍から矢弾が止まり、一瞬、戦場に不思議な静寂が訪れた。高次はなおもこちらを見据えている。やはり高次は笑っていると今度は確信した。己が初めて逢《あ》った時に惹かれたあの笑みである。高次は二度、三度頷くと、先程よりもさらに大きな声で戦の終わりを告げた。

終

見上げれば碧《あお》い天が広がっており、見下ろせば東風にさざめく青い湖が煌めいていた。この光景を見ていると、近江は蒼の天地に挟まれた国だと改めて思う。

「こっちに持って来てくれ」

匡介は手拭いで額の汗を押さえつつ呼び掛けた。

昨日、野分《のわき》がやってきて、この一帯は凄まじい雨風に晒された。そのせいで近郷の村の棚田を支える石垣が崩れてしまった。故にこうして修復をしているのだ。他に職人は連れて来ていない。匡介ただ一人である。

「ここで？」

この棚田の持ち主は半吉《はんきち》と謂う三十路《みそじ》の百姓である。半吉は両手で西瓜《すいか》ほどの石を抱えてやって来た。

「ああ、もう少しで終わる」

「飛田様……お代ですが、少し待って頂くことは……」

半吉は身を縮めながら言った。

「いらないさ」

「しかし、そういう訳には」

半吉は決して豊かな暮らしではない。分家してもまともな田畑が貰えなかったため、こうして棚田を開いたのである。それを仕切り支える石垣も自前で造るしかなく、故にこうして野分で崩落してしまった。飛田屋が積んで崩れたのならばともかく、己が造ったものを修復して貰って銭を払わないのは申し訳ない。半吉はそう言いたいのであろう。

「自前だとここらが出来るぎりぎりだ。安くするから次からうちに頼めばいい。銭はその時にな」

「ありがとうございます」

半吉は膝の前で手を揃え、深々と頭を下げた。

もう八割方まで修復は終えた。一つ一つ、石と語らいつつ残りの作業を進めていく。少し離れたところであっと声が上がった。半吉の六歳の息子で全太《ぜんた》と謂う。半吉の女房は産後の肥立ちが悪く、全太を産んで間もなく逝ってしまった。半吉は男手一つで育てており、畑仕事にも連れてきている。

匡介は危ないから離れているように諭していたが、何事も真似したい年ごろである。全太は見様見真似で小石を積んでいた。それがちょっとした拍子に崩れてしまったのだ。

「全太、俺がやってやろうか？」

匡介が言うと、全太はぶんぶんと首を横に振った。

「ううん。やる」

「そうか」

匡介が口元を綻ばせた時、己を呼ぶ声が聞こえた。棚田に遮られて見えなかった姿がやがて露わとなり、半吉がそちらにも頭を下げる。

「おう」

「何が、おうだ」

玲次である。ここまで駆けてきたのだろう。額から汗を流しており、その表情は苦々しい。

「どうした？」

「馬鹿野郎……こんな日に仕事かよ」

玲次は項をがしがしと掻き毟った。

「少しでも早いほうがいいだろう」

「そりゃあそうだが……もうすぐだな。手伝うから早く終わらせるぞ」

「頼む」

匡介は微笑みながら頷く。飛田屋の頭、副頭《ふくがしら》が揃って棚田の修復を行うことに、半吉は恐縮しきって必要以上に頭を下げている。二人掛かりになって作業は一気に捗《はかど》り、どんどん完成へと近づいていく。

「なあ、匡介」

石積みの最中、玲次は改まった口調で呼んだ。

「ん？」

「ずっと言おうと思っていたんだが……俺はお前が勝ったと思っている」

「どうだろうな」

「あの時、要石《かなめいし》が割れていなければ――」

「負けたとも思っていないさ。そもそも勝ち負けなんてない。今はそう本気で思っている」

なおも玲次が言おうとするのを、匡介は遮って笑みを浮かべた。

季節が一巡りし、大津城の攻防から約一年の時が流れていた。あの時、国友衆が放った弾丸は見事に要石を捉えた。これ以上の石積みは無理と判断し、匡介は高次らに天守からの退避を促した。その時、高次が言い放った一言というのが、

――これにて大津城を開城する。

と、いうものであったのだ。

皆が唖然とする中、高次は孫左衛門に向けて即刻支度を進めるように命じる。石垣が

組めずとも、今ならば民の心も揺るがない。戦は続けられると大半の家臣が訴えたが、高次はこれを柔らかに退けた。

天守が蜂の巣になっても心が折れず、なお戦う姿勢を見せれば、敵もいよいよ民を狙って砲撃するかもしれない。今はそのような真似はしないであろうと敵のことも信じているが、万が一が起こるのが戦というもの。ならばここで終わりとするが最善だと高次は主張したのだ。

降伏を決めてからの高次の行動は早かった。陽が高くなる前には、城からほど近い園城寺に赴いて剃髪《ていはつ》した。

この時点で高次は死を覚悟していた。だが意外なことが起こった。

——京極宰相の戦いぶり、真に見事なり。

と、一命を許されたのだ。これは攻城の将、全員の総意だという。代わりに大津から離れることを命じられた。

そこで多賀孫左衛門、三田村吉助など七十余人の家臣と共に高野山に向かったのである。見送りに出た匡介に対して高次は、青々と剃《そ》り上げた頭をつるりと撫で、

「どうだ？　似合うだろう」

と、にししと白い歯を覗かせた。涙を堪えきれずに俯く己に対し、

「お主らのおかげよ。見事だった」

と、穏やかに言った。己たちのおかげで、殺すに惜しいと敵将たちに思わせるに至ったと言いたいのだ。

高次はその一言を残して大津を去った。

秋風に冷えたのだろうか。豆粒ほどの大きさまで遠くなった時、高次が大きなくしゃみをして頭を撫でる。その姿が何とも高次らしく、匡介は涙を流しながらも頰が緩んでしまったのをよく覚えている。

その日、美濃国関ヶ原《せきがはら》で東西両軍の決戦が行われた。結果は徳川家康が率いる東軍の勝利である。毛利元康、小早川秀包、筑紫広門、そして立花宗茂の率いる四万の精強な兵は、遂に決戦に間に合わなかったのである。

――大津宰相が足止めしてくれねば、西国無双が加わっていたことになり、儂も危うかったかもしれぬ。

と、関ヶ原の戦いの後、家康はこの足止めを激しく称賛した。家康は家臣の井伊直政を通じて使者を派し、高次に高野山を下りるように伝える。高次は初め断っていたものの、山岡道阿弥《やまおかどうあみ》、続いて弟の高知も説得に加わったことで、山を下りる決断をする。この辺りも意地を張らない高次らしい。

高次は大坂で家康に面会を果たした。そこでも家康は手を取らんばかりに褒め称えたが、

——拙者は蛍大名にて。皆の力を借りねば耐えられませなんだ。

と、高次はけろりと言い放ち、流石の家康も面食らって苦笑していたという。

高次は功績を認められ若狭《わかさ》一国八万五千石、加増転封《てんぽう》をされ、大津の地を去った。明けた今年、さらに近江国高島《たかしま》郡のうち七千石がさらに加増され、合わせて九万二千石を食むまでになっている。

「侍従《じじゅう》様は京におられるらしいぞ」

玲次の口調には敬意が籠っている。侍従とはあの西国無双、立花宗茂のことである。開城の後、匡介は立花家の陣に呼ばれた。

「どうしてもお主の顔を見てみたかった」

決戦にまだ間に合うかもしれないという時である。大急ぎで出立の支度が進められる慌ただしい陣の中、宗茂は会うなりそう言った。

「何故、石垣が崩れなかったのに降伏したのだ」

宗茂は訝しげに訊いた。敵方から見れば、まだ石垣は用を成すように見えたのだから不思議に思うのも無理はない。匡介はどうしても必要な要石が、あの一撃で割れたことを正直に話した。

「驚いた」

宗茂は凜々《りり》しい眉を上げげた。実はあの時、国友衆側でも予期せぬ事態が起きていた。

狼煙を見て決戦までの時が残されていないと判断し、彦九郎は清めの手順を省いての連射を選んだ。

みるみる砲身が熱を帯びていく中、最速であの一撃を放ったと同時、大筒《おおづつ》の火蓋が弾け飛んでしまったのだ。つまり国友衆にとっても、あれが最後の砲撃だった。

確かにあの後、幾ら経っても次の砲撃はなかった。こちらの降伏の動きを察知したものだと思っていたが、どうやらこのような真相が隠されていたらしい。宗茂としては大筒がもう撃てぬとなったことで、己が残るので、他の者たちで美濃に向かって欲しいと進言するつもりだったという。そこに大津城から降伏の申し入れがあったため、何が起こったのか訳が解らなかったらしい。

「偶然が……神仏の悪戯としか思えぬな……」

宗茂は感嘆した。国友衆としても要石を狙った訳ではないし、狙おうと思っても狙えるはずがない。そもそもその存在すら知らなかった。それに見事に的中し、また国友衆の大筒も渾身の一撃を放って力尽きた。偶然というより奇跡というに相応しいだろう。

「偶然でしょうか」

匡介の言に、宗茂は眉間に皺を寄せた。

「それは……？」

「どこか腑に落ちた気がします。今は必然と思えるのです」

「なるほど、確かに長く戦をしていれば、このように奇跡としか思えぬ出来事に邂逅《かいこう》することがある。それは概して互いに死力を尽くした時に起きるものよ」

戦とは突き詰めれば意志の衝突だという。大軍が寡兵に勝ちやすいのは、寡兵の側が心を折ることが多いから。稀に寡兵でも意志を貫き大軍を屠《ほふ》ることもある。そして両者が最後まで意志を折らず、全力でぶつかり合った時、誰もが考えもしなかった結末を迎えるものなのかもしれない。

「人の達するところは、一つということでしょうか」

「そうかもしれぬな。さて……明日だと良いのだが……恐らく今日だ。間に合うか怪しいぞ」

そう言うものの、宗茂の顔は晴れやかであった。何と返答すべきか迷う匡介に対し、宗茂は思い出したように続けて尋ねた。

「大坂城の石垣も穴太衆《あのうしゅう》だな。飛田屋も加わっているか？」

「はい。先代の頃に。私も加わりました」

「そうか。ならば今度は味方か。心強い限りだ」

「それは……」

「決戦に間に合わず、たとえ敗れていようとも、俺は大坂城に籠って最後の最後まで戦い抜くつもりよ。故に……な？」

宗茂は香り立つような爽やかな笑みを残し、軍勢を取り纏めて美濃を目指していった。

結果、宗茂の願いは叶うことはなかった。美濃の決戦には間に合わず、敗報を聞くや引き返して大坂城に入った。徹底抗戦を主張したものの、総大将の毛利輝元は降伏を決めて曲げようとしない。輝元の年下の叔父で、宗茂と共に大津城攻めに加わった毛利元康は、

――心一つになれば難攻不落。今こそ毛利も心を一つに。

と、涙ながらに訴える一幕もあったらしいが、それでも結局は容れられることはなかったという。

宗茂はまだ諦めることはなかった。大坂城を出て自領の柳川《やながわ》へ帰り、なおも東軍へ対抗した。また大津城で陣を共にした筑紫広門も、

――ここまでくれば、もう野となれ山となれじゃ。

と、立花家と行動を共にすることになる。

宗茂は東軍に加わっていた黒田孝高《くろだよしたか》、加藤清正《かとうきよまさ》、鍋島直茂《なべしまなおしげ》らの大軍と、度重なる激戦を繰り広げ、一歩も退くことはなかった。西国無双の面目躍如といえよう。

だが最後には力尽きて降伏することとなる。それが十月二十五日のこと。大津城陥落から実に一月と十日、宗茂の戦がようやく幕を閉じることとなった。

宗茂は領地を没収された。加藤清正や前田利長《としなが》から家臣にと誘われたものの、宗茂は

丁重にこれを断って浪人となった。豊臣家への恩は返した。あとは己を支えてくれた家臣のため、今度は助命してくれた徳川家の恩に報じ、今一度大名に復帰すると憚らず宣言しているらしい。そして近頃、十時連貞ら付き従う家臣を引き連れて京に上り、その機会を窺っているとの話が伝わっていた。

「難しいだろうな」

玲次は石を渡しながら言った。西軍に与《くみ》した大名は悉く改易された。生き残ったとしても大名への復帰はおろか、明日の飯にも困る有様だろう。

「あの方ならば有り得るかもしれない」

宗茂がいなければ、決してあの結末はなかった。宗茂が西国無双と呼ばれる所以は、その武勇でも、采配でもなく、鉄の如き意志だと、敵として対峙した己だからこそ解る。

「彦九郎は国友村を出たらしい」

ふいに言った玲次に、匡介は小ぶりの石を嚙ませつつ答えた。

「ああ、聞いた」

大津城の戦いから三月《みつき》後、彦九郎は義父三落《さんらく》に、暫し諸国を見て回りたいと申し出た。一年になるか、三年になるか判らない。ただ必ず戻ることを約束し、旅に出たという。

「また厄介な砲を造るため、手掛かりになるものを探してやがるんだろうな」

玲次は吐き捨てるように言う。だが匡介は少し首を捻った。

「どうだろな」

宗茂と言葉を交わした後、彦九郎とも顔を合わせた。

「楯と矛。どちらも必要だったということらしい」

そう彦九郎が言ったのは意外であった。いや、違う。己たちは戦いの中で幾度となく言葉を交わした。その中で徐々に、彦九郎に変化が起きているような気がずっとしていたのだ。

泰平の形、泰平の質は矛が決める訳でも、楯が決める訳でもない。決めるのは人の心であると気付いた。人は誰かを傷つけた手で、別の誰かを守ろうとする。人の心の矛楯の象徴こそ、己たちなのだろう。人の愚かさ、醜さ、哀しさを気付かせ、そして人の強さ、美しさを思い出させる。そのために決してどちらかが突出せぬよう切磋琢磨する。そういう意味では、己たちもまた矛楯の存在ではなく、ゆき着くところは同じではないか。

どちらが勝ったとしても気付けなかった。共に全てを出し尽くしたからこそ、彦九郎もそのことに気付いていているように思えて仕方なかった。

その証左に、別れ際に匡介が、

「お前だから……」

と、言い掛けるのを、

「俺も同じことを考えている」

と、彦九郎は遮るように言って去っていった。

きっと今も、どこかの空の下、彦九郎は泰平の国友衆の答えを探しているのだろう。

そしてそれこそが、彦九郎にとっても、己にとっても答えそのものではないか。そのようなことを考えながら、匡介が最後の石をそっと据えた時、全太が嬉々とした声で呼んだ。

「飛田様！」

「おお、上手いじゃないか」

全太が見事に石を四つ積み上げている。

「崩しちゃ駄目だよ」

匡介が近づくと、全太は石塔を手で守るようにして言った。

「そんなことはしないさ」

「まだ積める？」

「いいのか？」

そよ風から石塔を守るように少し躰を動かし、全太は上目遣いに尋ねた。

「うん」

「よし」

聲が聞こえた。それは今、摘《つ》まみ上げた石の聲だったのか。何処か懐かしい香りが鼻孔に広がった。

「匡介、まずいぞ」

石を据えようとした瞬間、玲次が呼び掛けて遠くを指差す。

湖となだらかな稜線の間、細く曲がりくねった道を、こちらに向かって来る人の群れが見えた。陽の光の加減で人は黒く見えるのだが、ただ一人だけ、雪の一粒を落としたように純白に輝いている。

京極家が大津を去る日、匡介は大津城へと赴いた。高次は大坂から直に若狭に入ることになっていたのでいなかったが、お初に別れを告げるためである。

あと一つ、匡介は伝えたい人、伝えたい想いがあった。

——約束します。今度は真に。

その言葉の続きである。お初はすぐに察して悪戯っぽく早くしろとせっつく中、匡介は想いを伝えた。

——少しだけ待っていて欲しい。

京極家が新しい国で礎を築くまで。それが答えである。

そして、季節は巡りその時がきた。今日が輿入《こしい》れの日であった。高次やお初の方が気を回したのだろう。過分なほどの煌びやかな行列である。

「だからこんな日まで仕事するなって言ったのに……」

　玲次は額に手を添えて深い溜息を零した。

「きっと」

　こんな己のほうが良いと言ってくれる。そう口にしかけて照れ臭くなって止めたが、玲次は片笑んで小さく鼻を鳴らした。

「全太」

　匡介は柔らかに石を置いた。

　わあ、と全太の上げた声を、近江の風が巻き上げてゆく。

　草木は揺れ、白雲は流れ、水面は波立つ中、石塔はすうと天を仰いで揺るがない。

　湖西路を此方へと近づいて来る花嫁行列を見つめながら、匡介は明日の聲に耳を欹てた。

解　説

加藤シゲアキ

本書のテーマはとてもわかりやすい。

〝矛楯《むじゅん》〟という言葉を改めて説明するのは蛇足かもしれないが、あえて辞書から引用しておく。

「《昔、中国の楚《そ》の国で、矛と盾とを売っていた者が、『この矛はどんなかたい盾をも突き通すことができ、この盾はどんな矛でも突き通すことができない』と誇ったが、『それではお前の矛でお前の盾を突けばどうなるか』と尋ねられて答えることができなかったという『韓非子《かんぴし》』難一の故事から》二つの物事がくいちがっていて、つじつまが合わないこと」（大辞泉《だいじせん》）

『韓非子』については「中国の思想書。（中略）厳格な法治主義の励行が政治の基礎であると説き、法と術の併用によって君権を強化することを目ざした」（同前）とある。

このわかりやすいパラドックスは、聞いた者は誰しも心に残り、かつて人気バラエティ番組のコンセプトになったことすらある。ただ、それゆえにこのあまりに有名なモチーフに手を出すのは作家としてはいささか憚《はばか》られる。そこにあえて挑戦するのが今村翔吾という作家だ。彼は楯《たて》を城の石垣、矛を鉄砲として真正面から矛楯のエピソードを具現化する。その手腕も見事だが、本書にある矛楯はそれだけでない。この小説は、そのものがまるで崩れがたい石垣のような強度で描かれており、ダイナミックかつカタルシス溢《あふ》れる展開で、歴史小説に慣れていない読者にも最後まで読ませる仕組みになっている。それは石垣の美しさを「見た目の華美さでもなく、整然さでもない。誰にも打ち破られぬという堅さこそ美しさではないか」と語る匡介の機能性を重要視する精神性と、彼のライバルである彦九郎が銃の美点と考えている〝扱いやすさ〟、この両面がメタ的に小説自身に溶け込んでいるからである。このように『塞王の楯』には矛楯というモチーフがあらゆるところに仕掛けられている。

本書は、織田信長と朝倉義景の間で起きた越前・一乗谷の戦いに巻き込まれた匡介が家族を失いながらも命からがら逃げ出すところから始まる。そこで偶然にも穴太衆の長で塞王こと飛田源斎と出会い、彼についていくのだが、その道すがら山の形を思い出す源斎に、匡介は木々の隙間の獣道を指し示す。源斎は「岩の何を見た。色か、形か、目か」と問う。すると匡介はこたえる。「判《わか》らない……ただ、見ていれば声が聞こえるような気がする」

目は口ほどに物を言う。目を読む源斎と声を聞く匡介。源斎は匡介を弟子に認め、やがて匡介は塞王の跡継ぎと称されるほどに成長する。

一方、矛の側を担う彦九郎も似た幼少期を過ごす。父の宇兵衛は弓の達人として名高く、人並み外れた技を見せ、鬼神の如《ごと》く活躍した。その才に奢《おご》ることなく研鑽《けんさん》を続ける宇兵衛は、火縄銃を前にあっけなく散った。それまでの彦九郎は父を喜ばせたくて、才はないにもかかわらず弓の腕を磨いていた。しかし父の死に、修行を無駄と感じる。どれほど弓に優れても、火縄銃には敵《かな》わない。そして彦九郎は国友衆で鉄砲職人を志す。

「下手な者でも……初めて握った者でも十間先の敵を撃つのはそう難しいことではない。銃は技の差も大いに埋めたのだ」

彦九郎は銃についてこのように言う。父の命を奪った銃を憎みながらも、彼は銃に惹《ひ》かれていく。と同時に、父を殺した銃を凌駕《りょうが》する銃を作れば、それらは無用の長物になるとも考え、彦九郎はまさに最強の鉄砲を生み出すことに苦心する。

彦九郎の父を討ったのは、匡介のときと同じく織田家であった。ふたりは似た境遇を辿《たど》りながらも正反対の道を行く。しかし両者の願いはともに、戦を絶やし、世が泰平になること。誰にも破られない城を両陣営が築けば、戦はなくなる。抗《あらが》う気力が失《う》せるほどの銃が生まれれば、戦はなくなる。抑止力を信じる彼らは、それぞれ塞王と砲仙の称号を得るほどに腕を上げていく。

二十世紀を代表する戦場カメラマンのロバート・キャパは、〝I hope to stay unemployed as a war photographer.（戦争カメラマンの一番の望みは、失業することだ）〟という言葉を残しているが、匡介も彦九郎もまさにその心境だろう。戦を絶やすために戦に加担するという矛楯――。

匡介は一度、家族を奪った織田側の懸《かかり》をすることになる。力を貸したくないとごねる匡介を源斎は殴り飛ばし、自身の思いを伝えた後「お前は何を守る」と尋ねる。

そこで匡介が守ると決めたものは、妹の花代だった。もうすでにこの世にはいない、助けることのできない妹。最後に見た彼女は、頬を涙で濡《ぬ》らし、救いを求めて手を伸ばしていた。しかし匡介はその手を摑《つか》むことができなかった。その事実が消えることはない。それでも助けられる可能性のある民を花代に重ね、今度こそは助けると誓う。

匡介が優れているのは、三つのものを同時に見ているからだと源斎は言う。それは石の「今」と「昔」と「先」だ。これは単純に過去、現在、未来と分けた話ではなく、それらを〝同時に〟見るということ。この匡介の感性が、亡き妹を助ける未来、という一見矛楯した思考の流れに接続していると私は考える。

本書における楯と矛の戦いは、大津城で決着がつくこととなる。大津城は匡介が外堀に水を通した、非常に守りの堅い城だ。匡介はまずそこに石積櫓《いしづみやぐら》を構え、中に焙烙玉《ほうろくだま》をありったけ仕込み、数十枚の油紙も挟み込む。攻め入った甲賀衆が石積櫓の隙間に火縄銃を差し込み撃てば、焙烙玉に引火して誘爆、積まれた石は四方八方に飛散し、燃えた紙が天に舞う。しかし彦九郎率いる国友衆を擁する立花軍も黙っていない。彼らは水路の要となる木枠を狙う。そこは京極軍からすれば格好の的だが、立花軍は車輪付きの台に竹束を取り付けたもので攻撃を防ぎながら、黒鍬者を配備、見事水抜きに成功する。

両者の関係は単純な矛と楯ではない。攻撃こそ最大の防御と言わんばかりの戦いは一進一退で、本書のおよそ半分がこの大津城の戦いに割かれる。塞王の楯とはすなわち大津城であるからにしてその配分は然《しか》るべきだが、お互いの心理戦と攻防を描くだけでもそれほどの分量になる。この間、およそ一週間の出来事。両者の能力が拮抗《きっこう》すればするほど戦は長引く。それは技術の卓越が泰平を招くと信じる匡介、彦九郎の思いとはかけ離れていやしないだろうか。

本書の時代から四百年を過ぎても、人々は戦争をし続けている。軍事技術は驚くべき飛躍を遂げたが、彼らの願った未来が夢物語だと私たちは知っている。

ウクライナとロシアの戦争が勃発した際、私の周りの友人らは「半年もすれば落ち着くだろう」と楽観的に話していた。しかしそんなはずないだろうと、私は口を挟んだ。その確信は本書を読んでいたために、揺らぐことはなかった。戦を始めることは容易だが、終わらせることは大変に難しい。ウィキペディアで「戦争一覧」を調べれば、「(継続)」の多さに驚く。

なぜ戦争は簡単に終わらせられないのか。当然、両者ともに負けたくないからである。

それぞれが抗い、勝ちにいくために、武力を総動員する。その結果、戦争はどうしたって長引く。そして最終的に根比べになり、体力を失ってようやく終結するケースが多い。それはまさに、本書の結末と同じだ。

私は、戦争そのものに人格が宿ると考えている。戦争は当事者の思い通りにいかない。起動させれば、そのスイッチを押した人間を追い越し、まるでエヴァンゲリオンよろしく前に進んでいく。ときに願っていない方向に進み、求めていなかった結末を呼び込む。そもそも戦争の当事者は、本当に戦争を起こしたかったのか。目的にとりつかれ、手段として利用した戦争そのものが、やがて目的にすり替わっていやしないか。戦争は平和のために起こされる。この人類最大の矛楯を、本書は浮き彫りにしたかったのではないだろうか。

本書は賽《さい》の河原も重要なモチーフだ。親に先立って亡くなった子供は、三途《さんず》の川の河原で石を積まなくてはならないが、高く積むと鬼がやってきて石の塔を壊す。子供はそれを何度も繰り返さなくてはならない。永遠のスクラップアンドビルド。鬼がなぜ壊すのか、理由はない。どうすれば解放されるかの答えもない。この理不尽極まりない賽の河原は、転じて無駄な努力という意味でも使われる。

しかし終わりはある。積み続けた子のもとに地蔵菩薩《じぞうぼさつ》が現れ、「今日より後はわれを冥途の親と思え」と救うのだという。

この賽という言葉は、石を積んで仏に賽するという意味と、塞の神、すなわち穴太衆が信仰する道祖神から来ているという。道祖神は石を神体とすることが多く、そうした関係からだろう。穴太衆が道祖神を信仰していること、そして塞王が塞の神から転じて生まれた言葉というのは、にくいアイデアだ。

賽の河原とは反対に現世にひとり取り残された匡介だが、彼も河原で石を積む。上手《うま》く積めないでいる彼のもとに、源斎はやってくる。段蔵から源斎を父上と呼ぶように言われていた匡介がなかなか呼べないでいると、源斎から爺《じじい》とでも呼べと言われる。匡介が祖父の顔を知らないことを慮《おもんぱか》ってのことだが、ここは源斎に賽の河原の地蔵菩薩を重ねて書いたのではないだろうか。

源斎は匡介が積みあぐねている石の上に、いとも容易《たやす》く石を置く。圧倒的な力の差を見せられた匡介だが、彼はのちに積むべき石を源斎よりも早く見つけられるようになり、塞王となる。

目を読む源斎を、声を聞く匡介が超えていく。物語としては前者を上位としたまま、超えられない人物として据え置く方法もあるだろう。しかし、私にはこの展開が好ましかった。目線のやり取りではなく、対話こそ平和への道筋——勝手ながら私にはそう読めたのである。

平和とは、賽の河原に似ている。何度壊されても、私たちは諦めることなく積まなくてはならない。そしてできるだけ高く積めるよう、努力するしかない。平和はそれほどに脆《もろ》くままならないが、私たちは矛楯の果てに過去の失敗を救うことができるのだと信じたい。

（かとう・しげあき　作家）

第百六十六回直木賞受賞作

本書は、二〇二一年六月、集英社より刊行された『塞王の楯』を文庫化にあたり、上下巻として再編集しました。

初出　「小説すばる」二〇一九年八月号～二〇二〇年八月号

絵地図／ＭＯＴＨＥＲ

集英社文庫 目録（日本文学）

いとうせいこう 鼻に挟み撃ち
いとうせいこう 小説禁止令に賛同する
絲山秋子 ダーティ・ワーク
井戸まさえ 無戸籍の日本人
稲葉稔 国盗り合戦〈一〉〜〈三〉
乾ルカ 六月の輝き
乾緑郎 思い出は満たされないまま
犬飼六岐 青藍の峠 幕末疾走録
犬飼六岐 ソロバン・キッド
井上荒野 森のなかのママ
井上荒野 ベーコン
井上荒野 そこへ行くな
井上荒野 夢のなかの魚屋の地図
井上荒野 綴られる愛人
井上荒野 百合中毒
いのうえさきこ 圧縮《ぎゅぎゅっと》！ 西郷どん

井上ひさし ある八重子物語
井上ひさし 不忠臣蔵
井上真偽 ベーシックインカムの祈り
井上麻矢 夜中の電話 父・井上ひさし最後の言葉
井上光晴 明日 一九四五年八月八日・長崎
井上夢人 あくむ
井上夢人 パワー・オフ
井上夢人 風が吹いたら桶屋がもうかる
井上夢人 the TEAM ザ・チーム
井上夢人 the SIX ザ・シックス
井上理津子 親を送る その日は必ずやってくる
今邑彩 よもつひらさか
今邑彩 いつもの朝に(上)(下)
今邑彩 鬼
今村翔吾 塞王の楯(上)(下)
伊与原新 博物館のファントム 箕作博士の事件簿

岩井志麻子 邪悪な花鳥風月
岩井志麻子 瞽女《ごぜ》の啼く家
岩井三四二 清佑《せいゆう》、ただいま在庄《ざいしょう》
岩井三四二 むつかしきこと承り候 公事指南控帳
岩井三四二 室町もののけ草紙
岩井三四二 「夕」は夜明けの空を飛んだ
岩井三四二 鶴は戦火の空を舞った
岩城けい Masato
宇江佐真理 深川恋物語
宇江佐真理 斬られ権佐
宇江佐真理 聞き屋与平 江戸夜咄草
宇江佐真理 なでしこ御用帖
宇江佐真理 糸車
植田いつ子 布・ひと・出逢い 美智子皇后のデザイナー 植田いつ子
上田秀人 辻番奮闘記 危急
上田秀人 辻番奮闘記 二 御成